激活记忆

潘静 著

作家出版社

目 录

游牧岁月

引 言

　　游牧，是一种古老的生产劳动方式。它遵循着天时四季的气象，利用着地形、牧草、水源等资源，轮换使用草地牧场，放牧马牛羊群。游牧，顺应着水草取之有尽、用之有竭的特性，由牧民主动地给予水草恢复生态的时间。有了萋萋百草、清清水源，马牛羊便有了生存繁衍的基本条件，牧民的衣食住行也就有了相应的保障。这当中蕴含着一种自然辩证的思维、同生共存的智慧。

　　在祖国乌珠穆沁草原东北部的一隅，生活着一些蒙古族牧民。他们说蒙古语，穿蒙古袍，住蒙古包，常食、喜食羊肉和奶制品。二十世纪六七十年代，他们依旧过着与游牧相依相靠的传统生活。在集体经济、按劳分配的体制下，一家一户放牧一群羊或一群牛。他们白天放牧，晚间下夜，同时兼顾相关的牧业劳动。日常生活的方方面面，不分粗细、轻重，全靠男女牧民勤劳而有握力的双手来完成。

　　寥廓苍天，茫茫草原，年年的游动放牧，严格考量着牧民应具备的选择草场、管理畜群的一整套的本领和功夫。常年的原野生活，时时考验着一家一户乃至独自一人，自力自给的一系列的能力与慧心。那时候，他们时常需要凭借一家一己的力量，来应对生产、生活上的诸多挑战，自有着难言的艰辛、默默的承担。然而，牧民一向乐观。他们不仅有与自然相适应、与游牧相协调的智慧，还有与马牛羊同地生活的感情、同场竞技的乐趣，更有赢得胜利后的无比自豪，彰显出天地自然间，草原牧民的本色、力量和非凡气概。

游牧时代的这片草原，牧民依照古法，划分出春、夏、秋、冬四季牧场，按季使用，有条不紊。时令到了，牧民一家老小带上居家什物、居所蒙古包，与大队一起迁徙到新一季的牧场，放牧的马牛羊随之"逐水草迁徙"。搬家使用的运输工具是一种木质或铁质的双轮车，用途分作毡篷车、什物车、衣箱车、水缸车、粪车，以及装载蒙古包木骨架和毛毡的车，它们皆由训练有素的犍牛驾辕。搬家的那一天，一牛驾一车，再将牛缰绳拴在前车尾部，六七辆车相连成串，一家一串，外来人称之为"草原小火车"。

出发之际，女主人手中紧紧地牵拉着首车——毡篷车的牛缰绳，如同攥着一家人的生活命脉。她负责驾车，老额吉带着孙儿女坐在篷车里，几双眼睛一同望着前进的方向和道路。两三条家犬翘着尾巴，轻快地小跑着，追随在车轮左右。一路上，自家放牧的羊群一边吃草，一边缓缓地跟在车队的前后。男主人骑在马上，手握套杆，适时地前后探望，指引最佳的行走路线。这是一支在山峦草地颠簸缓行的牛车之旅，上面坐着晨曦启程的老人孩子。远远地望过去，总会令人生发出一种莫名的感动，一声轻轻的叹息。即将到达时，女主人下车，牵拉着一串牛车，步履稳重地走向安家的营盘。

这是一片百草复苏、生长、成熟、焕发着勃勃生机的新草场，是蒙古包之间守望相助的和谐营地。在这里，有牧民熟知的山峦、湖泊、草木、河流，有自家往年驻过的营盘旧址。在这里，牧民可以和自己放牧的牛羊晨夕聚首，可以手端小瓷碗、盘腿安坐在包内喝茶说笑，可以耳闻羊儿的反刍、犬儿的哼哼而安然入睡。

游牧的岁月，流转的春夏秋冬，年年随暖风而来，携雪花而至。它是那样地自然有序，老辈牧民对此心中有数，生产生活安排得妥当，日子过得安稳。他们对伴随自己度过童年、少年、青年，乃至壮年、老年的游牧岁月，有着代代述说、人人称道的深厚情意。

那时候，笔者曾在这片游牧的草原插队七年。如今，愿将自己亲历亲见、认真体验的四季中必不可缺的基本劳动，以及点滴的游牧民的生活习俗，择其大概，略记一二，以存念想，以观往事，以待来者。

第一章　春牧场

一、安营搭包

时令到了，暖洋洋的春风吹遍了乌珠穆沁草原，覆盖大地整整一冬的厚雪，悄无声息地融化着。逶迤的山峦黄白两色，相错如画，阳光云影渲染着雪的晶亮、草的融黄。涓涓的雪水漫漫地流淌，空气中弥漫着令人喜悦的润土润草的气息。万物复苏的春天回来了。

待到冰雪融尽、草根萌生的时候，牧民便开始迁徙了。一家一户各自为政。他们收拾起简单的、屈指可数的家当，动手拆包、装车、轰牛驾辕，之后牵拉起成串的牛车，赶着度过了寒冬的羊群牛群，迎着初升的太阳，向春牧场进发了。

春天的牧场通常选在背风向阳、依山傍水的地方。一个边境牧业队将接羔草场安排在乌兰陶勒盖（山名）。山的东西两翼是低缓的山峦坡地，视野开阔，牧草良好。主峰南面与汗乌拉（山名）相望，两山之间有一片狭长的季节性湿地，其中的植物与水量因气候变化每年略有不同。湿地边缘草疏水浅，非常适合羊群饮用。这是一个理想的接羔之地。

到达目的地后，各家牧民沿山坡阳面呈一字形延续排开，相互间隔开适当的出牧、归牧的距离，开始安营扎寨。搭包时，一家老少一起动手，各尽其力。拉开并拴好可以伸缩拼接的蒙古包木制墙壁（蒙古语称"哈纳"），撑起圆形的天窗（蒙古语称"陶纳"），同时在哈纳顶端的 V 形处，放稳、套牢连接天窗的数十根椽子。紧接着，用结实的马鬃绳在哈纳上部的微凹处，拢住整个蒙古包的木骨架，再将绳子的两端拴在门框上。这道工序至关重要，它起着"一根绳稳固全包"的作用。接着，围上壁毡，盖上顶毡，抛甩上窗毡，再将若干部位的鬃绳拉紧、拴好。就这样，不消一个时辰，一个个浑圆简朴的蒙古包——建筑力学的完美杰作，一个个避风雨、暖身心的游牧民的居所，奇迹般出现在久无人烟的春天的牧场上。

女主人在包内中心放稳了铁皮炉，坐上了大铁锅，点燃起牛羊粪，炊烟袅袅地注水熬茶了。一年一度的四季中最繁忙的接羔生产由此开始了。

二、春季接羔

放羊时接生

当太阳从东方的地平线漫溢出橙黄色的光芒时，卧在营盘边缘的一些羊开始活动了。家中的男主人——牧羊人起身了，他洗脸、喝茶、整衣，之后躬身迈出包门，牵马、鞴鞍、拿杆、上马，随着走动起来的羊群出牧了。

游牧时代，一个牧民家庭——无论是两代人或是三代人，家中男女老幼同住一个蒙古包。那时候，几户人家组成一个牧业组，几个牧业组联合成一个牧业队，分散居住在草原上。通常是一户牧民放一群羊，家中男主人放牧，女主人下夜。每群羊大约有一千二三百只绵羊、山羊，以绵羊为主体，母羊和羯羊各占一定的比例。

一群羊中，每年可以产羔的母羊大约五百只。在春季接羔的四五十天里，数百只新生羔儿不分昼夜地接踵而至，由此，与之相关的许多事务便纷至沓来。每逢接羔，牧民常常是全家总动员，男女老少齐上阵。尽管繁忙，尽管劳累，牧民总是满怀着欣喜和希望，伸出一双双大手小手，共同迎接这许许多多小生命的到来。春季的接羔生产，从牧羊、下夜到营盘上的劳作，与夏、秋、冬三季多有不同。

春天放羊，除了要控制住大羊群的"跑青"，更重要的是关照那些即将生产的母羊。母羊产羔是有先兆的。出牧时，它离群掉队了，独自停卧在草地上。不一会儿，它的身体改成侧卧，腹部开始一阵阵地抽搐，还不时地发出一两声沉闷的咩声。在它使劲用力之时，胎儿从产道中露出了颅顶，接着露出了脑袋，不一会儿，新生儿细溜溜的身体裹着黄黄的黏液滑出了母体，一个小小的生命在草原上诞生了。

"产妇"站起身，一面哼哼地呼唤着，一面急切地舔舐着新生儿身上、头上的黏液，脐带随之拉断。新生儿软软地趴伏在草地上，乖乖地享受着母亲的抚爱。待身上的黏液舔去多半时，它便试着站起来，无奈细细的四肢弯曲无力，欲站而不能。约莫过了一个时辰，新生儿终于站了起来，它踉踉跄跄地跟在母亲身后，母亲顾盼有情地守护着它，不再远离。这是母羊在原野上产羔的最佳状态。

母羊产羔是随时随地进行的，通常一个白天有一二十只母羊产子，高峰时段可达二三十只。有经验的牧民在放牧时，会将大羊群和已生产的母子羊控制在自己目力所及的范围内。若遇到难产母羊，便助上一臂之力，使母子生命得以保全。若碰上产后弃子而去的母羊，会记住它的模样特征，待回家后解决。放牧小憩时，牧羊人会看看周边草的长势，顺手掐下一棵野葱叶，放在嘴里嚼一嚼，品品滋味。

日暮霞生，淡蓝色的天际飘浮着水红色的云朵，是归牧的时候了。牧羊人骑在马背上，轻快地吹着口哨，用套马杆慢慢圈着大羊群，缓缓赶着已能行走的母子羊，背着驮着刚刚出生的小羔儿，默记着今天产羔的数目，将吃饱的羊群悉数带回营盘，而他自己却是一整天颗粒未进了。

在营盘附近，他下马、卸鞍、绊马，将套马杆靠放在蒙古包外侧，弯腰进门，盘腿坐下。主妇即时递上一碗泡着炒米、馃子、奶豆腐的热茶，端来一盆手把肉，摆在牧羊人面前。

下夜时查看

按照游牧的生产方式，"牧羊"包含着两个层面的劳动，一是日出时放牧，二是日落后下夜。所谓下夜，相当于为羊群值夜班、做保安，四季如此，三百六十五天无一夜例外。

游牧时代，牧民习惯将羊群睡卧之地安置在蒙古包的西侧，并搭上一段围栏式的羊圈。春季，营盘上的羊圈十分简陋，只是用几辆牛车前后连接起来，再于外侧围上稀疏的干芦苇，这就是挡风的羊圈了。围栏的长度不足羊群卧盘圆周的三分之一，只能局部地遮挡西北风的风头，整个羊群是相依相偎地露宿在羊盘上。

那时候，野狼是草原群畜的祸害，更是绵羊的天敌。入夜不久，它们便开始聚集在山梁某地，三四只甚至七八只间歇地引颈嗥叫，发出"呜……呜……呜……"的拖着长音的叫声，给寂静的夜草原带来几许紧张的气氛。单只大狼会寻机出动，蹑手蹑脚地摸到营盘叼咬羊只。若碰上月黑风高、人犬麻痹之夜，野狼很可能得手，所以下夜人不得不防。常常是人在包内坐，耳闻包外声。

春季下夜，还特别需要关照夜间产羔的母羊，查看是否有难产者，产后母子情况怎样，母护子是否尽职，有无新生羔被其他大羊踩踏的危险。诸如此类，皆需要下夜人时时关注，牵挂在心。若有不测，及时解决。

游牧时代的下夜工作，往往由草原女人、家庭主妇来担任。主妇待一家老小卧睡后，便将炉火熄灭，取下烟筒，拉上蒙古包天窗的盖毡。收拾停当后，才和衣躺下来，却也是身歇心不歇。但凡羊圈里有什么异常动静，便走出蒙古包，手持三节电池的大电筒查看究竟。家中饲养的狗是主妇下夜最得力的助手，它们会协助主人观察四周动静，有敌情时，狂吠出击，吓跑野狼。即便如此，主妇一夜起来两三次也是经常的事。待东方将白，主妇方能安睡一会儿。

一个时辰后，天色放亮，羊群"咩咩"的叫声，又唤醒了下夜人与牧羊人。主妇新一天的劳作就此开始。她拉开包顶窗毡，装上烟筒，点火熬茶，为一家人准备早餐了。

营盘上的劳作

游牧时代，营盘上的劳作是以蒙古包为中心点，东连生活，西接生产，里里外外多种多样，而且四季各不相同，各有重点。事务虽繁多，却有主次、缓急、粗细、轻重的区别。接羔时节，营盘上的劳作主要是对羔、调教"高愣科"、喂养弱羔。

对羔 每天出牧前，都要把当晚产下的羔羊和母羊留下来，与日前的母子羊合并在一起。日复一日，母子羊由最初的数十对，发展到一百来对，继而逐渐组合成了较大的群体，需要单独放牧、单独下夜了，牧民称母子群为"撒合"。撒合出牧前需要"对羔"，是为查看产后母羊哺乳幼羔的情况，牧民称之为"乔伯勒那"。接羔初期，每天需要早晚两次"乔伯勒那"。

对羔时，牧羊人骑在马上，手握套马杆位于羊群之首。家中主妇带着大点的孩子，一般两三人，手持长杆短棍，走动于羊群两侧，将羊群圈成一个喇叭形，让母羊携幼羔"一带一"地从喇叭口走出。确定为亲生母子者让其通过，非母子者拦截下来。这是一支拖儿带女的妇孺队伍。每逢对羔，草地上便响起一阵阵"咩咩咩"的呼唤声，母呼子应，子寻母迎，此起彼伏。一声声的呼唤，响亮有力，含情含意；一个个饱食后的小羔儿，活蹦乱跳，尽显着生命初始的活泼、灵动，远远超过一些物种的婴儿期。

对羔时，牧民无论男女皆独具慧眼，辨认能力堪称一绝。

每一对母羔通过时，他们皆能准确识别，从无差错。不仅如此，他们还擅长观察判断。他们能从小羔的皮毛羊毫是否发亮，肚子是否溜圆，身体是否见长，来判断羔羊的健康与母羊素质的优劣。

每一天都有新的成员加入到"撒合"群中，其队伍日渐壮大。与之相反，羊群的另一半——不带羔的母羊与羯羊，牧民称之为"索百"的羊群，则日趋减少。两群羊数量的一增一减，意味着接羔生产渐近了尾声。

调教"高愣科" 清晨的对羔工作很快就结束了，羊群出牧后，营盘上的劳作是调教"高愣科"（蒙古语音译）。牧民所称的"高愣科"，是指那些产后不认养亲生羔的母羊。不认养的原因大致有这样几种，或因初胎难产，或因体虚奶少，或因亲生儿的气味被外物污染，拒不相认。每逢接羔，总有那么一些抛弃子女的母羊。对此，羊儿自身是无能为力的，这只能依靠草原家园中最富有智慧的生命——人，来调教、引导它们，使之哺育后代。这个活儿交给了聪明能干且有耐心的草原女人。

传统的做法是将"高愣科"拴在固定的牛车辀辘上，将被抛弃的小羔置其眼前。只见草原女人单膝着地、蹲在母羊身旁，左手搂着母羊的脖颈，右手伸至其产道内，掏出一小团黄色夹血丝的黏液，涂抹在小羔的头顶至脊背处，让母羊嗅其气味，再将小羔放至母腹下，帮助它吸吮乳汁，同时引导母羊亲近小羔。操作时，女人的手法轻重有度，缓急适当。起初，"高愣科"总是梗着脖子踢踏小羔，或躲闪其身，不让吃奶。

这时候，女人便低声地唱起了《陶陶歌》。"陶……陶……，陶……陶……"，词曲单纯，一字一音；声调平和，徐徐道来。

这是一支母羊听后会产生感应的古老歌谣。女人度着长调吟唱着，她心头的念想随之而起："……眼前的这个羔子哟，是你亲生的孩子，你看它空空的肚子、轻轻的身子，多可怜呀！快快哺育它吧、哺育它，让它咩咩咩地活着呀！……"

女人用吟唱、用念想，循循引导着母羊素有的爱心。不一会儿，奇迹出现了！"高愣科"的母爱之心被唤醒了。它低下了高昂的头，开始嗅闻身边的羔儿，还用舌头一点一点地舔舐其身。得到爱抚的小羔儿立即感恩般跪下两条前腿，用力地去拱吮乳汁。女人继续吟唱着，"陶陶"之声伴随着春天的暖风，回旋在营盘上方，直到羔儿吃饱。于是，女人放下这一对，再去调教下一对，调教一遍不行，再来第二遍，直至"高愣科"能自主地哺乳羔儿，与其不离不弃、一同起卧、一同吃草为止。这种调教、引导的方法确实灵验有效。在接羔时节，不知挽救了多少因饥饿而濒危的小羔儿。

在草原女人的生命中，时常有"奇迹"出现。仅凭一己之诚心之技巧，成功地调教"高愣科"是其中之一。奇异的是，善唱善做者似乎仅限于女人，男人虽略知一二，却不擅操作，外来人更是难得要领。

喂养弱羔 放下"高愣科"，再来喂养弱羔。弱羔大多是孤儿，它们或因先天不足，或因母羊产后无奶，与同日出生的小羔相比，显得瘦弱矮小，一副低头弓背、弱不禁风的模样。对此，牧民总是满怀信心地努力使之存活下来。采用的方法主要是人工喂养。给予之食虽然普通，确是救命之物，故以"品"称之。一品是牛奶、羊奶，现挤现喂，但鲜奶稀缺，供给有限。二品是以奶粉冲调成乳汁，计划使用，基本有保障。三品是小米粥汤，解决临时急需。此外，各家还有各家的高招。无论何品何物，经过若干天的按时喂养，皆可救活一条垂危的小生命。

对孤儿弱羔来说，最幸运的是成为牧民家长期"特介那"（喂养）的羔儿，它们被视作家中一员，享有特殊的食宿待遇。曾见牧民将鲜奶灌入空酒瓶中，安上奶嘴，让稍大的羔儿咕嘟咕嘟地喝，有的则加餐喂食肉片、肉汤。平日里，它们与家犬一起追逐，和孩子们相互嬉戏，它们是弱羔小组中的宠物、阿福。

如今回忆，感悟着游牧民对五畜生命的重视与爱惜。面对柔弱的、命悬一线的羔羊，牧民不会因为羊只数量众多而轻视之，也不会因为自身辛苦劳累而轻弃之。拯救生命时，牧民总是义不容辞地付出全力。

这里面隐约闪现着一种执着的念头："让它活着！"这是源自天地自然、始于远古人类的一种观念吗？想想游牧民世世代代生存于草原，取之于草原，他们与草原上的百种生物命运相关，因缘相连，生活相伴。一个生命，无论是何类物种，无论其大小强弱，既已诞生，便使之存活。唯有生而活着，才有生生不息的存在，才有源远流长的美好。这道理原始而朴素，真切而感人。

蒙古包里的温馨

从清晨开始对羔，到调教"高愣科"，再到喂养弱羔，几件事忙完，太阳已升至中天，一家老小到了喝茶的时候了。包外忙碌的人回到包内，围炉而坐。

牧民家的蒙古包通常由五个哈纳组成，面积大约十二三平方米。地面上铺着白毡子、花地毯，这既是日间的座位，也是夜间的铺位，一家老小皆席地而坐、而卧、而眠。在包的北面，通常摆着两个红色描花矮漆柜，东南面放着门式、架式两种碗柜。沿哈纳底部，溜边放着长圆形枕头、山羊皮被子、大小蒙古袍，以及婴儿小木床、手摇缝纫机等日常用品。火炉位于包的中心稍偏南的地方，炉上坐着铁锅或铝壶。

春季熬茶的水取自湿地中的水洼，燃料是就地取材——羊盘上的羊粪。初次点火，往往先将几块干牛粪码放在架空的短小细木枝堆上，先引燃木枝，待牛粪起火后，再倒上羊粪。不一会儿，随着炉火"砰"的一声响，火苗便"呼呼呼"地燃烧起来。

主妇单膝跪在火炉东侧，打开裹着砖茶的小块生牛皮，用沉重的大板斧沿砖茶边缘一下一下地敲砸，碎茶叶随之应声而落，主妇抓上两把，撒入锅内。水沸后，她起身，用一只长柄铜勺反复地扬汤搅和，促使茶叶充分地溶解于水，这样便熬出了色、香、味醇厚的草原黑茶。稍待澄清后，再用铜勺灌入铝壶中。在鲜奶不足的时节，牧民常饮黑茶。

主妇、老额吉和三两个孩子各自端着小瓷碗，一边喝着热茶，一边说说笑笑，蒙古包里洋溢着轻松愉快的气氛。靠近炉子的描花小木桌上，摆放着大搪瓷盆装的手把肉、炸馃子、奶豆腐，任人随意选食。将小块手把肉、小段血肠置于炉盖上煎烤，随着"嗞嗞嗞"的声响，肉香四溢，入口暖胃果腹。若佐以自制的野生韭花酱，则鲜味顿起。在肉食匮乏的春季，这不愧是美味之一。

　　游牧生活的一日三餐，一般是早上、中午喝茶，晚间为正餐。而以茶为餐，是游牧民很实用的饮食传统，它不仅烧煮省时省力、简单快捷，而且肉奶从以谷物，搭配相对合理。

　　喝完茶，主妇利落地收拾了锅碗什物，喂食了家犬。然后，她躬身解开婴儿小木床上的布带，双手抱出裹着褓褓的婴儿，搂在怀里哺乳，随后又轻轻地放回小床里，系好布带，再将小床竖起来，斜靠在哈纳处。这时，婴儿张开了清澈如晨露般的双眸，若望非望地看着包里的动静，她的小哥哥小姐姐凑上前来逗她笑乐。

　　主妇出包，从什物车里取出储存的生肉卷。回到包内后，用蒙古刀或电工刀割拉成长条，晾在哈纳绳上风干，这肉条是春季晚餐"草原羊肉面"的主要配料。她一边忙碌，一边呼儿唤女，吩咐他们做些力所能及的事。她心中记挂着祖传的家训——"人从小时教，马从驹时驯。"

　　"其木格（小女名），加罕撒合火拉那。"（其木格，圈一圈小撒合群。）

　　"唉，柴勒格（小儿名），特勒依西科阿瓦依勒那。"（唉，柴勒格，把那只山羊羔抱回来。）

　　蒙古语独有的温和语调，再经女人声调抑扬地道出，是那样地柔缓亲切、悦耳动听，像是在吟诗、在歌咏。

　　老额吉坐在火炉西侧，看护着炉火，适时添上一大铲羊粪。她不停手的活儿是捻驼绒线。只见她一手转动着木制线锤，抽绒绕线，一手将驼绒捋顺捻匀，口中还不时地喃喃自语。老人家的头发已经稀疏灰白，两条食指般细细的辫子垂在耳后。鬓角的发丝随着包中的气息轻轻地扬起，抚摸着老人安然的、带着岁月痕迹的面颊。

夜幕降临，明亮的星斗悬挂在湛蓝的天穹中。春季的长风掠动遍野的萋萋草梢，发出"唰唰唰"的似有节奏的低缓声音。此时，蒙古包里热气升腾，包中心的炉火呼呼燃烧，铁锅里的水正待烧开，一家老小三代人环炉而坐。放马归来的阿伽嘛嘛坐在包的北面，他是男主人的哥哥。老额吉坐在包的西面，养儿育女的男女主人位于包的东面，孩子们各自依偎在大人身边，融融亲情尽在咫尺之间。

兄弟俩你一言我一语地聊着骒马产驹、母羊下羔的事，聊着组里、队里乃至牧场的新闻。婆媳俩静静地听着，偶尔插问两句、感叹几声"火勒嘿"。①支在烟筒旁的小小的羊油灯——包里的光源，融合着炉火透出的亮光，映照着大人和孩子，他们的面容是那么和善，眼神是那么温柔，感动人心。

主妇跪坐在火炉东南处，将半干的肉条切片撒入锅内，略煮片刻后，放入从供销社买来的挂面。大约一刻钟时间，羊肉挂面煮熟，热气升腾，香气扑鼻。主妇开始为家人盛面，包中唯她专司此职。每餐第一碗总是递给家里的长者额吉，第二碗递给尊者阿伽嘛嘛，然后是自己的男人、孩子们，最后才是她自己。常常是主妇还没吃上两口，他人吃净的空碗就递了过来。她一手放下自己的碗，另一手接过空碗，盛满再递上。一顿饭这般盛递要轮过两三遍后方止，主妇常有吃不上的时候。可是

---

① 火勒嘿：蒙古语，是牧民常用的感叹词，用来表示可爱、可怜、可惜等意思。

她并不着急，红红的脸庞满含着微笑，神态怡然，习以为常。

如今回忆，体会着蒙古族文化风俗的点点滴滴。在游牧民的家庭中，无论男女老少，人人劳作，各尽其力；人们相亲相爱，体贴照顾，和睦相处。若有客人来家小坐，女主人会出包相迎，阻拦犬吠。在包门口，主客皆笑吟吟地互致问候："赛音白努？"（你好？）互致回答："赛音，赛音。"（好，好。）入包后，客人盘腿坐下。女主人会为客人及时递上一碗热茶，摆上一盆各色食品，边聊边喝，一团友善和气，以至邻里两包的家犬相会，户与户的羊群相遇，也是各行其道，相安无事。那时候，满都草原的游牧生活，颇有圣哲老子所称道的"民各甘其食，美其服，安其俗，乐其业"的人间和美境界。

骟　羔

当接羔生产临近结束时，还要为小公羔做去势手术，称作"骟羔"。老牧民有意选择一个青云低垂、似雨非雨的日子来做这项工作。骟羔那天，将"撒合"群轰入石圈，同时注意将母羊隔离到圈外吃草，只轰羔羊入内。之后，从羔群中挑选出二十来只"三好"公羔留作种羊，余下的公羔皆做去势手术。

手术由两人配合，一人持刀，一人持羔。持刀者由有经验的老牧民担任，此时两位老牧民已在圈外盘腿坐好，各自手中捏着一个一寸来长、刃部锋利的铁片刀。助手抓来羔羊，面对手术师跪坐，取两膝着地式。助手将羔羊翻身露出肚皮，双手一顺边抓牢四肢，放在自己大腿平坦处，权当手术台。手术师开始用铁片刀在两蛋顶部划开一道横口，依次挤出蛋丸，顺手将其放入身边的小食盆中，再用双手的拇指、食指用力捏住刀口处，略停数秒后松开，手术遂告完成。整个过程并不血腥，难见几滴血，羔羊也不甚挣扎。术后的羔羊总要趴在草地上歇卧一会儿，才起身离去。

稀罕的事儿是接下来的"食蛋丸"。正当大伙忙碌工作时，石圈外的稀疏草地上，一位牧民大婶忙活不停。在大石块垒成的灶台上，她架锅、注水、拢火，一副要煮手把肉的架势，石灶旁码放着高高的两摞小瓷碗。其实，她的工作是煮熟那些刚刚被摘除的蛋丸，方法类似宽水汆丸子。待水滚开后，她将盆中物悉数倾入锅内，再撒上一把青盐，用长柄勺搅和均匀，煮不多时便可以食用了。这时，她亮开嗓子招呼起干活的人：

"安木斯嘿那！"（休息啦！）

"好勒依德那！"（吃饭啦！）

她为来者一一盛满端上，碗内有丸有汤，状似汤圆。牧民大叔端着小碗，用双指夹起食物送入口中，有滋有味地咀嚼着。额吉一边吃一边对不识此物的北京学生说："依德依德，赛纳依姆。"（吃吧吃吧，好东西。）

骟羔之后食用此物，或许是游牧先民的遗风，源自于遥远的洪荒时代吧。而一年当中，唯有在春末骟羔的这几天里方得机会品尝，可谓是稀罕之食。如今，当年的人已是岁老人衰，昔日情景难以再现，又可谓是稀罕之事了。

游牧古法

居住在满都草原的游牧民，依照天时节令和羊只繁育的规律来安排接羔生产。大体是立冬后开始配种，就是将种公羊放入羊群内，每群羊大约放二十来只，任其自由交配。母羊受孕怀胎后，经五个月时间，到来年清明前后下羔产子，牧民开始接羔。待小公羔长至四五十天后，为其做去势手术。再经两年四季牧场的游牧，它们便成长为牧民首选的、美味甲天下的乌珠穆沁肥尾羯羊。各项工作皆道法自然，不误时机地一步一步落到实处。这就是历史悠久的、牧民坚守的游牧古法吧。

三、打马鬃

每年的阳春之末，迁往夏牧场之前，都要给马群打鬃，就是为马匹剪发，这是一项专属于草原男人的劳动。牧业队组织起青壮年男劳力，通力合作来完成。打鬃前，需要在石圈圈口的一侧，预先搭出一个狭长的木栏圈，其长约十米，宽约一米。木料衔接处皆用粗鬃绳捆扎得结结实实。这里就是打鬃的场所了。

打马鬃祈盼的是一个晴好的天气。一日下午，温风习习，白云悠悠，前来打鬃的牧民在圈外等候着马群的到来。不一会儿，远望见一大群马翻过了山梁，顺着斜坡一路奔跑而来，疾驰的四蹄飞扬起草丛中的沙土，数百匹马仿佛是腾云驾雾、从天而降。百米外，便听见了马儿的啸啸嘶鸣，马倌的声声吆喝。

临近了，牧民们拿起套马杆，或骑马或徒步，与马倌一起将马群围住，大家高声吆喝着，齐心协力将马群轰进石圈，同时留意将马驹与牧民的坐骑分离至圈外。之后，再分批轰入木栏圈。

关在木栏里的马匹相互拥挤、啃咬、躲闪，甚至蹿跳，却都无法逃脱，难以转身，相当于被卡住了。它们只能驻步昂首，这恰好形成了有利于打鬃的姿势。这时候，打鬃的牧民纷纷上岗。他们挽好袍子的袖口，撩起袍襟一角塞入腰带内，站在木栏旁或立于底层横木上开始操作。他们右手握着古铜色大号铁剪，左手撸起一大把马鬃，平贴着马颈部依次"咔嚓咔嚓"地剪起来，马鬃一绺一绺地应声落下，再顺手放入系在木栏上的布袋里。众人于不同的地点一起动手，劳动紧张而有秩序。

男人中更有握力非凡者，他手中拿的竟是一把七八寸长的短柄钐刀。只见他一大把一大把地薅起马鬃，"唰唰唰"得心应手地割将下来，其动作之麻利，速度之快，令人瞠目结舌。打马鬃曰"打"而不曰"剪"，或许出自于此——用钐刀割取，如同打草一般。

男人们一边劳动一边三言两语地说笑着。他们聊着某马的父亲是某儿马，有着怎样的脾性，发生过怎样的故事。说到"马"，谈及相马、驯马、套马、骑马，乃至好马好鞍，几乎每个男人都有满腹的经验、满腹的故事。马的学问在前辈后生的口口相传中，头头是道，条条是经。这是男人立足于草原的本事，是男人之间说不完道不尽的话题。

草原男人与马儿是相知相熟、相依为伴的。男孩三四岁或更小时，便被父亲抱上马背，与大人一同感受蒙古马颠跑的节奏。八九岁或十一二岁，便独自骑着光背马（无鞍马），帮助家人放牧营盘附近的牛羊。到了青春年华，俨然一位灵活撑杆上马、飒爽英姿的骑手了。他不仅懂马，而且爱马。暮春，他仔细地剪理马鬃，有款有式，讲究寸头平整；仲夏，他不避烦劳，持长草为坐骑驱赶蚊蝇；深秋，拿木梳刮擦马尾骨上的癣屑；隆冬，用马蹄袖拂去马背上的霜雪，再盖上鞍毡；诸多爱马惜马的情节不胜枚举。

马儿确也灵慧，它识主知恩。循回往复的四季，无论是冷雨淋漓、路途迷茫，还是狂风呼啸、天寒地冻，它皆忠实地驮着自己的主人，奋力扬蹄，奔跑在无垠草原的东南西北，同主人一起放牧畜群、奔赴活动、办理各项事务……游牧时代，草原男人与马儿是不离不弃，相随始终，两者有着至深至爱的情缘。

打马鬃是羊倌、牛倌与马群在一起时间最长、最亲近的时候。整个劳动过程，自始至终伴随着马的嘶鸣声、喷嚏声、骒马唤驹的哼哼声，声声不绝于耳。打鬃者与众多的马近距离地接触着，马的眼睛、鼻唇、面部之诸多细节，乃至脊背上的大小伤疤，皆清晰可见，触手可及。众马身上散发出来的汗味，马鼻中喷出的气息，随风扑面。

那些近身而来的五颜六色的马，在狭长的木栏内，如模特走T台似的，一匹跟着一匹亮相于打鬃人的眼前。长生天赐予了它们独特而矜贵的颜色，牧民为之配上了自然而贴切的称呼：哈勒、沙勒、包勒、嘎特、亚干、青稞勒、阿拉科……用汉语只能粗略的译作黑、黄、灰、棕、粉紫、青灰、花斑……这些可爱的蒙古语称谓，唯有用蒙古语道出，才最是朗朗上口，呼之亲切。

打下来的马鬃同样是五色斑斓，一把一把、一绺一绺地堆摞着，沉甸甸的很有分量。马鬃粗硬，很难打理。在这里，手掌瘦小且无握力的人，只能充当配角——站在木栏旁做助理，或扶起马鬃，以利理发师下剪，或及时收拾起剪下的鬃毛，放入麻袋中。马鬃可以用来搓制捆扎用的粗绳，可以编制多色的马肚带、双色的围包绳，更多的是出售后，算作牧业队的集体收入。

在打马鬃的劳动中，最显见草原男人勇武之风的场景，是在放马出圈、套摔儿马的那个时候。男人们一一聚拢过来，沿圈的出口两侧站成稀疏的长列。有的人整理着蒙古袍，重新扎好腰带；有的人摆弄着自己的套杆，特别试着甩了几下。那五六米长的套杆，笔直、匀溜、粗细合手，柔韧的套绳系在杆梢的两端，自然而然地弯出了半月形的弧度。这是游牧时代牧民骑马必备的随身伴当，也是一件不可或缺的劳动工具。西方渐变柔和的光线散漫地铺射过来，为这个人与马竞技的场景平添了几许暖红的色彩。

最初是若干匹骟马、骒马奔出圈口，几个牧民试着甩了甩套杆后，放其通过。不多时，第一匹儿马出现在圈口。它毛色黝黑，额头一块星月白，长长的鬃发漫过厚实的脖颈，沿一侧流苏般飘垂着（儿马不打鬃，蓄发明身）。它四蹄踏地，双眼警惕地盯视着前方，有一个瞬间的停顿。之后，它扬蹄跑起来，很快加速。男人们仿佛接到了出击的命令，及时地挥动起手中的"武器"，试图套住马头的最佳处，想利用一股巧劲将其摔倒。如果马身侧翻倒地，就算是胜利。可惜这次是心有余而事未成。这匹儿马冲出了夹道，奔向了远方。

不一会儿，第二匹儿马出现了。有人出杆试套，套住了它的面颊，只见那儿马打了个小趔趄，甩开了套绳，继续奔跑。队列前方，另一人套住了这匹马的马首，不料套绳滑过了马耳，他迅速地做出"蹲坐式"——双腿弯曲、上身下压、身板后倾，双手紧紧地搋住杆柄，很有一股宁死不松手、英勇一搏的气概。那儿马拖着他在草地上滑行了数米，这时，有人伸出了援助之杆，一杆、两杆甚至三杆。搋杆者拼尽了全力，旁观者屏住了呼吸，所有的目光全部集中到这匹儿马身上。最终，人力、杆力不敌儿马的雄蛮之力，几根套杆皆滑落到儿马的颈部，人被迫放弃了。只见那儿马无所顾忌地拖着几根套杆继续奔跑，其长鬃飘逸，神态不可一世。

套摔儿马的技艺，好似奥运会上的飞碟射击，高手总是眼疾手快；指哪儿打哪儿，几乎是毫厘之差，便分出了技艺的高低上下。

最精彩的场面是有人套住了马首的最佳处，即刻拉搋，再瞬间松劲，马儿因失去重心而摔倒在地，又随惯性滑出了五六米。这时，立于夹道两侧的男人一齐发出了声声喝彩，"咴"，"嚯"，"角霍姆赛音"（太好了）这是一群男人送给一个优胜者的真诚的赞美、由衷的钦佩。套摔儿马是牧民男子套杆技艺的观摩比试，是大草原上人与马的一场快乐游戏。

劳动结束了，牧民纷纷上马各自回家。身穿蒙古袍的牧民男子，一旦撑杆跃身马上，立即神采焕发，身姿潇洒。他们手挽着长长的套马杆，自如地稳坐在马背上，上身稍稍斜侧着。行走间，人体与马体韵律般和谐起伏着，这是世间男子最具翩翩风度的、魅力永驻的形象。夕阳西下，牧民一个两个、三个五个，在马踏浅草、套杆拖地的沙沙声响中，渐行渐远，消逝在炊烟袅袅的草原腹地。

四、草原火

春季是草原火易发的时节。生活在草原上的人们都知道，一场火就是一场灾害、一次事故。放牧畜群的草场被焚毁，损失是显而易见的。火毁面积小者，畜群会出现临时的缺草困难。燎火面积大者，会带来更多的问题和困难，甚至造成人员、牲畜的伤亡。追究起火原因，一是天灾，源于电闪雷鸣；二是人为因素，多由麻痹大意所致。对于后者，牧民们一向高度重视，百般注意防范。

草原牧民都知道，亘古以来，"火之燎于原"的局面是人力不可控的。那一星一点的火苗，看起来微小如豆粒，如羊粪，如烟蒂，但是稍有疏忽，便可燃烧起连片的草原，灾情难以预料。为了防微杜渐，不得不谨慎从事。

在四季游牧迁徙的草原，牧民熬茶做饭皆以干燥的牛羊粪为主要燃料。此物虽好，但粪灰却暗藏起火隐患，尤以未燃尽尚含火苗的红色羊粪球最危险。因此，各家牧民皆在炉前灶下挖一个储灰坑，随时将刷锅水、茶叶渣等湿物一股脑儿地倾入，致使死灰难以复燃。凡转场搬迁时，牧民家人从不会忘记熄灭炉底灰烬。春、夏、秋三季以水浇灭，冬季用雪覆盖，谨慎者还会压上石块石板，以防含火的羊粪随风飞出，酿成灾害。

在风干物燥很少下雨的春季，更是加倍防范。为了防止"突隙之烟焚"——从烟囱缝里迸出来的火星儿,牧民会有意识地控制包内炉火不致烧得过旺。野外放牧的"瘾君子",会将烟卷捏在空心拳内,再用另一只手抱拳相合,以拢住含火的烟灰。吸完后,朝烟蒂啐一口唾沫,置土里用力捻灭,或用靴底碾压成粉末,谨慎者还会将其掩埋。

在牧业队,防火宣传是年年讲、季季讲,逢会便讲,出事故后更是加大力度地讲,使牧民百姓的防火意识根深蒂固,防火常识妇孺皆知。政府为了防范邻国的火灾越过边境,殃及吾国吾民,特别沿边境线设置、耕犁了"防火道"。此道宽约五十米,长度延绵于牧场百十公里、旗数百公里的边境线。年年用拖拉机翻耕出条条块块的褐色土壤,如同筑就了一道坚固的防火长城。

同一个春天同一场草原火,会因驻地的地段地貌、彼时的气象如风力风向,而有不一样的景况。这里记述一次在接羔地遭遇草原火的经历。

一个暮春的午后,与往日一样的平常,有人出牧,有人在家忙活。这时,居家人忽然听到包外有人在喊话,原来是牧业组长骑在马背上高声地通知道:"注意啦,外蒙着火啦,现在烧过了防火道,朝咱们草场来啦,你们要看管好羊群,做好防火准备!"说完,即磕打着坐骑匆匆奔向下一个蒙古包,就像是古代驿站的驿人,快马加鞭地传递着战事消息。火情通知就是战斗命令,各包牧民马上行动起来,都将"防备"作为第一要务。

由四个北京女学生组成的牧羊人家是这样防备的:一是将放牧在外的羊群赶回营盘,一人去寻找,两人一同轰回来。二是拆除、收好羊圈及周边的所有易燃物，比如搭圈挡风用的干芦苇，归拢好羊粪堆牛粪块，收拾起覆盖其上的褴褛碎毡。三是沿羊圈周边挖出一道窄小的"防火沟"。此沟约一锹深两锹宽，同时将铲出的土块培在沟的外沿，以保证弱小火苗不易入侵。之后，沿蒙古包外毡底部，也如法炮制挖出一道"防火沟"，将土坯培在底毡处，拍压瓷实，以防火苗钻进包内。

几项工作完成后，再合力将归来的千余只大羊小羊悉数轰入圈内，稳住其阵脚。抬头看看火势尚在远方，家人又商议扩大防护安全圈——将营盘稍远处的几片草地先期点燃，烧出不毛之地。方法是一边点火使其燃烧，一边及时打灭。三下五除二，安全圈搞定。这时，一人牵一马，分立于羊群之外，组成包围之势，以防羊只因惧怕烟火而突围致伤。

争分夺秒的防备工作就绪后，紧张的身心暂时放松下来，这时才想到，该好好观察一下火情了，于是翘首向北远望。此时，北部天空满是均匀的灰白颜色，山峦之巅浮动着若云若雾的烟气，烟团聚积处，隐约有星星点点的火焰闪烁其间。一会儿，正面山峦出现了一条长长的火线，再一会儿，东西两侧的山峦相继翻过来条状的火线，继而几条火线衔接相连，蜿蜒在望不断尽头的丘陵草原上，红色的火线勾勒出山峦边际起伏的轮廓。

不久，又清楚地看到，冒着黑烟吐着红焰的火线形成了一条粗犷的分界线，划分出南北两界截然不同的地表颜色。北界已然满山黑灰，南界尚是黄白一色。火线不停地顺着山势，随着微风，由北向南缓缓地行进着，黑灰色渐渐吞没了黄白色。远望如是，近观则是另一番情形。火苗紧贴着地面，节节寸寸地燃烧着，遇到稍高的草丛便蹿跳一下，闪出瞬间的红焰。

　　火势蔓延而来。幸好此时的春牧场已近放牧的后期，营盘附近的草更是低矮稀疏，火势到此明显减弱，烧到临时挖的防火沟时，火苗沿其边缘一溜而过，人稍稍一跳就过去了。而燃烧的火焰带来的热气和呛鼻的烟气，却令手中牵的马儿惊恐不安，它猛劲地挣着缰绳，想躲避烟熏火燎，牵马人攥紧缰绳不松手，同时"咴咴"地低声安慰着，马儿随之镇定下来。羊群外围的羊只，起初是惧怕地绕着群体踏着碎步，不知所措，于是护羊人高声地吆喝着"呀嘿、呀嘿"，不停地圈赶着，让它们向中心靠拢，羊们更紧密地缩成了一大团。火烧了过来，又燎了过去。由于羊们紧紧地靠在一起，因而躲过了火劫，个个安然无恙。正因为做了全面而稳妥的防护准备，这户由女学生组成的牧羊人家平安无事，避过了这场春季草原火。

　　这时，牧羊人的目光又随着火势朝南方望去。火烧到了湿地中的芦苇丛，火焰突地蹿烧起来，总有两三米高，随之卷起了滚滚黑烟，大有熊熊燃烧之势。苇叶燃尽后，火因遇到水面又平息下来。不久，再度连接起火线，向南山坡烧去。

　　燎过火的草场，一眼看过去，满目黑灰，烟气飘浮，成了一片死气沉沉、毫无生机的黑草地，这不禁令人生发出"今后怎么办"的哀愁。这时，一位有经验的老牧民说："这场火对咱们草场影响不大。枯草烧成灰就是肥料，一下雨，新草就出来啦！到了夏天呀，这里的草长得更好！"这番话恰好与千余年前的那首古诗遥相呼应——"离离原上草，一岁一枯荣。野火烧不尽，春风吹又生。"

　　后来才懂得，离离原上草之所以枯荣有序，燎火不惧，其奥秘就在被人们忽略的"草根"中。野火燃烧的只是地面上的草叶和草茎，至于地面下的草根，由于有土壤的保护而完好无损。而这"根"正是千草百卉的生命之本，是其蓬勃旺盛的生命力之所在。

五、春归夏至

春季接羔，是满都草原四季劳动中最繁忙、最劳累的时段，确也是一个喜获丰收的季节。原有的一千二三百只羊增至一千七八百只，满满地溢出了营盘。在牧民夜以继日地管理照料下，那许许多多幼小的生命健康活泼地长大了。它们在草地上自由地行走，尽情地跳跃。先前的"高愣科"带着羔儿，在羊群里与其他羊别无二致，弱羔也长大长结实了，它们跟随着羊群一起吃草饮水，一起前进了。

眼望着春暖大地、百草萌生，牧民的心中充满了喜悦与欣慰。他们深深地眷恋着这片草原。在这里，视野是如此开阔，呼吸是如此顺畅，日光星河映照下的山山水水真是令人心旷神怡，和马牛羊在一起，真是舒心快乐。他们由衷地热爱着这片草原，这爱深厚而博大。

立夏之风吹绿了原野新草，催发着嫩芽，夏牧场小河周边的花草长势尤为鲜亮，马群、牛群已经迫不及待地"跑青"了。这时候，牧民开始收拾起简单的、屈指可数的家当，拆包装车，转场迁徙了。

女主人牵拉着长串牛车，男主人轰赶着合群后的庞大"羊军团"，跟随在车队前后。一个牧业组几户牧羊人家，几个牧业组二十群羊，户户群群皆若此。在这片生机盎然的辽阔草原上，大羊群"咩咩咩"地齐声合唱着，小牛群"哞哞哞"地伴着和音，牧民扬起套马杆高声吆喝着，坐骑不停地打着响鼻。就这样，大家一起迎着徐徐晨风，欢天喜地、浩浩荡荡地朝着美丽的夏牧场进发了。

第二章　夏牧场

一、小河草原

满都草原的夏牧场有一条蜿蜒九曲的小河，牧民称之为"奈林郭勒"，直译为"细小的河"。据说它源自于宝格达山的泉水，流经山谷沟壑来到这里，盘桓后再流向北方。它河床不宽，水流平缓，水体清冽，是牧民生活、畜群饮用的重要水源。

初夏时节，得水气之先，小河两岸的花草蓬勃茂盛，竞相绽放着生命中最初最美的色泽。黄罂粟张开花瓣，摇曳生姿；红花草伸展枝叶，招蜂引蝶；小小百灵鸟掠过草尖花冠，发出清脆悦耳的声音。一种不知名的白色小花，一片连着一片，呈现着"一气初盈，百花齐放"的喜兴气象。沿河的小片湿地中，一个个圆柱形的草墩子上，布满了长丝倒垂的青青苔草。那几年的初夏，这里有着大自然洪荒般的原始生态。

小河的中心区，有一个湛蓝色的湖泊，牧民称之为"布鲁东夏布日太淖尔"，直译为"大泥湖"。湖之四周，芦荻苍苍，湖之中央，水草荡荡。野鸭在苇丛中悠游觅食，安然搭窝，孵化后代。

湖泊的北方，有一座色泽鲜明的白石头山，大小不一的雪白色石英质石块裸露在外，散布于山坡上下。在那许多有棱有角的石体上面，纵横着红、黄、黑三色裂痕，生长着经年的黛色苔藓，贴覆着沁黄的斑印，它们默默地述说着地球脉动的故事。

小河的东部，沿山麓缓坡，有一段南北走向的"成吉思汗墙"，专家定为"金长城"，称其始建于一一四八年。城墙历经八百多年的风雨侵蚀，如今已颓败为一条略微凸起、依稀可见的长垄。垄上牧草衍生，与周边连为一体，几无区别。如今的人站在上面，已很难想象当年的规模、往昔的气象了。

小河草原、美丽的奈林郭勒，是一个有山有水有湖泊的得天独厚的优质夏牧场。边境牧业队几个小组的驻地，就位于中心区东部的山麓地段，凉爽通风的缓坡上，毗邻金长城。

转场搬家的那一天，一串又一串的牛车队，一群又一群的"羊军团"，先后来到岸边渡河。老牧民熟知滩平水浅的河段，到达后，指挥着牛车、羊群安全渡过。过河后，几支车队伴着"吱吱呀呀"的车轮声，成扇形继续向东山前进。到达各自选好的营盘后，牧民便熟练地安营搭包。不多时，半坡上就出现了一片错落有致的蒙古包营地。这是四季牧场中彼此相邻最近、最富生活气息的"努都克"。① 接着，居家人开始忙乎夏季生活必做的三件事——盘灶、打水、捡牛粪。

夏天暑热，炊事用的铁皮炉改为自制泥灶。泥土取自河边灰白色的含有黏性的盐碱土。和上水，做成一段段一尺来长的

————————————

① 努都克：蒙古语，一词多义，用来表示营盘、草地、家乡等意思。

扁片，再如砌砖墙似的将扁片垒叠起来，趁其柔软之际，围成一个尺寸适中、外方内圆的灶台，掏出通气孔，安上烟筒，最后在灶台表面抹上一层细泥浆，以求外观平滑光润，风干后便可使用了。盘灶是个手艺活儿，看起来简单，其实有技术含量，会盘与不会盘，灶火是否好烧，一点火便见分晓。外观拙朴的泥灶是暑热行炊事的最佳物件。

"民以食为天，食以水为先"。那时候，人畜共饮一河水。若想从河中取得清水，须与牛羊展开"赶早"竞赛，抢在它们去河里饮水之前到达。往往在曙光初起时，便赶上老牛拉的木制缸车，挂上铁皮小桶，伴着"哐当哐当"桶撞缸的声响，一路颠簸起伏奔向河边。打水人脚踩岸边，持桶屈膝、弯腰到河里取水，然后直起身倒入缸内。一桶接一桶，累积多半缸水后，就可以打道回府了。

取用河水费时费力，且需澄清后方可使用。于是北京学生主动策划打井。由一人带头主持，运思、选址、设计，并施工操作。其他学生分工合作，有赶着大车运送石料的，有忙里抽空搭把手的，大伙儿同心协力。第一步是在营地附近选址，寻一个易出水的低洼点，开锹掘土。至一米多深后，地下水渗出。继续下挖时，掘井人一面用石块垒井壁，一面及时掏空井下涌出的流沙，直至挖到理想水位，井壁也用石块垒得结结实实之后，方告完成。这是一口石井，水质洁净清冽，茶炊、马饮皆可口适宜，且即取即用，非常方便，实为利民惠民之举。

牛粪是牧民熬茶做饭的当家燃料，一日不可缺。夏季雨水多，干牛粪尤显宝贵。趁天气晴好，抓紧储备，多多益善。以荆条编的粪筐车计，一车两车不算多，煎饼似的薄片牛粪不算差，只要干燥易燃，就是好东西。捡回后，堆放在包外的东南处，用破旧毡片、生羊皮苫好，以防雨水淋湿或受潮。

盘灶、打水、捡牛粪三件事，皆为夏日炊事而操劳。保障全家人按时的茶饭，是每一位草原主妇的头等大事。

二、夏季牧羊

奈林郭勒的黎明十分宁静，淡淡的晨雾沿着山麓轻轻地浮动，黛绿色的山峦半隐半现。这时，蒙古包营地升起了第一缕炊烟，继而几缕、十几缕炊烟渐次升起。那一柱柱纯白色的炊烟袅袅地飘向天空，稍稍停留后，才悠游地四下散开。一头母牛踱步到营盘，发出"哞"的一声长唤，包里的主妇听到这声音便起身了。她窸窸窣窣地穿上一件旧单袍，"吱呀"一声推开包门，拎着小木桶挤奶去了。

十几只羊走出了营盘低头觅草，慢慢地带动起更多的羊，接着，整群羊行动起来。它们嗅着河水的气味，踏着步成条成缕地向小河进发了。牧羊人骑上马，握着杆，将羊群圈回，散放在目力所及的草地上。老牧民总是待羊吃些草、肚里有了食之后，才去饮水。喝足了水，再向山峦深处去吃草。夏季牧羊一日一饮水，注重的是抓"水膘"。

夏季的羊群是四季中最庞大的队伍，一千七八百只绵羊山羊、大羊小羊，散布在起伏多褶的山地时，常常是见首不见尾，或是只见中段而不见首尾。牧羊人总要格外地注意看护，以避免与其他羊群混合，或部分地走散遗失。夏季日长夜短，出外放羊，往往需要十一二个小时。日出后的几小时，与日落前的几小时，是羊群采食的最佳时段。正午太阳高照时，山里溽热，羊们自会歇卧一个时辰，相当于午休。歇好了，自然会去吃草，不必担心它们饿着。

　　暑天放羊的难点，不在日晒雨淋时间长，而在与蚊蝇的周旋。水草丰茂的草地是各类昆虫的天堂乐土，奈林郭勒常见的小飞虫有苍蝇、蚊子、蠓蚋等，其中又以蚊蝇为主力军。别看它们微小不足一分一毫，成群结队联合起来的能量，绝不容人畜忽视。它们喜荤厌素，草原成千上万的马牛羊是它们饕餮大餐的对象。阳光下，它们潜伏在草深叶密处，只要人畜一到，即刻訇然出动。它们一边发出"嗡嗡嗡"的声响，一边向人畜展开肆无忌惮的骚扰攻击。

　　苍蝇是无孔不入，无处不沾。它们见血肉就激动，常在马背、羊腹、羊尾的创伤处，产卵撒子。完成任务后，便哼着"嗡嗡"小曲，飞到马的眼眶、羊的耳朵、奶豆腐上面，趴伏着尽享阳光。蚊子则依仗自身独有的武器，见缝插针，成了最惹人厌烦的小虫。它们闻到血腥气便拔针而刺，一针见效。蚊蝇猖獗时，坐骑的臀部会有无数的小咬叮在那里吸血，红色汁液布满了它们的腔囊，形成密密麻麻的一片血色珠粒。牧羊人裸露的面颊、手背甚至五指相连的薄弱处，它们也不放过，叮住、吸血，满足后飞去。对蚊蝇的攻击，羊儿无能为力，马儿顾此失彼，人是打不胜打，挥之而去，瞬间又反扑回来，无可奈何啊虫性之顽劣！

　　面对小小飞虫的叮咬，真正的草原牧民是随其自然、泰然处之。他们怀着一颗平常心，潇洒地与蚊蝇打交道，在一来一往中，坚信自己是胜者之王。蒙古包里，三岁男童抹着眼泪嘟囔着："亚拉哈极呐。"（蚊子咬我呢。）他的母亲对过一句简单的话："哈嘛怪。"（没关系。）她知道，让孩儿从小适应自然环境，才是真的疼爱，是计其长远的母爱。

夏季牧羊，时常会遇见一些触动人心的或喜或悲的事情。这里记述两则。

山顶小花　上午，牧羊人跟着羊群来到了一个山顶。登高远眺，是望不断尽头的山外之山，层层叠翠，欲与天公试比高。牵马随羊行走间，蓦然看见脚下伏地而生的两丛山花。它们的花朵是那样的细小，仅有三五个毫米，颜色极浅极淡，微微含着天青蓝、桃花粉，朵朵鲜花都在昂然地盛开着。

这时，一阵山风刮来，掀起了人的袍襟、马的鞍鞯，那数十朵小花在风中不停地簌簌抖动，牧羊人不由得担忧起它们的命运。奇异的是，那些细柔的花朵，既没有飘散，更没有凋零，而是以初始的模样，迎山风而舞动。弯下腰近看花丛的底部，发现它们守住的只是一层薄薄的土壤，和覆盖其上的碎石。这般柔嫩的物种，得以在千米高原上生存，靠的该是很强的生命力吧？

小小山花或许不知，她们美丽的生命，不仅装点了草原，还触动了牧羊人的心。

狼叼小羔　黄昏，带着羊群从山里归牧时，忽闻一只羔羊声嘶力竭的呼叫，声声不断，揪人心肺。循声而去，望见山沟对面的半坡上，有一个小白点在绿草丛中时隐时现，一跃一跃地向大山深处移动，呼叫声正来自那个小白点。可以断定，这是一只狼叼着一只羔儿向狼窝跑去。在羔羊的成长期，时有一些猝不及防的事情发生。

老牧民说："那只狼只是口衔着羔儿的脖子，并不下嘴咬死，这是为了回窝后给小狼崽子们玩耍的，也有训练狼崽子扑食本领的意思。"悲切切，一只活泼泼的羔羊，就这样被大狼小狼硬生生地整死了。

日落西山，羊群进圈后，下夜开始了。夏天的羊圈，四周无任何遮挡之物，几辆牛车只是按惯例放置在蒙古包西侧，羊群习惯性的卧其南面。下夜时，鉴于蚊虫的袭扰，老牧民会在羊群卧盘的迎风处，摆上几堆冒着熏烟的艾蒿草和潮牛粪。烟雾与气味随晚风回旋在羊盘上方，既削弱了蚊虫的攻击能力，也起到了阻挡羊群顶风出走的作用。为了羊群夜间的安稳，营盘往往选在地势稍高、干燥通风的半坡处。营址选好了，羊群有了安息之处，下夜就无忧无虑了。

三、羊之事

相对于马和牛而言，羊是最需要人来照顾的牲畜，夏牧场的诸多劳动，皆因羊之事而忙碌。羊需要剪毛、药浴、打针、吃药，还需要处理创伤、治疗癞羊等。满都草原的放牧体制，无论是当年的集体所有制，还是现今的草场承包制，羊之事都是必不可少的。这里，依劳动的大致时序，略作回顾。

剪羊毛

在夏牧场，除牧羊外，日常最主要的劳动是剪羊毛。组织方式是以牧业组为单位，各家出劳力，一天剪一群，各家羊群排序轮流进行。

羊群进圈后，首先去解决那些"披花挂彩"的羊。干活的人紧随其后，抓住其身，拽下即将落地的毛絮即可。再去解决那些羊毛已呈蓬松状的羊，抓住、摔倒、捆好、压住后，先薅后剪，很快又解决一只。经验是：肥羊易剪。因其毛的根部有一段附着油脂、一两厘米长的淡黄色毛，由此下剪走刀最得力。一般从腹部开始，依次向脊背部一道一道地推进，之后，翻其身再剪另一面，操作熟练者十来分钟便告完成。

那些年，为了提高羊毛的质量与产量，试将新疆细毛羊种羊与乌珠穆沁羊交配，新品种取名"改良羊"，其毛以纤维长、产量高著称。剪毛时，宜用剪刀"脱衣"，擅长者真的能剪下一件完整的"毛衣"。为提高工作效率，牧业队为每个小组配备了一台剪毛机。其刀头形似理发推子，顺着带油脂的毛层平行推进，既省力又快速。但羊毕竟是活物，"理发"时，身体常有扭动、蹬踹的动作，极易碰伤细软的皮肤。多数牧民还是习惯用剪刀操作。

给山羊剪毛实际上是挠绒，又称抓绒，是取其长毛里的细绒。工具是一把特制的铁丝挠子，形似手掌微微弯曲的五指。山羊细绒夹生在外层粗硬的长毛中，操作时，需用挠子一下一下地将内层细软的绒抓下来。此活儿既费力进度又慢，而且，从一只山羊身上抓下的绒毛仅有轻盈的一捧，产量极少。

劳动至中午，是休息的时候了。干活的人先用一小碗水，以口吐水的方法，洗掉沾满双手的黑糊糊的羊油脂，再喝上一碗热奶茶，吃上几片酸奶豆腐，颇感惬意。茶后，女人们背靠着圈墙聊起家常。有人提及自家奶牛下奶如何，犊子怎样。有人拿起旁人的袍襟，看面料、观针脚，说着自家缝纫的事，夸着哪家的媳妇针线好。休息后接着剪毛，直到群内易剪的、脱毛的羊没有了为止，之后，放整个羊群出圈吃草，收工回家。

那时的羊毛属于集体财产。剪好的羊毛装入麻袋，送到指定的仓库，等待收购运走。剪羊毛如同为羊儿脱去一件厚毛衣，此事既应时令所需，又为国家提供了毛制品的原料。

洗　羊

全队的剪毛工作接近尾声时，牧业队开始组织人力物力为羊群药浴了，牧民称为"好尼五花那"，直译为"洗羊"。当年，这是解决羊体外寄生虫的唯一办法。

洗羊有浴池，浴池是特别设计搭建的。离小河不远处选好地址，挖出一条宽窄深浅皆适度的长形地沟，以石块垒壁，用水泥抹平，灌入药水后，就是药浴池了。池的两端砌有十几级步行台阶，作为畜群上下出入的通道。浴池的入口处，连接着一个偌大的石头圈，圈墙高约两米，直径近二十米，据说马群也在此处药浴。

准备工作之一是调集若干户牧民家的水缸车，以犍牛驾辕，到河里取水，总需往返十几趟才够用量。将缸中水注入池内，再按比例倾入大袋的"六六六"粉，调配后搅拌均匀。药水呈土黄色，气味刺鼻，熏人眼目。那时，此药水对于消灭羊体外的螨虫、蜱虫、羊虱子等寄生虫，是有一定功效的。

洗羊需要人手多、劳力强。所以，除了当天的放牧者外，凡是可以出工的男女牧民皆参与其中。

羊群进圈前，劳动者已各就各位，有在圈里的，有在池旁的。羊群进圈后，由守候在这里的六七个人合力将羊群往药池入口处轰赶。男人喜欢用短套杆，女人则用短棍，或徒手展开双臂作包围状，或用袍襟呼扇。大伙儿一边"呼哟""咳哟"地吆喝着，一边费力地轰赶。羊儿生性怯懦，又不熟悉此处场景，加上入口狭窄，口外情况不明，因而却步不前，甚至掉头反身而逃。于是几个人一边高声喊着、扬鞭舞杆地轰打着，一边将重达数十斤的羊只拖拉拽扯到池边，推入甚至扔入池中。待有若干只领头的羊进入药池后，其他的羊在不停地吆喝轰赶中也渐渐归顺，一一试探着进入。就这样，羊群一拨一拨地开始药浴了。

在药池中，羊的身体会自动漂浮起来，它们一只跟着一只，像游蛙泳似地抬着头向另一端的出口处游去，然后带着浑身泥浆般的药水，走上台阶，步出药池，这就是洗羊了。羊们一拨接着一拨，直到全群洗完。

但是，羊只在狭长的药池中并非个个顺从老实。有的拥挤扎堆阻碍通过，有的骑在其他羊背上东张西望，有的试图从池壁两侧爬出，还有的险些溺水。诸多情况，皆需站位于池子两边的劳动者及时解决。他们用套杆短棍敲打着，大声吆喝教训着，仿佛交通警察疏通着来往车辆，使之顺利通过。

药池两侧的地面，由于药水的溅洒，湿滑如冰面，人的双足必须牢牢地踩住地面、稳住自身后，方能解决羊的问题。而石圈里的地面则是另一番情况。圈中的粪土，由于千万只羊的踩踏，雨水的浇淋，泥泞如沼泽，人足踏入、拔出时颇感沉重费力。所以，常常是穿上橡胶雨靴来劳动。

当最后一拨羊走出药池，早已等候在圈外的另一群羊，紧跟着轰进了石圈。在这里，劳动者的吆喝声、众羊的叫唤声、羊体与池水的拍击声，混合交响，不绝于耳。而药水味、泥浆味、粪土味，在仲夏的暑热中蒸腾而起，浓烈异常，浮而不散。劳动者个个汗流满面，衣裤溅满了各色泥点。若说洗羊是夏季劳动中的一件苦活累活，实不为过。

然而，苦中有乐，乐随心生。且不说这是全队男女劳力齐上阵的劳动，难得大家在一起相聚合作；也不说洗羊是男女同工同酬，都记牧业杂活中的最高工分；单就中午聚餐这一项，就给予劳动者殷殷的期盼与喜乐。

约定俗成的惯例是，但凡洗羊，队里便安排一顿免费的午餐——吃手把肉，并派出专人现场屠宰、灌肠、烧煮。圈外空地的三个泥灶上，早早地摆稳了三口大铁锅，三锅并排成行。一口为奶茶锅，一口为手把肉锅，另一口则是血肠羊杂锅。洗羊开工前，这里已是锅底炉火正旺，锅中沸水翻滚了。

时至中午，还在忙碌的人们忽闻老队长洪亮的招呼声："奥道安木斯嘿那，布鲁好勒依德那！（现在休息啦，大伙儿都来吃饭吧！）"那些紧张劳累一上午、饥渴疲惫的人，听到这声呼唤，真的是倍感亲切，喜乐涌上心头啊！

劳动者纷纷从圈内池旁走过来，洗手、擦脸、整衣，环三口大锅分散而坐。男人们敞胸露臂，手握羊肉块，用蒙古刀、电工刀熟练地削食着，爽朗地说笑着。女人们则三人一堆儿、五人一伙儿地坐在稍远的阴凉地，一面喝着奶茶，品味着各家送来的奶豆腐，一面低声细语。

这时，一个两岁的小娃儿蹒跚地走向他的母亲，其母迎过去，温情脉脉地念叨着："米尼呼火勒嘿，饿斯白那。（我的孩儿好可怜呀，饿了吧。）"遂抱起娃儿，解襟露怀，将乳头送入其口中。坐在一旁的三个也有小娃的女人看到此情此景，像是得到了某种启示，也解开了自己的衣襟，亮出了乳房。她们用手轻轻地托起自己的乳房，彼此你看看我的，我看看你的，比着大小，笑着询问着什么。

大家吃饱了，喝足了，又听到老队长的一声招呼："起来啦，干活儿啦！"于是劳动者纷纷起身，走向各自的岗位。

打针　吃药

夏牧场的各项劳动紧张而有次序地进行着。日子一天天过去了，营盘周围的草地，也由绿变黄、由密变疏了。这时候，开始给羊打针吃药了。打针是为了预防羊群中容易流行的疾病，如羊痘、口蹄疫、炭疽等。此类打针属于免疫注射，大多采用疫苗类药物，如羊痘疫苗等。

这项工作是将羊群轰进圈内完成。通常在大圈里面再搭出一个小圈，是一种用铁轮车与铁哈纳围出来的圈中圈。几箱注射药品整齐地码放在圈墙外边。两个打针人手持兽用粗管注射器，安放针头，抽取药液，其他几个助手将羊分批轰进小圈。打针人立于出口处，按一定剂量，逐只稳稳当当地在羊臀部扎针注射，随后放其出圈。

打针的特点是频繁地举瓶抽取药液，挨个地定睛注射，一拨二十来只，一拨接着一拨，不容有丝毫松懈。到最后，打针人恍惚机器人似的在操作，头晕目眩。倘若圈口没守住，未经注射的羊即刻蹿跳而跑。在逃离圈口的那一瞬间，有的羊展露出罕见的蹬地跳远的本事，颇似田径运动员的"三级跳"。节骨眼上，有打针人眼疾手快地照着羊的臀部就是一针。只不过此"飞针"多少有点玄，难免失手扎错部位，甚至折断针头。倘若如此，真不如放其逃之夭夭。

给羊吃药是为了清理羊肠道内的寄生虫，如蛔虫、钩虫、涤虫、线虫等。当年的药物主要是"敌百虫"，一种白色的晶体，状似碱块。敌百虫的配制方法很简单，用水按比例稀释后装入空酒瓶中。

吃药的方法采用"灌"，即将羊嘴掰开，瓶口对准羊口，径直灌入，如同"一口闷"。但需把握好剂量，只"闷"瓶中药物的四分之一。一般是两人配合，一人扶羊，另一人灌药。也有单干的，即用身体控制住羊体，搂住羊脖颈，用瓶口撬开羊的口角，随即灌入；或将羊摔倒在地，再行灌药。无论使用何法，都要将喝过药的羊及时放到圈外，避免重复给药。否则，岂不成了毒害羊只的凶手?!

处理创伤

这是每天羊群出牧前的例行之事，是为有伤口的羊处理创伤。缘于剪毛、剐蹭等原因，一些羊的表皮留下了大小不一、深浅不同的伤口。不曾料想，这竟成了苍蝇产卵的基地，其幼卵在血浆肉脂中的生长速度，令人惊诧。小如豆粒大的口子，几天后便被侵食为铜币大，若铜币大的口子，会被洞开成拳头大。据说蝇蛆十天就能繁殖一代。在血肉模糊的溃烂处，蛆虫们吃得白白胖胖，团团蠕动，尤其是在肥实的羊尾中，蛆虫数量之多，个头之大，令人咋舌，而那一股腐肉溃烂的气味，更是刺激鼻腔。倘若不及时处理，有可能影响羊只的发育，甚至危及生命。

那时的处置办法是因陋就简。先用小木棍将蛆虫全部拨拉出来，再用双氧水清洗创口，之后撒入"六六六"粉，或涂抹调好的粉浆。经验是：及时发现，清创干净，使之尽早愈合。处理创伤的同时，还要兼顾治疗瘸羊，拔出扎进羊蹄内的草刺，涂上药物。这同样需要及时治疗，防止恶化。

面对多种多样的"羊之事"，牧民们依照着时序，按部就班、因地制宜地完成着。这为羊群的秋季抓膘、冬季保膘打下了良好的基础。

四、人之情

在"金长城"的缓坡上，几个牧业组的蒙古包由北向南错落而居。观看者立于北地高处朝南望，十来户人家历历在目。这里视野开阔，不仅可以远望到几里乃至十几里外的山峦草地，还可以看到远近东西、四方行走的牧人的踪迹身影。

白天闲暇时，人们相互串门往来。年轻的马倌臂挽着长长的套马杆，身子斜坐在鞍鞯上，一步一颠地穿行在营子之间。在包里喝茶时，他们传递着四处的见闻、八方的消息。西边一户人家的大嫂穿着松身的单袍，臂弯里拢着黄油瓶、奶豆腐，从自家营盘"挈挈挈"地步行到邻家串门，袍襟下摆"踢踢踏踏"地跟着二娃、大娃。东边那家的包外，有个男孩正在帮母亲拴扣牛犊。眨眼间，他翻身骑上了一头花牛犊，用巴掌拍打着它游走，仰面开心地笑着。在观看者面前，女主人正跪坐在包门口，用酸奶余汤在食盆里揉洗汗衫。家养的两只山羊羔儿在搁置的马鞍上，来回蹦跳，顶角戏耍。

暑热时分，撩开包外底毡，阵风吹过，包内顿生凉爽。俯卧在地毡上，隔着哈纳向外窥视，近可看营盘周边的细事，远可观百米外的动静，蒙古包俨然一个舒适的观察所。远处，牧羊人将喝足水的羊群朝自家的方向圈拢，随后双腿夹马跑回家，在包内稍作休息。羊群听话地按着主人既定的路线缓缓上坡，经过营盘走向山里。坐在包内喝茶的牧羊人，探身可以察看到这一切。当羊群之首即将越过坡顶时，他放下茶碗，骑马跟上羊群。包里的孩子们快活地玩耍着羊拐，认真地摆弄着新颖玩具。

长长白昼，人们行其所愿，安其所能，黄发垂髫，怡然自乐，恰似生活在五柳先生向往的桃花源中。

到了夜晚，择时召开小组会，读报学习，安排生产劳动，各家轮流做东道。劳累一天的牧民骑着马，踏着星光月色，在声声犬吠中，勒马驻步于牛车旁，拴好马，摆稳杆，弯腰推门进包，问一声"赛素节努"（日子过得还好吗），便席地盘腿而坐，随即接过了女主人递上的热奶茶，聊起了家常。

在等待与会者聚齐前，常有"道勒那"——唱歌。此项一经提议，即时开始。大家一起唱蒙古语颂歌、语录歌，或是独唱自己熟悉的民歌、喜爱的长调。男人唱，女人也唱，年轻的媳妇、待嫁的姑娘个个是端庄大方的歌手。歌声一起，人们的情感思绪随之而起。古老的蒙古长调悠扬舒缓，一音一刻，连老人孩子都肃然聆听。

一人唱一曲，一曲接一曲。到了一人领唱、众人和声相随时，旁听者禁不住心生感动，泪水盈眶。深沉的歌声带着人们的表情、内心的情感，从包里传到包外，在营盘上、在草地上、在茫茫的夜空中，缓缓地飘游，一直飘向草香最浓、草色最深的远方。

与会的人聚齐后，人们安然地喝着奶茶，嚼着奶豆腐，听着发言。小组长说事，安排下一步的劳动。夜色渐暗，小组会结束。

山水怡人的奈林郭勒中心区，是举办群体活动的理想之地，即便在物资供应相对困难的时候，也组织过那达慕式的庆祝会。那一年的"七一"，举办了庆祝活动。在草地上，因地制宜地搭起了木棚子。用带皮的桦木搭架子，顶部覆上苫布，杆头绑上红旗，再从两端拉上红布横幅。取中心地点，摆放一张三屉办公桌，支起话筒，这就是主席台了。不远处，还特意搭了两个小凉棚，为前来参会的人遮阳避暑。

那一天，小河草原成了迎纳四方来客的胜地。各队的牧民、场部工作生活的人，还有领导和党员，能来的人都欢欢喜喜地赶来了。牧民无论家境稍富还是略贫，人人都穿上了箱车里最好的袍子，扎上了艳丽的腰带，姑娘媳妇用干净的纱巾包头拢辫。女人们赶着牛车，男人们骑着马，接二连三来到会场。日头升高时，木棚周边已是人欢马叫，热闹异常。人们呼前喊后，寻亲问友，相互问候，棚里棚外皆是喜气洋洋的男男女女。喝茶的、抽烟的、聊天说笑的，众人之声几乎盖住了主席的讲话之音。

不一会儿，文艺表演开始了。演员都是自己人，能者与不能者皆来到场地中央，认真地表演，尽情地抒怀。场地外围，人们或坐或蹲，或站或行，为表演者鼓掌称赞。那一天，许许多多的人，团团簇簇地聚会在一起，欢快娱乐，喜庆异常。

十年、二十年后，乃至三四十年后，小河草原依旧是举办那达慕或特色活动的最佳选择，也是娶妻嫁女举办迎亲仪式的福地。一个挨一个的蒙古包取代了简陋的木棚子，一辆又一辆的摩托车替换了蒙古马，老牛拉的木轱辘车早已不见了踪影。

然而，历久未变的是，牧民参加集体聚会时，必定穿着的精美的民族服装，互致问候的古朴民风，实用便捷的茶饮习俗，以及草地上洋溢的满满的欢乐气氛。此外，还有男人的勇武大度，女人的温情善意。

五、雨之好

小河草原的北部连接着祖国的边境，境外是蒙古国的讷木勒自然保护区，东部靠近大兴安岭林区。中心区内，有一条蜿蜒盘桓的河流，有一个水色湛蓝的湖泊，更有沿河绵延的湿地。水清山绿的大环境，诞生了雨露滋润的小气候。

夏季来临，这里雨水充沛，常常是一片云便携来一阵雨，送来一阵凉。淅淅沥沥、哗哗啦啦的雨声，是草木花卉的福音。雨水为草地注入了新鲜的水源，使花草愈加生机勃勃。雨水为河流增添了水量，使之饱满地流向更远的地方。雨水丰沛时，经过低洼地带，形成了新的水泡子，为群畜随时随地饮用带来了便利。

短促的阵雨喷淋般飘洒而来，这是苍天赐予草原的恩泽。它喷洒着绿茵，清洗着牛羊的身体，梳理着它们的毛发。小河草原的阵雨酣畅淋漓，一阵子"哗哗哗"，随风而来，又随风而去，不像南方的黄梅雨，绵绵长长无间断。

若是小雨，羊群照常吃草，草叶上的雨珠是它们可口的饮料。若是中雨，羊们自会原地伫立，不食不动，似乎在享受着雨水的淋浴。风起雨停时，大羊小羊纷纷抖动起身体，试图将逗留在毛间的雨水甩下去。随着身体的抖动，无数晶莹剔透的雨珠四下喷洒开来，瞬间又纷纷落下，引人注目。当数百只羊不约而同地一起抖水时，就好像进行着一场"旋洒雨珠"的团体表演，煞是好看。草原雨为羊们送来了凉爽，使它们抖擞起了精神。羊群活跃起来，它们"咩咩咩"地相互打着招呼，随后蹽开四蹄，一往无前地迎风而去。

阳光透过云层送来了亮丽的光线，草原上的百物百色即刻焕然一新，雨霁的空气清爽怡人。牧羊人牵着马跟着羊群，且趋且行，不知不觉已是天光地色的一部分。

无意识地蓦然回首，竟看见彩虹出现在半空！那完美的弧形，牵着山峦，连着草地，清晰而明亮，赤橙黄绿青蓝紫，七色俱全，纯净而美丽。瞠目惊喜，颜色不在人间！只可惜啊，美景易逝，美色难留。没多久，阳光、彩虹便被流动的云遮蔽了。然而，牧羊人却被完美的虹深深打动了，久久地沉浸在美的意象中。

雨后路过旧营盘，欣喜地发现几簇破土而出的鲜嫩蘑菇。它们一朵挨着一朵，大小相拥，生机勃发。白白的伞盖，深褐的褶子，摘一朵闻闻，自有一股清香气息，人取名曰"天花板"，可现采鲜食，也可晾干待用。归牧时，用袍襟兜一撮回家，与羊肉烩炒，为晚餐添上了一道美味。草原菇中的极品当属白蘑，常在雨后出现。其白伞白褶，菇肉厚实，口感清鲜。它们隐身在碧草相围的蘑菇圈中，只为经验老到的采菇人现身，无知者无处寻觅。

小河两岸倚山处，特产一种野韭，其叶宽而厚，其色绿而深，虽与杂草伴生，却容易识别。雨水助其丛生，因而便于采取。此韭富含维生素，滋味微甜，素炒、荤炒、做馅均佳，深受以肉食为主的牧民的喜爱。

一日清晨，笔者与女伴骑马沿河至上游采韭，一心想寻到上好之品，渐行渐远来到了一处河边峭壁下。此地野韭芊芊，密密丛丛，不禁心生欢喜，立即下马，恨不能双手并用。不一会儿，即包满袋满，满载而归了。归途中，又到浅河滩中洗脚。上游的河水，清净似无有，柔滑像丝绸，五色小石子静静地卧在水中，令人不忍触碰它们。

当韭叶渐渐老去，韭花又接续了它的生命。一株圆球形的花朵，竟是由无数细微小花相簇而成。它们挺直了腰杆，笑迎着阳光；它们在风中摆动，散发出阵阵香气。韭花也是一宝。牧民用本地产的青盐与之相配，捣合成韭花酱。用此酱佐以手把肉，从以血肠，鲜味即起，正是两物之美，相得益彰。

雨水还成就了小河草原多样的花卉。六月，南部有满山坳的野生芍药；七月，西部有满山坡的野生黄花，洋洋丽丽的，恍若人类垦殖而成。到了八月，北部老和庙一带的干枝梅一棵棵相邻而生，枝枝蓬勃盛大，组成了百米长的粉色花带，铺展在碧绿的草地上。还有数不清的点缀青青草的各类花卉，其中有不少是利人利羊的中草药材。在雨水的滋润下，草更绿，花更美，叶更长，根更壮。无尽地感念啊，那一阵阵细雨迷蒙的、哗哗飘洒的奈林郭勒的雨！

夏雨为小河草原的万物注入了生机。在这里，群畜吃鲜草，饮净水，享淋浴。牧民呢？他们可以怀着对美的热爱，来感受美景美色，品尝美食美味，也可以带着闲适的心情，来欣赏雨飘湿地那疏疏密密的天籁之声。

盘坐回想，若非雨水，焉得享用?!

六、自制奶食品

在夏牧场，家家挤奶，户户自制奶食品。奶食品不仅满足了牧民整个夏季的食用，也为冬春两季做了相应的储备。当年，每户人家大约有二十来头可供挤奶的奶牛。每天挤奶是草原女人清晨必做的一门功课。

黎明时分，第一个走出蒙古包劳作的一定是家中主妇。她穿上工作服——一件沾满斑斑奶渍的旧单袍，提着小奶桶走向拴牛犊的地方。牛犊被集中拴扣在一处。解开扣绊，它自会寻母吃奶，吃一阵后，就被拉开再拴上，主妇开始挤奶。只见她蹲跪在牛乳下方，将小奶桶稳放在大腿上，双手斜对角地握住两个奶头，左一下右一下地挤着乳液，"嗞嗞、嗞嗞"，乳液随着手指的动作，细柱般射入桶内。挤一会儿后，再换挤另两个奶头。手工挤奶讲究的是手指的力量要缓急适度，特别是拇指与食指要协调，切不可生拉硬扯，尽量让牛妈妈感觉是自己的宝宝在吸吮，这样，下奶便顺畅丰盈，经年挤奶的主妇深谙此道。奶头挤得干涩了，会用手指蘸上几滴乳液润一润，再继续挤。一头奶牛的乳液又不可挤净，还须为牛宝宝留够当天的饮食。

有了鲜奶，便可以制作各种奶食品了，牧民统称为"查干依德"，直译为"白食"。在夏季，制作最多的白食是酸奶豆腐。当日的鲜奶搁置两三天后，表面会浮出一层油脂，牧民称为"嚼和"，即生奶皮子。取出这层油脂后，将余下的凝冻状奶液，倾入两尺来高的酸奶桶中，用一根捣杆舂捣。此杆底部装有一个十字形木块，可以强化搅拌作用。老额吉一边舂捣一边说："要捣两千下之后，才可以做奶豆腐。"常见老额吉或家中主妇，一有空闲便立于桶旁，有节奏地一下一下地提压捣杆。在黏稠的酸奶桶中，将捣杆反复地提起再压下，绝非轻松的事，它要体能，要技能，只有两者协调一致，才能呼唤出桶中酸奶"哗啦、哗啦"的回应。

酸奶经过反复舂捣、多日发酵后，还会浮出一层油脂，取出收存在囊袋中，余物就是做酸奶豆腐的原料了。择日，主妇将一口大铁锅安放在矮泥灶上，用炊帚仔细地刷净铁锅，将酸奶倒入锅中，用微火慢熬。她屈腿坐在灶口旁，关注着锅中物和锅底火，老额吉、大女儿分坐灶台两旁看着。慢慢地锅中物起了变化，分解出两种物质，一种是浮在上面的淡绿色液体，另一种是液体下面的乳白色奶冻，状似豆腐脑。主妇起身弯腰，舀出绿水后，将奶冻装入专用的棉布袋里，整团抱至包外的木板上，布袋上再覆木板，压上石块，瞬间，余汁从布缝中缓缓渗出，相当于再次滗水。等布袋中的奶冻成形后，取出切成方块，晾晒在包顶或箱车顶部。待奶块软硬适度时，用刀或线拉成片状，继续晾晒至干爽。

这就是草原老老幼幼、男男女女皆爱食用的酸奶豆腐了，它是牧民每日每顿茶饮的必备之品。因其口感适中，食取方便，易于保存，故人人喜爱；人人喜爱，故家家如法炮制。然而，若细细品尝比较，每家每块的滋味颇有差异，其奥秘恐怕就在于酸奶的品质，或许还有制法与心法吧。

酸奶，牧民称"艾勒克"，是炎炎夏日的最佳饮品。喝一碗刚刚从酸奶桶中舀出的沁凉的"艾勒克"，既解渴又解暑。生奶皮子是酸奶中的精品，用此物拌炒米，再撒上一层绵白糖，是那时期待客的上品。

当囊袋中的奶皮油脂积攒到一定数量时，便可以熬制黄油了。黄油是精品中的精品，其色如熟蜜，黄里透亮，冷却后，凝如霜脂，是百分百纯正奶油。在茶碗中放入一小块黄油，奶茶即刻醇厚飘香，远胜西方的咖啡加伴侣。黄油是炸馃子的最佳配料。面粉中和入少量黄油，那馃子便有了草原牧区独特的酥香味道，这是农区白面炸食无可比拟的。若按蒙医的说法，黄油还有安神、补气、润肺诸功效，亦可用来做药引子。如此说来，黄油堪称白食中的帝王了。

牛奶还可以用来做鲜奶豆腐，外来人称"高级奶豆腐"。任何奶食品的制作都讲究"洁净"二字，最忌异味混入，高级者要求更高。制作前，主妇仔细地刷净铁锅，去除杂味。先将当日鲜奶倒入锅中，再从酸奶桶中舀出两三勺稠液，掺和其内。她调好火候，神情专注于锅中的奶。一小会儿，锅中之奶物水两分离。她滗去水分，将白色余物快速翻拌，待其形成柔软面团时，及时放到器皿中，拍压出厚薄适中、四边圆顺的形状，这就是鲜奶豆腐了，可以即做即食。它不仅保留了鲜奶原有的奶香滋味，而且质地细腻，口感软糯又含有韧劲，呼之"高级"，名副其实。制作完成后，主妇麻利地刷锅擦勺，将锅盆器皿摆放整齐，收拾停当。

更高级的是熟奶皮子。同样是将鲜奶注入锅中，却不放任何配料，只用文火慢爆。奶液像面团发酵似的，带着无数奶泡悄无声息地浮起来。这时，主妇躬身于灶旁锅边，一手按住自家袍襟，一手用长柄铜勺高高地扬起奶液，反复地扬勺而不间断，使之溢出更多的奶泡。之后熄火，候其冷却。一个时辰后，奶液表面结出了一层薄壳，这就是熟奶皮子了。主妇拭净手指，捞出置于器皿中。待晾干后，掰块分予他人。此品用奶量大，成品量小，故不轻易制作。当年只给老人孩子尝口新鲜，在座者有幸分得一块。

简言之，一定量的鲜奶，可以酿造酸奶，提取奶皮，熬制黄油，可以做成不同口味的奶豆腐，它们都是游牧年代不可多得的上等食品。而一奶多食的制作，靠的全是草原女人、家中主妇的两只手！夏日里，她们天天挤奶，日日酿酸奶。继日，仅凭着一口锅、一柄勺，掌控火候，注目釜中，便完成了众口皆宜的各色奶食品。可以说，草原女人以双手以慧心，创造了一种食材多种制法的奇迹！

第三章　秋牧场

一、大泡子　沙窝子

边境牧业队的秋牧场在大泡子、沙窝子一带。

东方初露晨曦，一串串牛车就开始迁徙了。从奈林郭勒出发，一路向北，途经坡地山沟，再转向西行。西行之路是一条秋色初染的五彩路。枝繁花茂的干枝梅，碧绿成畦的野苜蓿，连带着一丛丛绿枝柳条，与百色花草同生同长，相生相附。越向西行，视野越开阔。天之蓝白与地之黄绿连接起地平线朦胧的山影，尽显着天地的广袤与辽远。

秋风送来阵阵清爽，空气中弥漫着花草成熟的馨香。马儿的心情也愉悦起来，人骑在马背上能真切地感觉到——马踏草地传达出来的轻快的节奏和柔韧的弹性。一大片毛色干净的羊群，果然像歌中所唱的那样，好似天上飘来的白云，铺展在漫坡青草之上。"白云"翻坡而去，绿草又恢复了原态。

继续前行，就到了人人赞美的大泡子，蒙古语称"布鲁东淖尔"。这是一个水质上乘的淡水湖。淖尔的形状好似不规整的长条葫芦，其南北长约两千米，东西宽六七百米。水色远望呈深蓝，近观是浅蓝，谁也说不清它究竟有多深。一个牧民说："有时听到水下有咕噜咕噜的声音，怕是有大水怪呢。"另一个牧民反驳说："哪里是什么大水怪，那是地下泉水向上涌动时发出的声音。"

在这里，细沙的滩头，夏日可以扬水嬉戏；水草的岸边，深秋可以拨开浮冰，用笊篱捞出寸长的细虾，尝一尝羊肉之外的水鲜。到了八月十五月儿圆的时节，岸上是芦花采采，野菊淡淡。

大泡子西部有两个盐碱泡子，一大一小，牧民分别称"君（东）夏布拉""巴林（西）夏布拉"。碱泡子常年干涸无水，眼下只有几处雨后积成的浅水洼。在灰白色的边缘处，长满了绛紫色的碱草（俗称），它们伏地而生，牵连成片。碱草的滋味虽略含咸涩，却是马牛羊必不可缺的补给品。曾见到马群、牛群、羊群一时间同聚在这里觅食。它们高矮相错，身影相接，你中有我，我中有你，仿佛相约金秋，团团拜会，和乐聚餐。

大泡子东部毗邻一片沙窝子，其东西延绵约二十公里。这里有起伏的沙丘，有覆盖草木的坡地。木本中，数量最多的是野生榆树。它们或三五棵相邻，或连片簇生在一处。扎根于沙丘上的沙柳，丛丛抱团，条条结实，皮色紫里透亮，它们是草原一宝。牧民常来这里，挑选又直又长者做套马杆的杆梢，稍差一等的用来编制粪筐，倒地枯枝拾回做燃料，其火力之猛胜于牛粪。即便是短小细枝，也有人拾回，削成薄片，用作点火的引子。

沙窝子腹地居住着许多野生小动物。它们出生于此，取食于此。它们在各自宜居的地点掘洞安窝，潮润的洞口留下了洞主人细小而清晰的足印，堆放着它采集来的新草枝叶。

沿沙窝子东行，眼前会出现一处"百姓格勒"（砖房），在以蒙古包居多的草原上，它异常醒目，这就是边防站，它是由几排平房环围出的一个方形院落。走进院子，可以看见矗立的瞭望塔，上面有战士持枪站岗。院内的马厩里，饲养着高大神气的军马，它们双眼晶亮，双耳直立，惊奇地看着服饰异样的陌生来客。一处角落有一个地下掩体洞，洞口狭小，仅容一人出入，洞内暗无光亮，不知空间大小。院落明敞处是营房和办公室，步入房间，四壁皆白，简朴干净。墙上挂着标有等高线的小幅军用地图，绿色布帘半遮半掩。厨房门口堆放着新鲜的土豆、洋葱、圆白菜，房内码放着军绿色铁皮罐装的各样食品，其中有缩水萝卜干、什锦咸菜、压缩饼干等。

这里的边防军人来自祖国的五湖四海，他们当中无论是战士还是班排长，皆善待牧民，和蔼可亲。牧民来"串营子"，总是请进屋内。落座后，小战士端来玻璃杯装的开水泡绿茶，用初学的蒙古语、打着手势向来访的牧民问寒问暖，询问放牧牛羊的事。倘若赶上了开饭，战士还会为牧民端来一碗米饭、两盘炒菜，请牧民尝一尝边防站的伙食、农家的饭菜。那时候，米饭炒菜对边地牧民来说，还算是稀罕物，他们很乐意尝个新鲜。牧民注重礼尚往来，他们送上自家做的奶豆腐、黄油，有的战士很喜欢这些牧区特产。

大泡子、沙窝子，加上两翼延伸的碱泡子、边防站，几个亮点连成了一条纬线。纬线之北、数公里之外，是边境防火道。临近防火道的是边防巡逻路，这是部队军车专用道，非军车不得驶入。

大泡子、沙窝子一带是满都草原第一流的秋牧场，是一大片优质的草甸草原。牧民人人夸赞，都说："这里秋天草好，冬天雪小。这里有水泡子、碱泡子，有木头有条子，要什么有什么，依和赛纳嘎极勒！"（一个富饶的地方！）

二、秋季抓膘

秋季，是大畜小畜抓油膘的季节，讲究的不仅是草场好、水质好，还要懂得如何抓膘。对牧羊人来说，就是让羊群吃饱、吃好、喝足，从而膘肥体壮。无论是母羊、羯羊还是小羊，只要膘好，体内积蓄了足够的脂肪能量，就能平安地度过长达数月的高寒严冬。到了春季，母羊就能顺利产羔。羊膘好，也能为辛劳一年的牧民，提供好肉、好皮、好生活。秋季抓膘，是四季牧羊链条中至关重要的一环。

抓膘时节，羊群需要早出晚归，要将"日出而牧，日落而归"的古训落到实处。每天一大早，有经验的老牧民总是率先带着羊群来到最佳草场，让羊儿吃草籽花籽，吃它们可食可口的百样牧草，适时饮用优质的大泡子水。熟悉草场的牧民知道哪山哪坡是丰美之地，出牧后径直而去。年轻的牧羊人稍逊一筹，往往略迟一步。于是另辟蹊径，带羊群到稍稍偏远的、大畜未曾蹚过的地方，开辟新的领地。无论怎样，抓膘都遵循着若干准则，其中一条是让羊群慢走慢吃，慢慢返回，即多吃草，饮好水，少出汗。有牧民说："羊出一身汗，就掉一层膘。"这是经验之谈。

羊儿是否吃饱喝足，羊膘长得如何，可以凭"一看、二听、三鉴定"来判断。久而久之，这几乎成了牧羊人秋季抓膘必念的一条"心经"。

一看 羊群在草地上满天星般散布开来，各自埋头细细啃食着，好像这里的秋草棵棵美味，而自己正是一个品尝鉴定专家。每只羊的觅草范围仅在三五米之内，整群羊多时不做大的移动，这是羊群吃草的最佳情景、最美状态，因而也是牧羊人最舒心最闲适的时候。直吃得羊腹滚圆凸起，如球似鼓，这就是吃饱了。在归牧的路上，有的羊边走边排粪球，遗物颗颗落地，粒粒油黑，这也是吃饱的佐证。

二听 夜晚，羊群踏踏实实地跪卧在羊盘上，一只只不停地反刍着腹中之食，守夜人能够清晰地听到羊儿发出的"咔哧咔哧"类似咀嚼的声音，这同样是吃饱的佐证。

三鉴定 一个月乃至两个月后，羊的毛色乳白中泛着亮黄，毛卷长短适中，均匀整齐，特别是毛之毫尖，闪耀着丝绸般柔和的光泽。羊的躯体长高了变长了，背腰宽厚了，肌肉丰满了，尤其是那最具特征的羊尾，更是盘大脂厚，俨然成了人见人爱、啧啧赞美的乌珠穆沁肥尾羊了。

"羊大则美"。博学多闻的东汉文字学家许慎在《说文解字》里写道："美，甘也。从羊，从大。羊在六畜主给膳也。"数百年后，北宋的文字学家徐铉认同这个见解。他说："羊大则美，故从大。"又越千年，亲历牧羊的人认为两位老专家的解说直抵"美"字本义：羊大味道好。这是体验后的真知，源自于实践。在满都草原，羊大不仅味美食美，还有别样的美。

秋日的夕阳下，和煦的光线中，归牧的羊儿无论是漫步闲行，还是低头食草，它们皆体态雍容，轮廓圆顺，单只美，数只美，整群也美。当羊群的影子，与牧人、坐骑、套杆的影子，长长地铺展在金色的牧草上，一直延伸至远方时，眼前便出现了一幅连接天地的、令人惊奇不已的美景。更有一种美，洋溢在牧人的脸上，甘甜于牧人的心头，这就是四季辛劳后，终见成果的心里美。

为了抓好油膘，牧民大致三十天便做一次短距离的草场转移，比如从大泡子之南迁至沙窝子之北。如是，羊儿就可以持续不断地饱食优质牧草。想一想，羊群每日散走几十里，采食几十样牧草，再加上牧人的精心看护管理，羊儿岂有不上膘的?!

三、秋季下夜

十月伊始，满都草原已是秋风瑟瑟、寒意深深了。这时候，牧民的蒙古包换上了新的白毡子，羊圈也围上了厚实的苇子。

太阳落山后，天色暗淡了，下夜开始了。有牧民说，秋季狼也抓膘，也忙着储备过冬的食物。因此，狼害以秋季为最。白天，它们偷摸着尾随羊群，伺机扑咬。夜晚，在黑暗的掩护下，更是肆意妄为。所以，秋季下夜，最须警惕野狼的突袭。当一家人还在包里吃晚饭时，狼们已集合在一处，发出此起彼伏的嗥叫声，似在联络，似待出发。对此，负责下夜的草原女人从不掉以轻心。她们与自家爱犬默契合作，一同守护羊群。

在满都草原，各家各户都养狗。无论家境贫富或是人口多寡，每户一般都养三条或四条狗，多者可达五六条。草原狗机警勇猛，忠实可靠。它们的任务除了看家护包外，最重要的就是夜晚守护羊群，特别是在秋季，在深秋的夜晚。每家狗的优劣，可以在秋夜护羊中比试出一二。草原狗是下夜人的眼睛、耳朵，是勇敢的突击队员，训练有素的狗能为主人冲锋陷阵。一旦发现敌情，好狗犹如离弦之箭，蹿出老远，急吠、示威，有血性的狗还敢与狼对峙。在野狼入侵羊群的秋夜，狗是当之无愧的勇士。

暂时平静的夜晚，几条家犬很有灵性地分卧在羊群周边，宛如卫兵守护着羊群。依靠家犬的能力，主妇可以解带松衣躺卧在蒙古包里，半睡半醒地下夜。但凡听到包外有了异常动静，比如羊群骚乱走动，家犬急吠出击，主妇便会及时起身出包，用大手电照看羊群，环羊群四下里查看。有时还向空旷的远方"啾——啾——"地长呼两声，一来为出击的爱犬助威，二来吓唬临近的野狼。必要时，主妇就在包外的毡篷车里下夜。有时独自一人，有时夫妻双双躺卧在车内，共同下夜护羊。

倘若赶上天色晦暗、月黑风高时，下夜人会守护在羊群旁。在羊盘边的草地上，铺上一小块旧毡，裹上长袍，身边放置一个装有三节电池的长筒手电，与羊群共度一宿。家犬很懂事地伴人而卧，警觉地盯视着前方。这样，情况稍有异常，便能及时知晓，立即行动，羊群的安全系数最高，下夜人的心会更踏实。

四、秋趣图

总听人说，牧羊人是孤独寂寞的。亲历后才知道，其实并不尽然。在满都草原放羊，常态下是一个牧人牵着一匹马，带着千余只羊，边走边行。静穆的山峦，广袤的天地，人、羊、马互为伴侣，彼此关联，结成了一个团队。人若为领导，羊马即部下；人若为歌手，羊马即听众；人若为读者，羊马即伴读。羊马吃草时，牧人举头可以仰望云图，学看气象；平视可以横看山岭，看管羊群；低头可以辨识花草，嗅闻香气。倘若遇到从未见过的新奇事，只有无暇顾及之时，何来孤独寂寞之感？

秋季牧羊，乐趣融融，这里回顾三样。

遇黄羊

带着羊群走向国境边地，牧羊人怀着好奇心，眺望着远方的动静。中蒙边界那座高山的南坡，此时正有一群羊缓慢地行走着。它们一条一缕、一节一段地走出了许多溜长串。这是谁家的羊群，这么自由自在、逍遥散漫？盯住再看时，却望不到牧羊人的坐骑，也看不见星点人影。

直到天开云散，方看清羊群真貌。那清一色的棕黄色的皮毛，细长的四肢，尤其是臀部徽标式的白色斑块，证明了它们的家族。原来是一大群野生黄羊，估摸着总有一两千只。偌大的群体里，黄羊有高有矮，有大有小，有的低头吃草，有的轻快跳跃，还有的跑几步后又兀地站住，作回首惊望状。如此庞大的队伍来自何方，又要到哪里去呢？

猜想间，牧羊人身旁的羊儿"咩"的一声呼唤，将思绪拉回到了眼前。

套狐狸

归牧的途中，看见一只红狐在草地上轻松地走步溜达，它左顾右盼，一副很惬意的模样。正在这时，它被另一个牧人发现，那牧人立即撑杆上马，舍羊群而追捕。狐被追捕，迅速蹿跳奔跑起来，那一身橙红色的皮毛，在草地上闪烁跃动，蓬松的长尾浮在草尖上柔顺地滑行。牧人试图用套马杆将其捕获，眼看只差一杆距离了，不料那狐猛地驻步，马儿追上时，那狐不偏不倚正好躲在马腹之下，马的四腿如同四根圆柱，将狐牢牢地笼住了。牧人的长杆顿时失去了用武之地，左右使不上劲。相持数秒后，牧人再次提缰夹马，试图移地而捕。说时迟、那时快，红狐突然冲出马腹，极速逃窜。待人马启动跑起来时，高草丛中只露出红狐那条美丽的长尾。

可怜的套狐人，只能望着狐尾而摇头叹息了。

望星空

清澈明朗的夜晚，是下夜人的福祉。披上袍子，躬身迈出蒙古包，抬头一望，嗬！满天星斗，密密麻麻，闪闪烁烁。夜，格外清明，清得透亮，亮得高远。整个星空大有铺天盖地之势，几乎令人透不过气来。满天的星星，仿佛伸手可及，却又虚无缥缈；恍若纷纷坠落，却又高悬于空。璀璨的群星，以其强大的阵势独占天宇。天上的亮光，全是星光，唯有星光。在天宇星阵的照耀下，野狼似乎也有所收敛，不敢轻举妄动了。羊群的安全有了保障，下夜人的心宽松了。

此时举头向北望去，看到了晶亮无比的北斗七星，在众星疏密有致的环绕中，它独显辉煌，为大地清晰地指示着方向。有人说，它的斗柄是随着季节的交替而移动的，正是"九月勺柄指向西，春分时节柄指东"。如此说来，北斗七星不仅指明了方位，还指出了时节，牧民称颂它是"七颗神星"，真是名实相符啊！

转身回首，再向南天去寻找"三星"。那是三颗等距离、竖行排列的一个星组，在众星之中它并不显眼，可它确是草原之夜的"报时星"，在由东向西的缓缓移动中，向认识它的人，报告着夜晚的时辰。三星高悬时，夜已至半，三星西斜了，天就要亮了。

夜，静悄悄的，静得使人神往，使人忘怀一切。白日的劳作，身体的疲惫，都被这星光如洗、六合宁静的秋夜融化了。下夜人陪伴着羊群，呼吸着清凉的气息，裹紧了袍子，在斗转星移的天穹下蒙眬地睡去。

启明星不知不觉地升起来了。

五、秋作图

秋季是满都草原万物成熟的季节，百草结籽，群畜长膘，风光旖旎，是四季中最美好的时光。这时节，牧民们不误时机地忙碌起各式各样的活计。由牧业队安排的劳动有打草、盖圈、配种、养弱畜几项。一般是从各家抽调出有经验的若干人组织起来，到一地一处集中一段时间来完成。由两三户牧民互助合作的活儿有熟皮子、鞣皮子、裁缝新衣等，还有晚些时候的互助屠宰冬储肉食羊。至于一家一户、独立自主的活儿就多种多样了，而且多数是传统的手工制作，有的技艺源自于久远的年代。

游牧时代，每个蒙古包男女主人的劳动，除日常的男放牧、女下夜外，家中男主人还主持解决、处理关于畜群、迁徙等诸多事务。凡与大畜关联的事，比如骑马轰牛套羊、套换坐骑、训练生格子（未经调教的二岁马）、给牛马打烙印等等，需要勇武强力时，皆由男人来担当。女主人大致是以蒙古包内的灶火为活动的中心点，从事着包里包外、亦生活亦生产的各项事务。男女主人的分工，似乎有着一条以男人之强力与女人之耐力，以男性之刚与女性之柔，尽可能发挥各自优势、相互取长补短的分界线。

男人的活计

在气候适宜的秋季，家中男主人大多抓紧规整、维修木轮车。他们特别在意牛车辐辘的质量。那六辋、十八辐、中心毂，尽可能使用最结实的木料，以利辋的弧形相符相合，辐条合凿合眼，木毂结实耐用。这样，在迁徙搬家时，车轮就能运转正常，车队就可以行走顺利。

男人最擅长的是用牛皮制作各式各样的鞍马具，比如为自己的坐骑配置马笼头、马缰绳、马绊子等。男人用自己那双硕大有力的手，仅凭一把电工刀、一支黄羊角，便能将缕缕皮条、各式配件，制作出各样鞍马具，其作品既实用结实，又匀称美观。为了追求高质量，往往选用自家硝熟、自家鞣制的牛皮。

平日里，男人最常收拾的是套马杆，杆身要求笔直适手，所以有空便站在牛车辕子处，用木质校具一下一下地校正着。杆梢的皮绳要求粗细适中、软硬适度，所以总拿在手里用羊油脂涂抹，一下一下地勒拭。

男人最上心的事，是打造一盘上好的马鞍，心里时时琢磨着，手头不停地忙碌着，一步一步地完成心愿。马鞍是男人心目中最宝贵的物件。后来，曾见到老牧民的第二代、一位后生精工打造的一盘马鞍。其鞍座端端正正，其皮件顺条顺缕，鞍上的银饰闪闪耀眼，令观看者赞叹不已，同时也为民族传统手艺后继有人而感到欣喜。

男牧民上了年纪、退居二线后，双手也不闲着，而是尽己之能，发挥余热。手艺尚佳者，功夫不减当年。曾见到一位年近八旬的老牧民自制的一套微型鞍马具，那马鞍、马鞭、马笼头样样齐全，浑然配套，规格合乎比例，模样玲珑可爱，堪称收藏精品。或许，这套鞍马具寄托着老人对往昔好马好鞍的难舍怀念。

木工活、牛皮活、拾掇套马杆、打造马鞍子，既是男人的专职，也是男人的专长。他们当中不乏能工巧匠，有着精良的技艺，传承着古老的手艺。从男人制作的多种多样精美的成品中可以看出，男人的心灵手巧，并不亚于女人。在制作技艺上，真的是男女牧民各有所长，各领风骚。

最令外来人奇异的是，牧民独具特色的"运刀法"。无论是割拉皮条，还是削食手把肉，凡使用小号刀具，皆以刃部朝自身怀内运劲儿，而非向外推动。操作时，左手持物，右手握住刀柄，以右拇指抵住所削之物的同时控制刀刃，朝内运作。满都草原的男女老少皆如此操作，且娴熟之极。一些北京学生实践此刀法后，也深感得力，而且于己于人皆安全而少有伤害之虞。后来，有的学生即使离开了草原，仍旧如此操刀。

笔者曾在英国纪录片中，看到爱尔兰牧民也使用此"运刀法"。虽然远隔万水千山，那刀法却完全一致。于是猜想：或许，远古人类在草原起步生存时，就发明了此法，后来因其优越性无可替代，而深受喜爱，而广泛传播，而经久不衰。

此外，牧民采用的绳子拴系法，堪称绝佳。比如用粗细不同的马鬃绳、牛皮绳、羊毛绳，拴拢蒙古包，捆扎载物牛车，拴系牛鼻，拴系羊腿等等，常用之法不下十几种。所用绳子的质地、粗细、拴系的物体，虽然各有不同、各有讲究，确都是简单实用、结实牢固，而且没有死结。即使拴系体积大的重物、活动的物体，系法也从无死结，打开时，一松一解、一拉一拽即开，非常省力便利。

对绳子的妙用，或许可以追溯到远古先民"结绳而治"的智慧。当年，牧民采用的各种高超的绳子拴系法，正是这种智慧的传承与发扬。

女人的劳作

秋季，草原女人有着数不清、干不完的活计。这里记述最平常的、有空闲就上手操作的三件活。

缝纫 这时节，家中主妇、儿媳、待嫁的姑娘，大多忙于缝制一家老小的秋冬袍子、蒙靴毡袜等。各式针线活儿，从日常穿着的特里格（夹袍）、皮得勒（皮袍），到参加集体活动时穿着的精美的服装服饰，皆出自于草原女人的双手。

缝制夹袍最需要工夫。裁好衣样后，在两层布料中间，铺上一层薄薄的棉花，再一条一条地"纫"，条距只有一寸来宽。所以，这活儿除针法外，还需要细致与耐心。包中的女人，谁有空闲谁就来做。将待纫的衣片铺放在腿上，用膝盖架起来，垂首一针一线地运作。午后的阳光从蒙古包的天窗投入进来，一束温柔的光照亮了她缝衣的姿态，看上去宛如油画中的如意佳人。她的嘴角微微含着笑，她的作品将为那位穿衣人带来御寒的温暖、牧民的丰采。

她们的运针手法同样奇异，与中原人完全两样。她们是以食指戴顶针，向怀内运针，而且是由上到下地纫缝衣物。此针法也是源自久远的年代吧。

蒙古族牧民对服饰色彩的搭配有着独特的审美标准。仅就各种颜色的袍子如何搭配腰带这一小项来说，满都草原的牧民大多喜爱群青配橙黄，墨绿配明黄，紫红配天蓝，颜色对比异常鲜明。穿戴整齐后，再加上袍子领口、胸襟熠熠闪亮的花边，漫步行走在蓝天白云下、碧草花地间，身穿民族服饰的草原牧民，就是天底下最漂亮、最耀眼的人物。

搓绳 游牧时代，各种用途的粗绳、细绳大多由牧民自己搓制，以羊毛、马鬃为原料。这里以搓马鬃绳为例。马鬃绳即结实耐用，又干涩不打滑，是游牧草原的第一等捆扎用绳，也是生活的必需品。它因粗细不同、制作有别而各有用途。拇指粗的鬃绳可以用来捆扎蒙古包木骨架的各个部位，迁徙时可以用来刹车，也可用其拢住羊圈的长毡、芦苇等。笔杆细的褐色鬃绳，以三缕合制成扁片后，用来装饰新做的围毡、顶毡、盖毡，它不仅使蒙古包更加美观，而且还有加固毡子边缘的作用。

那时候，马鬃绳的搓制，全靠牧民的双手双掌协调配合来完成，体现出了一种原始的、赤手空拳劳作的能力。第一步是将一绺马鬃一根根地择开打散，形成一团松散圆片后，卷成细筒，抽出条缕。以两缕置于双掌之中，运用掌心的搓、捻、拧的合力来完成。操作时，有人还会不时地往手心啐上半口唾液，使之发涩，利于拧成股。如此，有形有状的鬃绳，会顺着手掌下方一寸一节地徐徐流出，像春蚕吐丝一样，可以永不截断地顺势而下。

马鬃还可以制作其他用品，比如马肚带。编制马肚带是一件细致活，这是女人的专长。首先是选择颜色不同的马鬃，分别搓出条缕匀称的细绳，长度以马肚带为准。再依照不同的色彩，搭配出对称协调的图案。约以七八根组合成一片，用细线横向缝制而成。若想编制一条上佳的马肚带，要点是：鬃色纯正，配色协调，绳缕均匀，缝制平整。这样，不仅可以为自己的马鞍增光添彩，还可以作为礼物送给亲朋好友。

捡牛粪　中原谚语曰："生活开门七件事，柴米油盐酱醋茶"，"柴"排在了七事之首。对草原游牧民来说，与"柴"相对应的、排在首位的是"粪"，这指的是牛粪羊粪。"粪"是当年行炊事的主要燃料。游牧草原，牧民不愁断粮愁断炊。断炊意味着无热茶可饮，无熟肉可吃，而茶肉是牧民一日难离的食物。草原自产自给的最佳燃料是牛粪，最好的牛粪产在秋季。

秋季的牛粪，一块块状似花卷，大小适中，盘卷成坨，色泽深褐，外表光亮。它们隐没在黄草之中，远望看不见，唯有近到眼前方能发现。所以，总是先骑马去侦察，寻觅昔日放牛人家曾经住过的营盘，昼夜卧牛的地方。那里的牛粪铺地密度大，产量多，易捡易拾。找到后，记住方位地点，返回蒙古包，驾上牛车去拾取。

捡牛粪大体有两种方法。草原女人喜用的是身背拾粪篓，手持木粪叉，将牛粪一块或几块叉起，然后翻掌压腕扣入背篓中，其动作协调准确，绝无扣至篓外的失误，在旁人眼中，还多了一份轻松洒脱。再一种方法是用荆条编的簸箕为工具，俯身拾取。装满一簸后，扣入车筐内，如此多次往返，直至装满一车。随后双手抓住粪筐边缘，用力摇晃，以使粪块下沉压实，再多装一些。捡牛粪时，倘若遇上铺满一地的又干又好的牛粪，会有一种丰收的喜悦涌上心头，快捡快拾而不知疲倦。

牛粪拉回家，择好堆粪处，将牛车的车辕高高地扬起，从粪筐后部抄起筐底，粪块便哗啦啦地流淌下来，这就是卸车了。卸完撮堆，摆正粪筐，抬头看看太阳的位置，时间若早，还会再跑上一趟。

过游牧生活，炊事燃料的储备永远是多多益善。它给四季迁徙的牧民带来了茶饭无忧的踏实感。

草原女人

若说满都草原的男人或当家的男主人是最苦最累的人，这话有失公允。因为他们每日的劳动终究有始末、有钟点，他们有盘腿喝茶、谈笑风生的时候，到了夜间可以踏实睡觉。满都草原的女人、家中主妇则不然，她们跪坐在灶火旁，趋行于包门外，活动半径虽然不过百米，却担负着无计其数的繁杂工作。这些工作，并不因她挣得一份工资、有着无须靠男人的经济地位而减少一种；也不因她是家人须臾不可离的成员而减轻一分。而且，这些工作不分季节时令，从来没有日落而息的止境。

且不说草原女人从怀孕到临产再到产后，她们始终不辞劳作、不避风寒的辛苦；也不说她们哺育婴儿、带大幼童、照顾老人的操劳；单就春夏秋冬四季的家务来看，每个蒙古包的主妇无疑是一家人中最劳累的成员。一天二十四小时，除了夜晚有短暂的歇卧外，主妇几乎无一刻休闲。即便人坐在包里，双手也不闲着，不是添火加粪，便是搓绳捻线。何论三百六十五天的熬茶、做饭、拾粪、打水，服侍家人、客人的饮食起居，料理季节性必需操持的事务；更遑论一日不可或缺的下夜工作。

这不是一月一年或几月几年便可以结束，而是经年累月啊！往往要持续十年二十年，直至儿子长大成人、娶妻生子、有了孙辈，景况才开始有些许的改变。在家人的口口称呼中，主妇由"阿嘎"提升到"额吉"，包内的坐卧之处，由东面移至西面。这时，主妇才退居二线，做些指导性的辅助工作。

悠悠的岁月中，她们从聪慧美丽的少妇，做到了勤苦练达的主妇，再做到银发飘飘、面容慈祥的老额吉。漫漫的时光里，她们释放出了自己生命中最美丽的光芒，奉献了最宝贵的青春、成熟与慈爱，培养造就了一代又一代的草原牧民。

对待外来人，她们妇德佼好。当你饥渴难耐时，她半夜起灶，微笑着为你端上热乎乎的茶肉餐饮；当你寒冷蜷缩时，她默默地给你盖上皮袍皮被，特别裹好双足；当你劳累困顿时，她以自身的开朗乐观，为你送上欢声笑语。她们内心深切的怜爱之意，有如阳光下的小溪，默默地流淌，带着温暖，浸润人心。

久久地感动啊，坚强、坚忍、坚韧的额吉阿嘎们，

长长地叹息啊，勤劳、勤快、勤奋的草原女人们。

六、冬储羊肉

储备羊肉是草原牧民冬春两季生活中最重要的食物储备。每年的立冬前后，各家牧民便开始集中屠宰冬储肉食羊了。那个时代，羊是属于公家的，屠宰冬储羊有一定的限量。牧业队一条不成文的规定是：每包每户可屠宰的数量按人口分配，家中不论大人孩子，每人可宰食五只。人口多者，自然可以多宰多储。这也不必多虑，因为每户所宰食的羊仅占所牧之群总数的百分之二三，多乎哉？不多也。关键在于羊肉的等级质量。而那些待宰之羊皆来自牧民自家放牧的、最熟知的羊群，群中之羊哪只优哪只劣，牧羊人一清二楚，入选者可以说是百里挑一的佼佼者。

估斤评价

那时候牧民宰羊，先要由队长估斤评价。所谓估斤评价，是粗略地评估每只活羊（全羊）的出肉量，再按照当时羊肉的收购价格，结合本队的实际情况，定出每斤羊肉的价格，再乘以估斤数，便是这只肉食羊的实际价格。这项工作由队长带着会计一起完成。

估斤的那一天，牧民将自家群里准备屠宰的肉食羊一一挑选出来。以两岁绵羯羊为多数，再搭配上若干只山羊、母羊，悉数拴在牛车处，等待队长和会计的到来。

估斤时，全凭老队长一人目测、手摸、口述来定夺，而且不是一只一只地分别估，是若干只组合在一起估。那时，一只两岁羯羊的出肉量，通常粗估为二十斤到二十五斤之间。倘若看到背腰宽厚壮如牛犊者，老队长刚毅的脸上露出了笑，他赞美道："嗯好尼苏勒塔勒根！"（这只羊真肥啊！）遂再添上两斤的分量。为本队牧民评估的单只羊的出肉量从未超过三十斤，老队长心中自有一杆秤。对于这"一口价"，各家牧民从无争议，领导说一是一。会计在一旁，手拿纸笔将每户牧民的名字、羊的只数、估斤数一一记录在册。

之后，会计根据笔记，开始拨拉算盘、记账算价。最初的几年，每斤羊肉的定价是 0.16 元。后来，七十年代初期，每斤羊肉的价格调至 0.28 元，这样，一只成年羯羊的价格在 5.60 元到 7.00 元之间。这个价格对于牧民的工分收入来说，占比不算高，是可以接受的。况且，每只羊的出肉量对本队牧民来说，是优惠性的粗估，并非实际分量。有人说，一只大个的乌珠穆沁羯羊，出肉量可达百十斤，仅羊尾就有十来斤。

倘若食用被狼咬伤的羊，或是过不了冬的弱羊，老队长只说一句话："把皮剥下来，交给保管员。"那肉就算是免费供给了。

宰　羊

屠宰肉食羊对牧民来说是一次实实在在的收获，其喜悦心情可与农民收获粮食、自存口粮相媲美。农民有歌谣曰："手里有粮，心里不慌，脚踏实地，喜气洋洋。"在牧区，与"粮"相对应的无疑是"肉"，将歌谣中的"粮"字换作"肉"字，就是牧民对"肉"的真情实感。

屠宰的过程完全是自己动手，手工操作。宰羊的那一天，蒙古包外的雪地上欢声笑语，互助帮忙的人来了，锅、盆、勺、水也准备齐全了。

男人负责屠宰。他"嚯嚯"地磨着刀，讲究的是刀尖的锐利。只见他退出皮袍右侧的袖子，摔倒羊只，分别拴住前腿后腿。他左手握住羊足，单腿压住羊身，随即刀尖直指羊胸骨下方的凹处。他小心地用刀尖划开一个略大于拳头的口子，将手探入，完全凭着经验和触觉，用手指捅破胸膈膜后，再向下寻摸到脊骨上的动脉血管，以食指勾起拉断，随着一缕气息的消散，这只羊就"因牲供膳"了。紧接着是剥皮，剥皮需趁羊体尚有温度时进行，擅长者皮板光净。剥皮后，卸下四蹄，打开腹腔，取出内脏、血水，就开始剔骨了。

草原男人对羊的全身各部位骨骼关节了然于胸。只见他卸下胸叉后，便将刀尖对准了腔骨与肋骨的连接处，左一下右一下，准确而熟练地切割着，全神贯注于刀刃游走之处。一会儿工夫，随着"咔嚓咔嚓"双手按压骨节的声响，整片带骨的肉便平摊在羊皮上了。男人干得是得心应手，游刃有余，其娴熟的技能，与历史传诵的庖丁解牛不分伯仲。

接着是剔肉卸块。此一项包含着蒙古民族的饮食风俗，讲求的是附在骨头上的肉适当保留，以成全传统的第一美食——手把肉。取出骨块后的余肉，仍如整羊般一大片，肥瘦相间，红白分明。将其卷拢裹成圆柱形，放置在箱车上，任其天然冷冻成坨，这就是冬春两季的食用肉了。男人收拾起骨块，平展好羊皮，再抄起那把长刀蒙古刀，直起腰身，含笑地望着一旁忙碌的女人。稍息片刻后，又开始宰第二只羊了。

场地的另一边，女人们正忙着收拾内脏，主要的活儿是灌血肠。先将食盆内的血块下手捏碎，再投入适量的配料，如白面、盐渍韭花、碎油脂等，搅拌均匀后待用。灌肠用的工具取于羊自身，是从羊胃的下部寻到小肠呈喇叭状的那一节，切断，做灌肠用的漏斗。首先在漏斗入口处塞上一小块肺叶，再注入一勺水，如是两遍，权作清洗肠道。然后将血面一勺一勺地注入漏斗内，边注血面，边用手指挤压，使之顺肠而下。羊肠弯曲、盘卷成团，肠外还牵挂着薄网似的油脂。灌肠的技艺在于，血面在肠内推进时，肠子不折不断，肠外油脂不分不离。此活儿颇有难度，而草原的主妇、少妇大多精于此道。女人们一边忙活，一边说笑聊天，雪地上笑声连连。

内脏中，留下肝、脾、心食用，羊肺喂狗，羊胃另派用场。用刀将羊胃剖开，倒出囊中物，翻转过来，在雪面上摔去附着的渣子，算作洗涤，再用刀子刮净表面，露出白花花的"倒刺"，以此为囊，装入血肠、肝脾等，便于收储。

宰羊时，男女分工明确，各忙一头，默契配合。家犬老老实实地跪卧在一旁，看着忙碌的人们。主人会即兴扔给它一块肉、一片肺或一块肝。

羊肉，是牧民四季生活中最宝贵的食物。它是育人之品，是孩子健康成长的依靠。它是强人之膳，是年轻人壮体魄、强筋骨的来源。它赋予了骑手马背上的骁勇，女人全天候操劳的耐力。它也是寿人之物，手把肉汤面给予了老人养疴延年的营养。羊肉，是游牧草原最重要的主食，是牧民脚踏实地过日子的基本保障。

乌珠穆沁肥尾羊肉，在烧煮烹饪时，无须添加任何作料、附加任何工序，只需一口铁锅、一锅清水，放入适量草原湖盐即可，以保持质朴的原汁原味为最佳。火候一到，羊肉的鲜香气味溢满全锅，飘散而出，舌尖上的品尝、享用会令美食家一时无语，唯有点头。仅就加工简易、用料单纯，而又葆有甘美滋味一条，与其他地区的羊肉烹饪制品来排序，乌珠穆沁肥尾羊肉可以名列前茅。

七、酬劳

这里单说说七十年代初的一些情况。那时候，满都草原处在"一场两制"的管理中。牧业生产实行工分制，即以劳动记工分，以工分算工钱、付工资。以一个边境牧业队为例，凡放牧马、牛、羊群者，一律记十分，下夜者等同。这个办法简单易行，牧民易记，少有争议。辅助性的集体劳动，比如打马鬃、剪羊毛、洗羊等项，工分相同或略低一等，却也是男女同工同酬。

当年，每个工分一律以 0.16 元计算。一人出牧一日或是下夜一宿，便挣得了 1.60 元。牧区放牧不同于农区稼穑，它是日夜操劳，日日夜夜没有停歇，更无可做休整的节假日。因而一月三十日，一年三百六十五天，会计是按满月满年来记工付酬的。这样，一户牧民家，以男放牧、女下夜为例，每人每月可以拿到四十八元的工分工资。在那个年代，这个数额相比于一个城市大学毕业生的五十六元工资，可谓差距不大。而且，队里的会计是逐月按时发放，从不拖欠，劳动者可谓"稳拿"，相当于固定工资。因此，凡是放牧人家的经济收入就有了保障。

倘若家中有多余的劳动力，那么，适龄的男劳力可以去牧马，去做各种季节性零工。女劳力可以随包去做"艾里"邻居，与他人合作下夜。队里的孤寡体弱者，可以自愿参加集体劳动，一切皆按规定，公平记工记分。如此，皆可为家庭或个人添补收入。

总之，无论强者、弱者、中年、青年，这样的体制为人人自食其力、各尽所能提供了条件。它合乎于民心民意，体现着男女平等、按劳分配、多劳多得的社会主义制度的优越性。

此外，每年的仲夏之际，队里还有一项工分补贴，奖励牧民当年接生成活的羊羔、牛犊、马驹的成果，称之为"接羔费"。规定是，凡成活一只本地羔羊，记 1.5 个工分，成活一只改良羔羊记 2 个工分。这样，一群羊中，新生的四五百只羔羊补贴的工分，折算钱款后又是一笔收入。而成活一头牛犊补贴 4 个工分，成活一匹马驹补贴 3 个工分。无论新生命成活数量的多与寡，补贴的多与少，给予劳动者的不仅是物质的嘉奖，也是一种精神的鼓励。

还有灵活的、可以协商解决的付酬方法，比如远离牧业生产的油漆活。有油漆手艺的牧民问会计："我这漆活儿你怎么给工分呢？"队里的会计从不武断，而是不辞细小，到现场了解情况后才答复说："就以油漆面积计算吧，一平方尺三毛钱，给边角上色一尺五分钱，完活后一齐结账，你看行不行？"做活的牧民听后欣然点头，连连说："包勒那，包勒那。"（可以，可以。）他心里有数：额吉淖尔出产的食用大青盐，产地价一斤两分钱，运到满都后的售价是一斤五分钱。产盐与漆活的劳动付出，何易何难，显而易见。

牧民工分工资的应付款，主要来自出售牛羊的收入，而牛羊的收购价格是依照上级规定的标准执行。那几年，无论是牛是羊，皆按活畜单只的重量分级，按等论价，价格标准细化到了人民币的角、分、厘。例如绵羊（肉），一等者 0.628 元，四等者 0.427 元；牛（肉），特等者为 0.589 元，等外者为 0.495 元。至于羊毛、羊皮、牛皮、马鬃等畜副产品，是以重量、张数随季节出售给收购单位，这也是队里的一笔收入。

那时候，乌珠穆沁肥尾羊已经是享誉中外、赫赫有名的肉食羊了，从来不愁销路。牧业队的领导美滋滋地说："我们的羊（牧民称呼为"玛奈好尼"）是卖给北京的东来顺，人家派专人来收购，赶着羊群一路放牧到北京，圈养一阵后才食用。我们的羊还卖到阿拉伯国家，信仰伊斯兰教的人可喜欢乌珠穆沁羊呢。那么多的羊，都是从天津坐轮船到那边去的。我们牧民的贡献可大哩！"

上级政府对完成交售任务的单位和个人，也有物质奖励。与农区完成交粮任务奖励粮食、化肥类似，牧区是奖励布票。比如交售一只羊奖励一尺布票，交售一头牛奖励五尺布票。这对于习惯穿着蒙古袍的牧民来说，是一项很实惠的政策。

那几年，这个边境牧业队从事牧业生产的人员不足八十人，他们放牧着二十群羊、十二群牛、四群马。在男女牧民夜以继日的辛勤劳动中，在各家老少同心同德的配合下，马牛羊的数量连年增加，队里每年可以向上级交售数千只羊、数百头牛，还有多种畜副产品，总收入可达数万元。这笔钱除了支付牧民工分工资外，还可以用于再生产。会计不无骄傲地说："我们队的应收款和应付款，一直处在良性平衡状态中，多少年来都是这样。"

领取工资后的牧民顺道来供销社购买生活必需品。草原牧民的日常生活除了羊肉，还离不开茶盐、米面、绸布料。小小供销社，几间红砖房，常备的生活物品有砖茶、小米、炒米、青盐、白面，以及各种质地的绸布料，还有月饼、罐头、糖果等。每逢发钱取钱的日子，供销社的生意格外兴隆，门前总停着三五辆铁轮牛车，马桩上总拴着四五匹骏马，可谓是日出日落，车马纷沓。

面积不大的售货屋内，是人进人出，笑语盈盈。选货的满意地指点，售货的清晰地报价，购物的信赖地付钱。人们抱着捧着所购物品，相互打着招呼。购买小件少量的东西，牧民直接揣入袍襟里，大包大块的物品就放到牛车上。顾客盈门时，常常是售货姑娘应接不暇，货物供不应求。

第四章 冬牧场

一、冰天雪地

随着第一场大雪的降临、留驻，满都草原的漫长冬季开始了。倘若从十一月算起，到来年的三月，时间长达五个月。这时节，白天的气温大多在零下二三十度，夜间温度降低，极端夜温曾达到零下五十度。

这是一个呵气成霜、触铁沾皮的气温。蒙古包里放置的小桶水，一夜间冻成了冰坨，囫囵个取不出来。整卷的羊肉冻成铁坨般坚硬，刀刃难入。储存的蔬菜水果，冻成彻底的透明体，出现了冰块、冰疙瘩的奇观。砖房外的井台，溅洒出来的水逐层地冻成冰坡，使人难以立足，稍不注意，还会与鞋子冻在一起，移动不得。井口则越缩越小，连帆布水桶也穿上了冰衣铠甲。汉族人习惯穿着的棉袄棉裤不足以抵御野外风寒，北风一吹，即刻感到刺肌冻骨，仿佛穿的是纸片似的单衣。放牧时，若防护不到位，就会冻伤耳面、手足，处理不当，还会落下残疾。北纬四十六度的冰天雪地，对常年生活在南方的人来说，是一个陌生的环境。

游牧时代，牧民和畜群的防寒保暖是第一要务。牧民住的蒙古包加强了防护。包的四周围上了两层毡子，特别在西北处围上一块又大又厚的新毡，以抵御西北风和寒流的袭击。天窗处，换上了大块的盖毡，力求将冬雪寒风拒之于包外。

羊圈大多选在往年的旧营盘上，因为有陈年羊粪垫底，可以阻隔冻土对羊的伤害。迁徙到冬营盘后，先用木锹把羊盘上的浮雪杂草清除干净，将几辆牛车首尾相连围成半弧形，摆上铁哈纳做栅栏，再围上长长的毛毡，还可以用芦苇做进一步的延长。这样，一个冬季游牧的羊圈就搭建完成了。夜晚，羊群卧在圈里，紧密地相依相靠，相互间挡风取暖，度过漫漫寒夜。

白天放牧或外出时，需要穿戴齐全。牧民皆头戴草原帽，身穿皮袍皮裤，脚蹬蒙靴或毡靴（又称毡疙瘩）。毡靴是一种用粗羊毛一次性压制成的长筒靴，形似橡胶雨靴，优点是阻风隔雪。穿着时，在足底铺上一些马鬃，再用一块布或一团马鬃裹好双足，这样就无冻伤之虞了。晚间下夜时，如果出包查看羊群，总要穿好大皮袍，扎上腰带。遇上极寒之夜，还要外加一件山羊皮做的翻毛短款大氅，牧民称之为"达哈"。冬季，马倌下马夜时，"达哈"是必不可缺的防寒装备。

在蒙古牧民的御寒服饰中，堪称一绝的是"马蹄袖"，它是用来呵护双手手背、保温御寒的有效物件，因其形状颇似马蹄而得名。在原野，将马蹄袖撸下来，就是手背的护罩，服服帖帖的，使双手不畏严寒。因马蹄袖并不遮挡掌心，故不妨碍手握套马杆，五指可以自如活动。在包内，只需将其掖进袖笼，手心手背即恢复常态。干活劳作时，若想防烫防冻、止硌止扎，还可用其做手垫，只需轻轻拽下一角即可。

马蹄袖是一个全天候保护双手的如意物件。其物虽小，功用却大，实为游牧生活中很实用的发明之一，乃至草原男女老少的冬季皮袍，几乎都装有马蹄袖。

二、冬季牧羊

雪地保膘

满都草原的冬季是一个白雪纯净、黄草露尖的世界。此时放牧畜群的头等大事就是保膘，即保护好秋季抓起来的那层油膘，使马牛羊平安顺利地度过严寒冬季。落实保膘的重中之重，是选择安排冬牧场。理想的冬牧场是山矮坡缓，草势良好，积雪厚度适当，羊群以羊蹄可以刨开覆雪吃到雪下草为宜。

冬季牧羊的经验之一，是顶风出牧，顺风归牧，中间时段依具体情况而定。同秋天抓膘相似，也是让羊群缓缓走，慢慢吃，少轰少赶，如此牧羊人也获轻松。有时上马圈一圈羊，有时下马坐在雪地上歇一歇。因为有皮袍皮裤的保护，人坐在雪地上并不感觉寒冷，反而觉得软和舒适。冬季，羊以雪代水，省去了羊群饮水之事。

在时间上，冬季是日短夜长，与夏季正好相反。平常日子，大约早晨八时许出牧，到了下午四时许便归牧了。羊群中的领头羊既知钟点，又识路途，日薄西天时，自发地边吃草边移动回营，整群羊随之而行。当羊群走到能看到蒙古包时，牧羊人撑杆上马，一颠一颠地跑到羊群前头稍作阻拦，然后磕马回家喝茶去了。

入包坐定，主妇递上一碗热气腾腾的深褐色酽茶，碗内放有各色食品，茶面上飘着一层醇香的黄油。随后，又将满满一铲羊粪送进火炉。不一会儿，只听"砰"的一声响，火着了上来，火苗"呼呼"地向上蹿着，茶壶在炉台上"咕咕"地响着，热气烘烤着牧羊人的脸庞、前胸，顿时感觉寒气尽散。

天色渐暗，千余只羊沿着雪地上已踩出的归牧印迹，顺条顺缕地步入羊盘，一只挨一只地卧下，十分乖顺的样子。牧羊人撂下茶碗，来到包外牛车处，解马卸鞍，将马牵至远处，下了绊子，拴在带有长绳的铁钎子上。

在冬日，倘若坐骑奔跑出了汗，老牧民则不急于卸鞍。他用马蹄袖、满怀疼爱地为其抹去身上的汗水霜雪，先里侧再外侧，一下一下地。随后将鞍与垫抬起来透透汗气，再放回去。待汗气落定后，才卸下鞍子，一个时辰后，再拿取鞍垫。这是冬季老牧民爱马惜马的做法。更有佳者，还会为坐骑盖上一块软毯，以防其伤风感冒。

看到羊群全部进圈后，牧羊人才一步一步地走向炉火正红的蒙古包。

白马王子

冬天的草原、放羊的牧场也有美景。平常的日子，北风吹拂起浮雪，扬起了一条又一条轻盈的雪色薄纱。微微凸起的小雪坡上，凝结出如雕如画的水波儿似的纹理，在风中，静中有动，动中含静，给人一种美妙的视觉感。金黄色的芨芨草在风中摇曳，细直的茎秆在雪面上旋出了小小的圆窝儿。大雪初晴时，天空明净而亮蓝，雪原洁白而静穆。放眼眺望，他人放牧的羊群只是灰白一团，人马只是黑点一粒。艳阳高照下，满世界纯净的白雪晶莹剔透，耀人眼目。俯身近观雪花，恍若无数个小小精灵，闪闪烁烁、奇妙无比。在风声的伴奏中，它们轻盈地跃动，快活地舞蹈，为冬天的大地带来了生动的活力。

正在这时，一个牧羊人骑着一匹白马，悄无声息地踏雪而来。马蹄扬起的雪沫儿轻轻飞起，又飘飘落下，仿佛童话中的白马王子由远而近。"赛音白努？"（你好？）一声亲切纯正的蒙古语问候，将另一个牧羊人从专注中唤醒，她快活地回应道："赛音，赛音白努？"（好，你好？）于是，两个年轻的牧羊人——一个蒙古族，一个汉族，牵马驻足在这片四野开阔的冰天雪地中，一边看护着各自的羊群，一边说着话。蒙古族牧羊人关心地问寒问暖，问放羊怎样，生活如何，天天喝茶、吃肉习惯吗？蒙古包里睡觉不冷吧……话语中饱含着温暖亲情。汉族牧羊人随问随答，红彤彤的脸上露出了由衷的感动。

两群羊各行其道，分别从山坡两侧走来，它们不紧不慢地刨食着雪中黄草，继而又渐渐地离坡远去。这时，交谈中的二人撑杆上马，齐头并进，跟在羊群后面，漫行在这蓝白两色的纯净世界中。两匹坐骑的身后，留下了两串深深的马蹄印。蹄印之旁，还有两道浅浅的套马杆滑过雪面的痕迹。

北风的力量

北疆草原的四季无一日无风，那高原的季风随时随地运力变化而无穷尽。它时而如侣如伴，如影相随；时而如追如逐，吹衣扬发；风力再强时，则避之不及，躲之无地。牧民、牲畜与季风是彼此关联、同存同处。比较而言，风于四季给人的感受各有不同。常态下，春风伴着和煦的阳光，给人温暖；夏风携来阵阵雨丝，予人凉爽；秋风中弥漫着百草成熟的香气，使人神怡；唯有冬季之风挟带着低温，令人倍感寒冷。

冬季，风从西北来。在大体恒定的寒冻低温下，风成了草原世界的主宰。它统领下的风之动力、风之速度，常常是咄咄逼人、逼物、逼迫所有。北风最狂暴的时候，是刮"白毛风"。四五级的风力，有可能猛增至七八级，乃至更大。疾风长驱直入，挟带着雪粉雪末，扫荡着雪原上的一切。人畜若遭遇上白毛风，迎来的必是一场不可回避的艰难挑战。

那一次，风起半夜，不久风力加强，人待在包里可以听到包外"呜呜呜"的风之呼啸，感觉蒙古包就要被掀翻刮跑似的。天亮时，风力并没有减弱，四野灰白迷蒙，能见度不足二三十米。眼前只能见到一团又一团的沙荆子随风翻滚而来，又被风裹卷着飞速旋转到远方。疾风灰云中，朦胧的日影渐渐升高，该出羊了。但是圈中羊并不起身，它们好像老弱病残似的蜷缩在一起，没有出圈吃草的意思。冬季保膘，羊不可一日无食。那时候，除弱畜外，一般大羊群没有青草储备，全靠冬牧场自然牧养。于是家人一起出动，连轰带赶加吆喝，将羊群轰至圈外，令其顶风向北进发。

那白毛风凶猛强悍，它将整群羊裹挟包围成一团，使羊们彼此阻挡难以行走。而牧羊人一旦面迎风头，便被"呼"地一下捂住口鼻，噎住喉咙，窒息般出不得气，更喊不出声。那雪粉雪末如同沙粒，抽打着裸露在外的面颊，点点生痛。连坐骑也被狂风所迫，不得迎风迈步，总是侧转身体，回避风头。

此时，牧羊人咬定了一个意念："不能退！只能进！"在与风的相持中，人在马背上，俯身、低头、猛磕马腹，贴着羊群，挥舞套杆，奋力阻止那些试图顺风溜跑的羊只，全力控制住整群羊的溃逃。同时，抓住风魔喘息的空当，斜侧着风轰赶羊群，使其一圈一层地、一步一挪地迈步，走向不远处高草稍密的草地，走向那片已知的背风凹地。在那里，羊群可以暂避风势，间或觅食。

这是人、马、羊与白毛风的一场拼搏，是以人、马、羊之弱小来挑战白毛风之强大。好在白毛风只是一种短暂的恶劣气象，它有时刮上一天一夜，最多刮上三天两夜，便减弱了收敛了。接下来的日子，还是一个阳光普照的晴朗蓝天，一个耀人眼目的白雪世界。

冬季，还会出现"白灾"。这是因为降雪量过大、积雪过厚而造成的一种天灾。积雪深至四五十厘米就可以看作是白灾了。厚雪严严实实地盖住了草原大地，掩埋了大部分并不高壮茂密的黄草。北风吹硬的雪面，牛马大畜踩上去一陷一坑，它们皆难以觅草，更遑论个头矮小的羊了。所以，一旦出现白灾，牧民们会想尽各种办法，尽全力抗灾保畜，政府和部队也会倾力相助。

北风虽然猛烈，却也有自己的章法规矩。它通常是有张有弛，一疾一徐，并非始终拼尽全力，肆无忌惮，由此给草原牧民提供了发挥智慧的空间。经年放牧的牧民从不怨风恼风，而是从容地与之周旋，乃至相随相从。他们摸索着风的规律，努力地避其之锐，防其之害，用其之力，转而成为草原世界的真正主人。每一年的冬季，他们总能战胜白毛风，战胜白灾，总能与妻儿老小平安地度过严寒，继而带着牛羊畜群，顺应着时节，走向春天的牧场。

漫长、寒冻、疾风的北疆冬季，对牧民对畜群是考验，是磨炼，至于白毛风、白灾，就是劫难了。然而，历经无数的年份、无数冬季的验证，最终的胜利者，总是属于无所畏惧的、富有智慧的草原牧民。

未归的羊群

又是一个大晴天，阳光明丽，空气清冷，羊群吃草去了，居家的人忙碌着清理羊圈。这时，远处有一匹坐骑，蹚着四溅的雪粉急驰而来，马背上的人是同一个牧业组的牧民，只见他神情慌张地说："西边有羊给狼掏了，快套上牛车给拉回来！"家人闻讯后，马上轰牛驾辕，忙不迭地赶往出事地点。其他人家的三四辆牛车也先后赶到。

到了现场，来人全都惊呆了，实况远远超出了想象。在一小片干涸的碱泡子上面，横七竖八躺倒了一大片羊，场地狼藉散乱，惨不忍睹。有的羊已经断了气，四肢僵硬；有的羊虽有体温，却奄奄一息。尚有生命体征的活着的羊，个个弓背缩颈，神情恍惚，一动不动地僵立着。大滴大滴鲜红的血相连成串，渗透在洁白的雪面上。羊只被拖拽的痕迹，一道又一道。尤有一只羊，其脖颈处垂挂着一个茶碗大的血色冰球，目光呆滞，见到来人，它直愣愣地一步一踩地走过来，似乎要向人们倾诉这里曾经发生的一切。

可以断定，这些羊在几个小时前，遭遇了几条恶狼的围截、撕咬、祸害，眼前，就是残害羊群的第一现场。羊们的仇家——恶狼已不见了踪影，或许，它们正隐蔽在某个暗处，窥视、等待着收取战利品的时机。

断了气息的羊，被一只一只地抬上牛车，一只挨一只地擦压在一起，运送了一趟又一趟。途中，这些亡羊的四蹄在车辕边耷拉着、晃动着。运回后，它们被堆放在营盘一角，像是一堆码放的柴火垛，连家犬也不屑一顾。有人粗略地点了数目，大约有七八十只。死因大多是被咬断了颈部气管、动脉。有牧民提议，剥下羊皮上交队里。但由于气温过低，死亡时间过长，羊之皮肉已然冻结，在开春解冻之前是无法剥皮了。那些已被咬伤的、还有生命体征的羊，恐怕也难挨此冬，而那些侥幸活下来的羊被送回了原群。死亡、受伤加上受到惊恐的羊，大约有二百来只。

后来得知，是这位报信的牧民在头天傍晚归牧时，由于一时的粗心大意，加上视力欠佳，轰羊时没有发现山坡后面尚有一小群羊掉队遗落了。天黑时，这群未归营盘的羊寻摸到此处的小碱泡子，权作羊盘，歇卧了下来。不料，半夜竟被几只"夜巡"的恶狼撞上，在黑暗迷茫中，羊只惨遭祸害。

就在这天夜里，这个牧民家的四五条狗，狂吠猛叫了半宿，数次远距离地冲出去。这是几条训练有素、善追善咬、远近闻名的厉害狗。下夜的主妇万万没有想到，就在距家大约一里地之外，正是自己群里的羊，发生了惨烈的流血事件。当时她心里也纳闷：为啥我家的狗今晚这么狂叫不止呢？

事故之后，组里、队里开会总结教训，叮嘱放羊的人，在白雪皑皑的丘陵坡地放羊，要格外注意羊群的前后左右，勿让山丘阻碍了视线，勿使羊只掉队离群，防止再出现此类雪白血红、野狼掏羊的恶性事故。

如今思之，羊是食草家畜，狼是噬肉野兽，本性各异，难以撼动。以羊性之懦弱无能，相较狼性之贪婪凶狠，无人看管的羊自然处于在劫难逃的劣势。何况彼时彼刻，狼只在行动，羊儿在静卧，双方又处在一动一静、一攻一守的态势，谁胜谁负不言自明。呜呼哀哉！一小群雪夜未归营盘的羊！

三、冬日生活

平日里

游牧时代，冬季的饮用水是雪水，取自于坡地上的积雪。拎着大簸箕走到离包稍远的净雪处，撮起满满一簸箕洁净的白雪，端回包内，倒入铁锅，添粪化雪。无论是熬茶还是煮食，一般是现取现化。待锅中雪融化后，用笊篱捞净水中细草，便可以使用了。

冬季没有鲜奶，牧民喝的是"雪水黑茶"。茶是祖国南方产的一种砖茶，长方形，压制得瓷瓷实实。砖茶是草原牧民的最爱，它消食、解腻、提精神，牧民祖祖辈辈、春夏秋冬都喝此茶。冬日的茶壶里，常装有炒熟的糜子、闷熟的小米。喝茶人只需将壶身向后倾倒一下，再向前注入碗内，米粒便会从壶嘴里汩汩地流出来，量之多少随意。雪水黑茶加上喷香的米粒儿，自有一股茶香饭香的滋味，再佐以手把肉、奶豆腐、炸馓子，可以吃得茶足饭饱。于是，牧民便有了无惧风寒的气概，焕发出了冰雪世界中人的奕奕神采。

喝好茶，男主人放羊去了，女主人开始忙碌家务。她将铺地的小花毯一一拿到包外，挨个在雪地上来回摔打，以借助白雪清洁毯面，类似干洗。或将花毯在牛车轱辘上甩拍，借助风力带走尘土。如此一番，再铺回包内，果然干净了许多。她又来到羊圈，用木锨铲起羊粪，撮堆备用。再顺手把羊圈的牛车、围毡、芦苇归整摆齐，查漏补缺。最后还不忘清理粪堆上的覆雪，掀开盖毡，通风晾晒。

忙完包外，回到包内，开始做些缝缝补补的针线活。她坐在火炉东南侧，一边看火，一边为自己的男人缝制蒙靴毡袜。只见她将两片裁好袜形的厚实毡片相对缝合，用戴顶针的食指将粗针用力地顶进去，再使劲地拔出来，一针一线、一进一出，看起来并非易事。最后，她特别在袜口处缀上了一道小花布条，白色的毡袜顿时有了艳丽的色彩，仿佛注入了生命。完工后，她一边将其塞入靴内，一边说："嘉，奥道包勒那。"（好，完成了。）老额吉坐在火炉西侧，为小孙女缝补撕破一角的皮袍，她用长针短线慢慢地缝补着。之后，又在小孙子的皮袍袖口处换上一副新的马蹄袖，还叮嘱了几句。

在冬末迎春的闲暇日子里，女主人还会为孩子们做贴身穿的纯棉衬衫，她称之为"汗褡子"。将细花棉布照合身衣样裁剪好，打开手摇缝纫机，"哒哒哒哒"，机针上上下下地运作着，双层叠压的棉布顺针而走，一小会儿工夫，一件可爱的童衫就扎好了。二女儿凑上前来观看，她帮母亲摇那带柄的手轮，一转一圈，连续不断，好像在玩一种有趣的游戏。

天色渐渐暗了下来，女主人开始忙着做晚餐——手把肉汤面。冬季晚餐的特色是肉多、油重、量大。只见她在食盆里倒上半盆白面，注入适量温水，然后双手用力地去和面，和成团后，又用力地擀片，一寸一寸地推动着擀面杖，面团讲究硬实，擀起来很费力。当擀成一张薄厚适当的圆片时，便用面杖将其卷成筒，纵向切开，再横向切成短而宽的面片，这就是游牧民自制的切面了。她一边擀面，一边添火。

此时，铁皮炉上正坐着一口大铁锅，锅内正滚沸着手把肉和血肠。汤面浮着的羊油贴着锅边嗞嗞作响，浓浓的肉汤香味在包内回旋飘浮。火候到了，她便用长长的铁钳夹出锅中的手把肉、血肠，置于大搪瓷盆中，再将面片抖散投入锅内。不消一刻钟，满满一锅极富草原特色的"手把肉汤面"便煮熟了。

女主人开始为家人盛面，依然是照老规矩行事，按长幼尊贵之序，分别递送到各位家人手中，最后才是她自己。大人孩子有滋有味地吃着碗中面，随手削着手把肉，蘸着韭花酱佐餐。炉内粪火呼呼地燃烧着，半截烟筒被烧成了红彤彤的颜色，点点火星顺着烟囱从天窗喷向夜空，浸在羊油灯里的两个灯捻欢快地跃动着。小小的蒙古包里，此时温暖如春，祖孙三代一家人围炉而坐。男主人和他的马倌哥哥愉快地说着放牧时的所见所闻，白发额吉侧耳听着，不时发出一声"火勒嘿"的叹息，女主人蔼然微笑地伺候着炉火，及时地投入一大铲羊粪球，孩子们睁大眼睛好奇地看着听着。

饭后，稍作休息就该睡觉了，家人依次到包外小解。回包后，便各就各位，一个大人带一个孩子。马倌哥哥带着七岁的侄女躺在北面，老额吉搂着五岁的孙女卧在西面，男女主人裹着三岁的小儿睡在东面。松开腰带，皮袍就是寝被，双双睡在大人的皮袍里。再褪下半截皮裤，用裤筒裹住双脚，上面盖上一张山羊皮被子。老牧民特别注重将皮被下头掖在双脚下面，裹紧包严，理论是"足暖全身则暖"。

待各位卧睡后，女主人封好炉火，撤下烟筒，倚靠在炉旁。再到包外盖好顶毡，拴紧绳带。她仍旧是最后一个躺下，为了下夜，仍旧是边睡边用耳朵听着包外羊群的动静。到了冬末春初之际，尚需格外留心早产的羔羊。若听到熟悉的母羊唤羔儿的"咩咩"声，还要起身穿好皮袍，系上腰带，再罩上"达哈"，打着手电在圈内循声寻找新生羔儿，及时拿回包内，免其冻伤或被踩踏。

漫漫冬夜，万籁俱寂。皎洁的月光映照着雪原大地，四野空空荡荡，气息清清寒寒。偶尔，听到一声颤悠悠的犬吠。

缝制皮袍

那时期，牧民家中男女老少的各种蒙古袍的制作，全靠女人自己动手。夏秋冬三季，家中女人总有忙不完的针线活，夏季做单袍，秋季做夹袍，做吊面的羔皮袍，冬季常做的是"皮得勒"，一种大毛羊皮袍子。缝制皮袍，是游牧民自力自给自足的代表作之一。从宰羊收储皮子开始，到熟皮、鞣皮、熏皮上色，再到裁剪、一针一线地缝制，每一步骤无论繁简，全靠自己的力量来完成。

满都牧民做袍子，不是量体裁衣，而是依照合身的袍子描样裁衣。描样时，主妇将拼接好的大片羊皮平铺在包中地毯上，将做样子的袍子覆在其上，依样描画黑线，先前片与下摆，再后片与双袖。

画线的工具很原始，是用一根细细的木枝，削尖一头如铅笔，插入粪火下层，燠成黑炭色后取出画线。画线往往由主妇和老额吉两人配合。主妇双膝跪着，俯身贴着衣样，一处一处地画线，老额吉负责递送炭笔，一次又一次。

裁剪时，须用剪刀尖挑起皮板，一寸一寸地剪开皮面，如此是为了不损伤刀尖下的羊毛。主妇俯身下剪时，老额吉随手收拾起剪下的碎料。"嚓嚓嚓嚓"，随着剪刀尖的行进，一件皮袍的大体模样就显现出来了。

缝制是将皮板两相对合，从里面的羊毛处缝合，运针走线时，须随时将羊毛分向两侧，不然很容易将羊毛带入针眼，既影响质量，又很费力。待前后两片、两肩连接好后，就可以上衣领了。

衣领是整件皮袍的关键部位，有着四两拨千斤的作用。挖领口技术含量最高，要求领口的前后弧度、开口尺寸刚好合适，这样穿着才合体舒适。领子材料选用本地卷毛羔皮制作，背面衬托一片多彩的"好勒盖"——织锦缎花边，然后端端正正地缝上领子。主妇制袍技艺的高低，从衣领处可见一二。

做衣领需用熨斗辅助。那熨斗的模样古朴小巧，铁质三角形的小小熨头，仅一寸来长，薄如火柴盒，手柄细而长。将其置于粪火中烘热取出，便可熨平花边及折痕，使用灵活，是游牧生活中便携的制衣工具之一。

最后，还有一道给袍衣镶边的工序。那时期，一般前襟胸部用花色锦缎，四周下摆用黑色布带，精制者还会在黑色宽边旁另上一道细带，这一宽一细的搭配，使皮袍外观又上一个档次。驼黄色的袍衣，花色黑色的镶边，很是醒目协调，再缝缀上以银质雕花扣子盘成的扣襻，一件光鲜漂亮、御寒保暖的大毛皮袍子就完成了。这不仅是放牧、居家的冬袍，也是草原牧民在冬季欢庆聚会时必备的服装。而如今，皮袍的配饰比过去更加精美考究了。

除了缝制一家老小的衣袍外，草原女人还时常不辞辛苦地为到草原生活、工作的外来人缝制各种蒙古袍。一九六七年的冬天，一批志愿与贫下中牧相结合的北京中学生，来到了乌珠穆沁草原插队。他们到达之时，正是天寒地冻之季。政府事前就为这批学生准备好了皮袍、皮裤、皮帽、毡靴，借以防御北疆的严寒风雪。而这些皮袍、皮裤的缝制，正是出自于各公社牧场、各队各户草原女人的双手。

在赶工缝制的那些日子里，她们放下自家多样的活计，紧张而有序地忙碌起这项工作。她们一片一片地连缀着皮板，一针一线地仔细缝合，然后拥着沉甸甸的成型的皮袍，上领子、缝扣襻、缀马蹄袖，工作认真仔细。她们将母亲对儿女、姐姐对弟妹的关爱之心，融入到了缝制工作中。

当这批中学生——一群十六七岁、不满二十岁的草原新牧民，在盟府、旗府穿上这种大毛皮袍、皮裤时，顿时感觉全身暖暖和和，心头热热乎乎，具有了在冰天雪地中勇往直前的底气。

四、北京学生

在这个北纬四十六度的严冬里，一批百十人的北京中学生，穿着草原女人缝制的皮袍皮裤，走进了乌珠穆沁东北部的满都草原，开始了迥异于童年少年的游牧生活，开始经历成长路上的诸多"第一次"。第一次住进了蒙古包，成为游牧民家中的一员，有了蒙古族名字：乌兰其其格（红花）、乌兰玛拉沁（红色牧民）。第一次学习蒙古语，从称谓、物品名称、"吃饱了"开始。第一次端着小瓷碗喝雪水黑茶，徒手吃手把肉。第一次穿着全套二十来斤重的冬服，学习鞴鞍上马、雪地牧羊。在那白雪皑皑、寥无人烟的冬季，在那一家三代同住的、温暖的蒙古包里，在几个学生组建的新包中，体验着一种崭新的生活。在这段日子里，他们得到了牧民对小辈人一样的看护，感受到了牧民胜似亲人的关爱。这个冬季，成为他们人生历程中意义非凡的转折点。

冬去春来。牧民称作"北京色和腾"的这批学生，继续深入实践。游牧人家"男主外，女主内"的劳动分工，对每一个学生来说，则要求达到"个人全能"。他们认真地学习放牧、下夜。在山峦起伏、季风明显的满都草原，他们了解着四季牧场的"水经""草经"，认识着春夏秋冬的"星图""云图"，努力掌握放牧的要领、迁徙牧场的技能。他们学习游牧生活必知必会的衣、食、住、行。除了撑杆上马，维护鞍马具，赶牛车搬家，搭建蒙古包，传统的拴系法、运刀法，还有烧火、熬茶、做饭、宰羊、灌肠、挤奶、搓绳、缝补袍衫等等，无所不及。无论男生还是女生，都努力地争取自己样样拿得起、做得好。在这段日子里，他们得到了牧民耐心的指点、谆谆的教诲、慷慨无私的援手相助。

他们与牧民一起互学对方的语言、表达的方式，一起参加集体劳动，一起骑马串营，开会学习，一边喝茶一边谈论牧草、羊群、平日的劳作。他们经历了春接羔、夏剪毛、秋抓膘、冬保畜的一年四季的常规牧业劳动。到了时节，他们与牧民一道，为区域内外的人民送上了优质的乌珠穆沁肥尾羊，还有羊毛、羊皮、牛皮、马鬃等畜副产品。他们年轻的生命在草原初放光彩。

就在这片游牧的世界里，学生们经风雨，见世面，劳筋骨，炼精神。在同样的生存环境、同样的劳动中，游牧民的优秀品质愈显鲜明，熠熠生辉。男女牧民的勤劳、奋进、自强、自立、乐观、务实、善良、纯朴……一次又一次感动着、启发着、造就着这批年轻的学生。

几番寒暑，几度春秋。学生们增长了基本的生产、生活的本领，知晓了牧民不为外人所道的一些"草原密码"，得到了唯独游牧民才有的气质、性格的熏陶。在"日日新，又日新"的实践中，有的学生渐渐地认识着游牧世界的哲学，体会着草原牧民的文化。这样的历练，使他们在为人、情感、思维、处事等诸多方面，获益良多，受益长久。

天人和谐的游牧草原是一个自由的天地，它与年轻人热爱自由的心性相契相合，学生们没有辜负这份恩赐厚爱。在这里，他们尽情尽性地释放着自己的资质潜能，尽心尽力地为建设草原奉献着自己的青春年华。

他们主动申请放牧马群。接管后，认真负责，全天候昼夜跟群。第一年，马驹的成活数便高居牧业队榜首，令牧民马倌心服口服，成为一方榜样。牧民称之为"学生马群"。

在夏牧场，他们自觉策划打井，以解决人畜共饮一河水的卫生难题。掘井成功，水质上佳，茶炊、饮马皆适宜。牧民称之为"学生井"。令人欣慰的是，这口井从当初汲水到如今，半个多世纪过去了，依旧在为牧民服务。其长久的功用，既出乎了当年掘井人的预想，又见证了一段青春岁月。

更难能可贵的是，他们用自己的老式华山牌135相机、海鸥牌120相机，广泛地为牧民的男女老幼照相留影。由此，不仅拍摄了六七十年代游牧民的风貌、草地营盘的景致，而且还为老辈牧民的后人留下了不可再得的珍贵史料。

还有，他们用探亲带回的菜籽，试验种植小片蔬菜园，收获后分送给老乡，得到了主妇们的喜爱。他们学习游牧民的生存智慧，用荆条搭架、外覆草黏土的方法，在场部搭建蒙古包式的仓库，既可存物，又可住人。他们背上红十字药箱，骑马串营，送医送药，救死扶伤。他们走进小学校，为牧民的孩子教授文化知识。放牧之余，学生们满怀着一腔真情，以文字，以诗歌，以画笔，记述、讴歌、描绘了大草原与游牧民的万般生活。深入人心的游牧实践，是他们创作的根基、灵感的源泉。

多年后，多数北京学生陆续地走出了草原。他们带着深浅不一的"草原印记"，走向了不同的地域。然而，游牧岁月中淬炼出来的"草原精神""游牧民风范",确如影随形,潜移默化地引导着他们的思想行为。在各自不同的岗位上,有的学生自有独当一面的勇气,自有解决棘手难题的智慧,自有以乐观心态面对新挑战、学习新科技的能力。草原牧民"自强不息"的精神蕴含其中。

数十年来,有的学生满怀着"心系草原"的深情厚谊,数次重返第二故乡,看望各家牧民,了解牧业生产,关注新的变化。他们以多种多样的方式,向牧民们表达着对草原的热爱,一家亲的真挚情谊。凡有牧民携家人来北京办事,他们总是热诚地迎来送往,安排食宿,陪同求医问药,携手游览名胜、驱车看望大海……种种爱心善行惠及到了老牧民的第二代、第三代乃至第四代。如今,这批北京学生虽然年逾古稀了,然而,他们心目中的"草原记忆"却历久弥新。每当大家相聚时,总会用亲切的"咱们那儿"做话头,提说着草原的古往今来,商量着为第二故乡再做新的贡献。

游牧的草原,与马牛羊同迁徙、同生活的四季牧场,那里的天和地,那时的人和事,那样的百般美好,使已经离别草原、走向耄耋的北京学生,真的是常忆常新。那许许多多的感动,至今还时时温润着过来人的心田。

五、草原春节

那时候过春节,喜兴的气氛、欢悦的心情,一点也不亚于现在。正月初一这一天,中青年牧民纷纷穿上簇新的皮袍,扎上艳丽的腰带，骑上自己钟爱的骏马，三五人一组或七八人一队，一起走包串营，挨家拜年，互祝吉祥。队伍中有年轻帅气的马倌，有老实敦厚的牛倌，也有当日无须出牧的羊倌。

人们总是先到辈分高、年龄大的人家去。女主人笑盈盈地等候在包门前。"赛新极勒布？""赛坐节努？""赛！赛！"温和的蒙古语调，真诚的相互问候，传递着牧民之间的喜悦与友情。拜年的人挂杆侧身下马，七八匹坐骑一匹挨一匹整齐地拴在牛车处，七八根长长的套马杆齐刷刷地斜靠在蒙古包两侧。来宾鱼贯似地躬身入门，盘腿围炉而坐，喷香四溢的节日奶茶随即递到了每一位宾客手中。

这一天，无论大家小户，都准备好了大搪瓷盆装得满满的手把肉，里面有上等的羊胸叉、肋骨、前后腿，还有大搪瓷盆装得冒尖的糕点，里面有奶豆腐、月饼、糖果。摆出的满盆食品，透露着草原牧民由衷的喜悦欢快、一向的好客大方。家中主人还特别备上了草原白酒，为兴致高的来宾斟上两盅，两人对酒互贺。宾主快活地高声交谈，人人红光满面。一阵畅聊、一碗茶后，大家心领神会地和声唱起了民歌、长调。那是一种深深地道情，娓娓地述说，歌声拨动着心弦，丁丁作响。唱歌后，再聊一阵儿，便起身告辞了。

拜年的人逐一出包，拿上各自的套马杆，灵活地撑杆上马，互相召唤着奔向另一户人家，守在包外的家犬吠吠追随。一路上，那颠马口角轻扬，四蹄点地；那走马步履稳健，趋行如风，马背上的人儿簇拥而行，兴高采烈地说笑着。白雪大地上，这一群人分外鲜明，引人注目。

那时期，物品供应虽然有限，但是注重礼俗的牧民在串营拜年时，为了表示诚挚的祝福，总会向家中主人送上一份礼品。礼品大多是一个上好的瓷碗，内置一块月饼、一把糖果，外加一块方方正正的奶豆腐，用毛巾或绸布托着，恭敬地递向主人。礼虽轻，情意重。倘若主人知道客人中有恰逢本命年的年轻人，牧民称之为"极勒奥勒那呼"，在临别时，还会特意送其一样礼物，向步入新的生命周期的年轻人致以本命年的祝福。礼物有月饼、糖果、奶豆腐，有的还外加绸布腰带、织锦袍面等较贵重的物品，表达着牧民对年轻人的关怀，相互间的情谊。

多少年过去了，许多事情和以前不一样了。集体使用的草场，改革租赁给了各户，公家的牛羊，估价卖给了个人。宽广富饶的四季游牧的草场，划片分配了。在属于个人的领地，人们纷纷围上了铁丝网，盖起了砖房砖圈，打了机井，过上了定居、半定居的生活。生产生活方式改变了，人们的观念也悄然起了变化。

就"过春节"的风俗礼仪来说，渐渐地由少增多，由简至繁。如今，在过年的日子里，每一天都有不同的讲究、不一样的礼仪。比如在腊月二十三过小年时，各家自行操办"祭火仪式"。在正月初一的正日子里，男主人带领一家老小举行"祭天仪式"。从初一到初五，各家各户牧民还有了新形式的串营子拜年。苏木、嘎查会举办不同规模的团拜会。正月初八的前后，旗政府还会举办草原冬季那达慕，将新时代的过节气氛推向高潮。

草原的新春佳节，和中原的农民一样，是冬闲时节的团聚娱乐，是牧民间的交往、联络、沟通，也是四季生活中牧民最舒心最快活的时光。无论过去和现在，节日里，人人花团锦簇，个个笑容满面，盈盈的温情暖意环绕在男男女女、老老少少的周边。所有这一切，形成了一大片韶光福彩，辉映着纯净的雪原大地。

欢聚快乐的春节过后，万物复苏的春天就要回来了。

北大光阴

引 言

　　北京大学中文系的前身是京师大学堂中国文学门，一九一九年改称为中国文学系，简称国文系。到了一九五二年，全国院系调整后，改称为中国语言文学系，简称中文系，这个名称沿用至今。

　　在七十年代，北京大学中文系的四个专业——新闻、文学、汉语、古典文献专业里，汇聚着一批全国第一流的、德才兼备的老中青教师。老先生在四五十年代即为教授、副教授，至少积累了二三十年的教学经验。他们博研精思，融通经史，著述等身，是每个专业的栋梁之材，是编写全国高校教材的领军人物。中年教师有不少是在教授身边工作多年的科研助手，他们深究学术，贯通古今，颇得教授真传。那时候，正是他们年富力强、精力充沛的黄金时期，他们是专业教学的中坚力量。年轻老师大多为学生时代即出类拔萃的高才生，毕业后留校任教的佼佼者。他们勤奋治学，缜密思考，研究学问时出新解。那时候，正是他们风华正茂、朝气蓬勃的时光，是专业教学不可或缺的一支生力军。那时候，中文系的师资队伍，在社会引发的一阵阵批判思潮的波澜中，仍然葆有一批注重教育、传授知识的名师英才。

七十年代初，北京大学文理两科试行招收了几届大学生。他们多数来自工厂、农村、部队的基层一线，是从全国不同地区推选、考核出来的优秀者，时称"工农兵学员"。他们怀着"人民送我上大学，我上大学为人民"的志向，如饥似渴地求知求学，力争学有所成，毕业后有所作为。中文系的学员以汉族人为主，也有蒙、藏、回、维少数民族学员。他们在一起学习汉语文，学习文科基础课，再分别学习各自专业安排的相关课程。

古人云："古之学者必有师。师者，所以传道、授业、解惑也。"中文系的老、中、青各位教师，不仅德行好、学问好，讲课授业更好。他们对自己所讲授的课题有深入的研究，有深厚的情感，对听讲的学员满怀着教书育人的责任心。他们善于因材施教，长于循序渐进。他们大多采用深入浅出、厚积薄发的方法，将自己的课讲得条分缕析，头头是道；讲得简洁明晰，易懂易记。教师当中不乏独具个人魅力的讲课至人。有的款款言之，娓娓道来；有的重点突出，要言不烦；有的声情并茂，神采飞扬；有的妙用比喻，富有诗情；有的讲着讲着就情不自禁地赞美、兴叹、笑逐颜开……无论哪一位教师、讲哪一门课，学员都会被深深地吸引到所讲的课题上面，他们认真倾听，专心领会，课后积极问学。面对学员的疑惑，教师总会用简明通俗的话语做解答。

那时候，中文系各专业教师、本系与外系的教师之间还有"学者交流"，即教学上的互助协作。中文系各专业教师，除了在本专业授课外，还到其他专业、其他系讲学。中文系请来了经济系、哲学系、历史系、国际政治系乃至西语系的各位教师，来系里讲学。请来的教师都是"专家讲专业"，所讲之课既深入又明白，既清楚又精彩。他们的讲学使学员的目光眺望到了五大洲的天地，思想连接起了先哲们的沉思。

那时候，学员之间多有来往，联络密切。他们同堂听讲，同室读书，同吃同住，还在教师的带领下，同一地实习，合力完成同一个课题，或是在教师的指导下备课、讲课。常常是两三人、三五人围坐在一起，自由地交流讨论。这样的学习，有效地避免了"独学而无友，则孤陋而寡闻"的闭塞，提升了自省、自强、见贤思齐的心境。

一个求知若渴的年轻人，有幸获得了上大学的机会，真正是难以言喻的宝贵和重要，何况是在北京大学、在中文系！那时候，学员得到了全国最好的教师、传授得最好的教育。在这里，教师讲汉语、文学，不仅探索源流，还有精湛深邃。讲文字、文献，不仅辨明学术，还有论证创新。在平日的育人治学的教导中，更显见人品的真实、人格的魅力。这一切潜移默化，深入人心。于是学员有了高山仰望，有了两千五百年前那位名师弟子颜渊一样的感受："夫子循循然善诱人，博我以文，约我以礼，欲罢不能。"

学员结识教师总是从聆听授业开始。那几年，学员间有一个以年龄定称呼的规矩：年龄已逾花甲或年近六十者，称呼"先生"，中青年者称呼"老师"，皆表尊敬。在校期间，以此作琅琅称呼，毕业后一直未曾改口，直至今日，习惯已成自然矣。

笔者一九七四年至一九七七年曾在北大中文系学习，就读于古典文献专业。那三年，那读书、听讲、实习、交流的寸寸光阴，犹如钻石般恒久生辉。那种种的美好，在岁月的流逝中，有的已然朦胧而难以追忆了。惋惜间，笔者试图用文字留住一二。于是，再度拿出当年的课堂笔记，拟作记述主体，旁及其他。笔记中肯定有漏记之语、误听之言、偏听之爱，更有遗金之憾，但感觉所教授的主旨尚在，所记录的部分知识尚存，里面包含着师长精深的学识、智慧的结晶，使人温故知新。于是静心整理，仔细阅读，再学用近代校勘法做核对，尽全力存真求实。笔者愿借此若干片段，以作重温，以感师恩，以示后人。

第一章　思想启蒙

一、认识经济学

当年，北大中文系为学员们安排了三门必修的基础理论课，即政治经济学、哲学、中共党史。首先开课的是政治经济学，学习内容是近现代社会制度的三种经济形态——资本主义、帝国主义、社会主义。学习方法大体三种——老师讲课、专题辅导、自学自习。

关于资本主义

资本主义部分以学员自学教科书为主，教科书以北京大学经济系编写的为主，同时阅读马克思的著作《工资、价格和利润》。之后，由经济系老师结合原著作解读辅导。

"资本主义"，对于生在新中国、长在红旗下的年轻学员来说，是一个生疏甚至模糊的概念。在自学中，学员开始接触那些看似简单却语义明确的词汇，比如生产力和生产关系，商品和货币，资本、利润和剩余价值。通过阅读，学员初步了解了价值规律的作用，剩余价值的生产，资本积累的一般规律。教科书全面地阐述了资本主义社会资本生产的全过程。它以章以节、以数字标段落，循序渐进，抽丝剥茧，分析透彻，易于理解。其中有一节采用"符号列公式"的方法，说明了资本循环的三个阶段和三种形态，指出了资本的生产过程和流通过程的统一，是剩余价值形成的实际过程，文字内容化繁为简。

在进一步的自学中，学员了解到：在资本主义制度下，劳动力成为一种特殊商品。这种商品被资本家购买后，同生产资料结合起来进行生产。工人在生产过程中，不仅能再生产出劳动力的价值，并且能创造出比劳动力价值更大的价值，这个超出的部分就是剩余价值。剩余价值是雇佣劳动者的剩余劳动所创造而为资本家无偿占有的价值。学员知道了，环绕在"剩余价值"周围的，是资本主义社会各剥削阶级集团的资本，它包括有产业资本、商业资本、借贷资本、银行资本、股份资本以及资本主义地租等。书中指出："各部门的资本家平均瓜分他们共同剥削来的全部剩余价值……在资本主义社会里，工人不仅受本企业、本部门的资本家剥削，而且受整个资产阶级的剥削。"

学习过程中，一位经济系老师辅导中文系学员解读了马克思的《工资、价格和利润》。辅导前，老师做了"学习提示"。他扼要地讲解了原著中十四个章节所论述的观点，然后要求学员着重学习领会马克思的"劳动价值论"和"剩余价值论"，同时还就十四个章节，提出了十四道思考题，提示学员自学时需要抓住的重点。学员带着问题，开始埋头读原著，并在自己存用的书本上，边读边用铅笔画线、做旁注，遇到难解之处，就与同学交流。

　　几天后，这位老师用两堂课的时间为学员做了解读辅导。老师先是介绍了著作背景。他说，这部著作是马克思在一八六五年六月二十日和二十七日，在第一国际工人协会总委员会会议上做的报告。这是一部用英文写的报告稿，后来由马克思的女儿艾琳娜整理后，一八九八年在伦敦出版。老师说，国际工人协会成立于一八六四年，当时开展了罢工和争取提高工资的斗争。对此协会内部有两种争论，英国代表韦斯顿反对工人提高工资的斗争。马克思在报告中对韦斯顿的观点和论据，做了分析和批判，同时正面论述了政治经济学的一些基本原理。马克思着重揭示了工人受剥削的秘密，以及工资同利润和价格的关系，指出了工人阶级必须为消灭雇佣劳动制度而斗争。

　　接着，老师按照章节顺序，逐一地做了简明的分析，对重点论述，特别做了详细的解说，比如第六节《价值和劳动》。老师说，在这一节里，马克思谈了四个问题：一是价值的形成和本质，二是价值量的规定问题，三是价值和价格，四是价值规律。马克思从分析商品开始来解剖资本主义经济，从现象抓本质，他从商品的价值和使用价值入手抓到了本质。马克思证明了具体劳动创造使用价值，抽象劳动创造价值；价值量决定于生产某种商品所需的社会必要劳动时间，从而科学地论证了支配商品生产和商品交换的价值规律，第一次揭示了商品经济中人与人之间的关系，这为完成政治经济学的革命奠定了基础。

　　在讲到第十四节《资本和劳动之间的斗争及其结果》时，老师提到，马克思从资本和劳动的相互关系上分析工资的一般变动趋势，辩证地说明了经济斗争和政治斗争的联系和作用，把经济斗争提高到政治斗争层面，为工人运动制定了一条正确的路线。

老师的解读辅导，相当于回答了课前为学员布置的思考题。学员带着问题读原著，读得仔细；带着思考听解读，听得明白。对资本主义社会经济制度的特点、本质，有了进一步的认识。

通过自学和听讲，学员认识到：马克思用毕生精力撰写的巨著《资本论》，堪称是政治经济学的经典文献。它科学地论述了"现代资本主义生产方式和它所产生的资产阶级社会的特殊的运动规律"。马克思创立的剩余价值理论是《资本论》的基石，是政治经济学最伟大的发现。恩格斯说得好："马克思的剩余价值理论，好像晴天霹雳震动了一切文明国家。"

关于帝国主义

政治经济学课的第二部分——帝国主义，是以列宁的著作《帝国主义是资本主义的最高阶段》为中心展开的。教学方法别开生面，以中文系古典文献专业为例，学习分为四个步骤。除了自学原著外，是先听本专业学员讲课，再听经济系老师做辅导，接着按老师布置的复习题阅读思考，最后，师生坐在一起讨论。

学员讲课　专业里一位年龄稍大的学员登上讲台，他同老师讲课一样，将课题分作几个部分来讲，学员同样是一边听讲一边做笔记。他首先讲了列宁写"帝国主义论"的历史背景，接着讲我们为什么要学这本书，再讲我们怎样学这本书。

他说，全书的重点是"二、五、三、三、三"。这指的是：

两篇序言，五大经济特征，三个定义，三大矛盾，三个结论。他说，两篇序言是全书的总纲，说明了列宁写这本书的历史情况、目的意义和基本思想。全书一共十章，大约八万七千字。第一章到第六章讲帝国主义的三个定义和五大经济特征。第七章是对前六章的总结概括，着重批判了考茨基的理论。第八、九章主要阐述帝国主义的三大矛盾，也分析批判了考茨基的"超帝国主义"论。第十章是全书的总结。

接着，这位学员详细地讲解了"二、五、三、三、三"这五个数字的含意和相互的联系。在讲到五大经济特征与三大矛盾、三个结论的关系时，他一边讲，一边用文字和线条在黑板上做表示。他说，垄断导致了三大矛盾的激化，殖民地的争夺导致了战争，战争引发了革命，所以列宁说："帝国主义是无产阶级社会革命的前夜。"在讲到五大经济特征、三个定义与全书各章的联系时，他在黑板上用文字做了这样的表示：

帝国主义最深厚的基础是垄断

　　1. 突出了帝国主义是垄断阶段

　　2. 五大经济特征归结为垄断

　　3. 三个定义说明　垄断的资本主义　第一至七章

　　　　　　　　　　寄生的腐朽的资本主义　第八、九章

　　　　　　　　　　垂死的资本主义　第十章

最后，这位学员以列宁的原话作为这堂课的结束："如果必须给帝国主义下一个尽量简短的定义，那就应当说，帝国主义是资本主义的垄断阶段。——帝国主义是发展到垄断组织和金融资本的统治已经确立、资本输出具有特别重大的意义、国际托拉斯开始分割世界、最大的资本主义国家把世界全部领土分割完毕这一阶段的资本主义。"

经济系老师辅导　接着，学员们听了经济系三位老师的辅导课。老师们以《帝国主义是资本主义的最高阶段》为讲课底本，采取分工合作的教学方式，即两位老师各讲三章，另一位老师讲四章。在课堂上，他们逐章逐段地解读原著。

在中文系学员看来，经济系老师讲课最鲜明的特点是：推论严谨，解析缜密，步步深入，点明要害。他们将自己所讲的内容分为一、二、三、四几个部分，在每个部分里面，包含有1、2、3、4几层意思，每层意思里面又有 A、B、C、D 几个要点，有的甚至还继续细分下去。由此，将"帝国主义与垄断"的课题，解析得十分透彻到位。例如讲第四章至第六章的一位女教师。在讲第四章《资本输出》时，她说，这一章是承上启下的一章。解读时，她分作三个部分，第一部分的标题是《垄断是决定资本输出的根本原因》。在这部分里，她再分作三个层次做具体说明。第一层次是"垄断造成了过剩资本"，这里面她讲了四个要点：基本矛盾尖锐化，垄断限制了竞争，资本的本性是追求利润，垄断价格，出现了相对的过剩资本。女教师结合着列宁的原著，根据掌握的资料和数据，层层剖析。第四章的第一部分讲完，接着讲第二部分《资本输出的实质和形式》、第三部分《资本输出的作用和后果》。就这样，女教师条分缕析地说明了第四章的内容及思想：资本输出是帝国主义最基本的经济特征之一。

课后，经济系老师留下了八道复习题，并告诉学员，复习时结合阅读原著，还特别指示了某题结合原著的某页到某页。日后座谈讨论时，经济系的主讲老师参加了古典文献专业的讨论。专业里一位高个子的学员选择了一道题作为学习汇报。

题问：怎样理解列宁所说的：垄断是帝国主义最深厚的经济基础？从帝国主义五大特征的相互联系上看，垄断怎样决定了帝国主义的一切政治、经济现象？

这位学员有备而来，他将自己的学习心得款款道来。

老师认真地听他讲完后，说了一番话。他说："这位同学讲得很好。我们学习列宁的这个理论，就是要注意抓住这么几点：垄断是帝国主义形成的主要标志，垄断是资本主义国家性质转变为帝国主义的关键，垄断是形成帝国主义五大特征和各种政治现象的前提和基础。另外，我再充实一下这位同学的发言。国际垄断是国内垄断的发展和延伸。帝国主义一切重要的经济、政治的表现都来源于垄断。从这点来说，垄断是帝国主义的最深厚的经济基础。"老师说完后，又有几位学员提出了学习时的疑惑，老师逐一地给予了解答。

经过自学、听讲、复习、讨论，学员认识到，是列宁科学地总结了从资本主义发展到帝国主义阶段时，社会经济的本质、特征和矛盾，创立了关于帝国主义的理论。这条新理论不仅丰富了马克思主义的政治经济学，而且将其推进到了新的发展阶段。列宁不仅提出了"帝国主义是无产阶级社会革命的前夜"的学说，而且付诸实践，领导了武装起义，取得了十月革命的胜利，建立了世界上第一个社会主义国家——苏维埃社会主义共和国联盟。列宁关于"社会主义可能首先在少数甚至在单独一个资本主义国家内获得胜利"的学说，曾经指引了亚洲、欧洲的一些国家取得了社会主义革命的胜利。

关于社会主义

如果说资本主义、帝国主义是发生在其他大陆上的情况，那么，社会主义就是学员身处其中、眼见其实的现状了。教科书将学员带回到五十年代建设时期的新中国。通过阅读，学员知道了，新中国在经济领域采取了种种改革措施，以使生产关系和生产力相适应。例如，通过没收官僚资本和改造民族资本的途径，将生产资料的资本主义私有制改变为社会主义国有制。在农村，通过合作社道路，对个体经济实行社会主义改造，使生产资料归劳动群众集体共同占有。改革的重点是将生产资料有计划地转变为社会主义全民所有制和农村集体所有制。

学员边读书边做笔记，领会着字里行间那些虽有所闻，却又不知其所以然的词语的内容。比如：农业、轻工业、重工业之间的比例关系，农业生产内部、工业生产内部的比例关系等等。教科书通俗明白地表述了社会主义社会商品生产存在的原因及特点，价值规律在社会主义经济中的作用，以及我国现阶段商品流通的渠道等经济学学问。

其中，仅"社会主义社会的价格和价格政策"一项，就有很多的"讲究"。书中写道：在一般情况下，决定价格高低的最基本的因素是商品的价值量（产品的社会必要劳动量）。在实际工作中，是以平均先进成本加税金加利润来确定的。按质论价，好货好价，次货次价……国家在制定价格时，需要考虑到价值以及供求关系的影响，但是更重要的是要考虑到党的路线、方针和政策的要求。接着，阐述了三项方针政策，还特别说明了实行各种合理的差价（地区差价、季节差价、质量差价、品种差价、购销差价、批零差价等），以及比价（工农业产品比价，不同种类工业品的比价、农产品之间的比价等），也是我国价格政策的具体体现。一个学员读到这里，不由得想：一个价格与政策，在书本上就拥有这许多区分的概念，倘若真正执行起来，不知又会遇到多少困难呢。

读了教科书，再入课堂，认真地听经济系老师的讲授。其中一位老师的课题是解析社会主义建设总路线的。他讲到，党的社会主义建设总路线是"鼓足干劲，力争上游，多快好省地建设社会主义"，这是一九五八年五月，在党的第八次全国代表大会第二次会议上通过的。老师从总路线制定的依据和出发点、发展国民经济的总方针、走独立自主自力更生的道路三个方面做了解析。

在讲到总路线提出的"两条腿走路"的方针时，老师说，这指的是一系列"同时并举"的方针。具体地说，是在重工业优先发展的条件下，工业和农业同时并举，农业和轻工业同时并举。在集中领导、全面规划、分工协作的条件下，中央工业和地方工业同时并举，大型企业和中小型企业同时并举。老师进一步解释说，大工业投资多，见效慢，中小工业可以发动群众自己干，可以就地取材，"土洋并举"，也就是土法生产和洋法生产并举。一般来说，"土"是指自制的生产技术设备，"洋"是指引进的、外来的生产技术设备。"洋"有利于提高效率，"土"适合广大群众掌握，适合需要。"土洋并举"的特点是因地制宜，因陋就简，这样做有利于广泛调动国家、地方和人民群众的力量，彻底地贯彻群众路线。

在讲到发展国民经济总方针时，老师说，农业是基础，工业是主导，这是任何社会形态经济发展的客观规律，而正确地运用它，只有在社会主义制度下才有可能。他说，社会主义制度的优越性之一，是有计划按比例地发展国民经济，国家按照需要来管理、协调农、轻、重的关系，这样，整个国民经济就能高速度发展。接着，老师详细地解说了"农业为什么是基础""工业为什么是主导"。

之后，老师讲到了"走独立自主、自力更生的道路"。他说，这主要是依靠我国人民的力量进行革命和建设的方针。老师说，一个国家没有政治上的独立，就不可能获得经济上的独立；而没有经济上的独立，这个国家的独立就是不完全、不巩固的。我们国家只有走独立自主、自力更生的道路，才能调动起亿万人民建设社会主义的积极性，工业学大庆、农业学大寨，就是这个方针的最好体现，只有这样，才有可能人尽其才，地尽其力，物尽其用。

我们坚持独立自主、自力更生，并不是闭关自守，排斥学习外国的先进技术和经验。毛主席指出："自力更生为主，争取外援为辅，破除迷信，独立自主地干工业、干农业、干技术革命和文化革命，打倒奴隶思想，埋葬教条主义，认真学习外国的好经验，也一定研究外国的坏经验——引以为戒，这就是我们的路线。"

最后，老师总结说，通过落实上面讲的这些方针，可以尽快地把我国建设成为一个具有现代工业、现代农业和现代科学文化的伟大的社会主义国家。

结课前，老师特别提示学员说，我们学习社会主义政治经济学，在认识上要弄清楚几个问题：

一是要弄清楚政治和经济的关系。上层建筑是为经济基础服务的，而经济基础的发展是不能在自发自流的状况下进行的，需要上层建筑的保护和推动。

二是要明确人和物的关系。实现四个现代化，搞社会主义经济建设，推动经济发展，都要和"物"打交道，要看到资源和物资都是死的，要发挥出"物"的潜力，必须通过人的努力，人的状况如何是关键的问题。

三是要解决好人的主观能动性和客观规律性相统一的问题。要防止出现没有政治的经济学，也要防止出现"见物不见人"的经济学。注意不要脱离政治，简单地去看待一些经济现象，这样是弄不清楚问题的。

经济系老师在讲授经济学、传授知识的同时，还注重引导学员运用马克思主义理论来看待现实社会的经济现象，使学员的认知能力再提升一个高度，可谓是教育有道、师心可贵啊！

二、认识哲学

在哲学课的《教学计划》里，安排了七个章节的学习内容，共讲二十堂课，课题有中国哲学史、欧洲哲学史、空想社会主义和科学社会主义，以及两种宇宙观、两种历史观、对立统一规律、认识论的两个飞跃等。授课历时约两个月，由哲学系、中文系多位教师为学员们讲授。学员们除了听讲课、读讲义，还阅读了马、恩、列、斯、毛著作的相关篇章。古典文献专业的学员同时阅读了中国古代哲学著作中关于认识论的部分篇章、重点段落。

关于中国哲学史

当年的哲学课由哲学系的一位女教师担任主讲，她为学员们讲授了多个课题，这里以她的第一课为例，课题是《从中国哲学史看哲学与政治》。老师开课的第一句话是"哲学可以叫作世界观的学问"。她说，哲学是对思维和存在、精神和物质的关系进行思考的学问。哲学从属于政治，是为一定阶级的政治服务的。哲学思想的根本方向，决定于它所从属的阶级的根本利益。在哲学思想发展、演变的历史过程中，以唯物主义和唯心主义的斗争为主，还交织着辩证法和形而上学的斗争。

老师说，中国哲学史是中华民族的世界观理论体系形成和发展的历史。在第一课中，她将中国哲学史分为五个时期——奴隶制时期，奴隶制崩溃和封建制形成时期（春秋战国），封建社会前期和中期（秦、汉、三国、两晋、南北朝、隋、唐），封建社会后期（宋、元、明、清），以及旧民主主义时期（清末民初）。在每个时期名称的后面，缀以"哲学战线的斗争"几个字，构成了每个部分的题目。

这是一堂穿越时空，追溯中国古代先哲思想踪迹的讲课。女教师以她柔美的女声、平静的语调、清晰明白的话语，一路指点，一路解析。学员们跟随着她，专心致志地走进了中国哲学史的纵深处。

老师说，我国的奴隶制是以血统关系为主的种族奴隶制，经济是井田制，政治是世卿世禄的宗法等级制。商朝时，统治者把"天"看成是人格化的"至上神"，是人间的最高主宰。甲骨卜辞中就记载了卜问帝、天帝的文字，反映了商朝统治者唯心论的世界观。到了周朝，辅佐执政的周公（姬旦）认为"天命靡常""天不可信"，提出了"以德配天""唯德是辅"的统治思想。他认为"天命"是以人是否有"德"为转移，这在一定程度上重视了人为的作用。周公所谓的"德"是敬天、孝祖、保民。把敬天和保民联系起来，在世界观的发展上是一种进步。

老师接着说，在中国早期的哲学思想中，出现了朴素的唯物论和辩证法。她讲到了产生于殷周之际的《周易》古经，说这是一本占卜算卦的书，属于唯心主义的神学体系，但是在它的形式中，蕴含了朴素的唯物论和辩证法。《周易》包括了天、地、雷、风、水、火、山、泽八种自然界的基本现象，这是先人对宇宙的看法，是一种非常直观的、朴素的自然观，是对神学的否定。《周易》通过八卦推算的形式，来推测自然界和社会生活的变化。《周易》认为这八种物质存在着阴和阳两种势力，对立面的转化是事物变化的内在根源。从《周易》中，我们可以看到中国古代辩证思想的萌芽。

之后，老师讲到了西周末年开始流行的"五行"说。"五行"说认为水、火、木、金、土五种物质是世界的基本物质，这是当时的人们从生产、生活中直接认识到的事物，反映了人们对事物多样性的认识。"五行"说以五种物质相互结合"以成百物"的观点，来探求事物之间的相互关系，反映了朴素的唯物论和辩证法思想。

老师进一步解释说，朴素唯物论的特征是，肯定世界是物质的，物质是第一性的。但是，把世界规定为某一种或某几种物质形态，只有感性和直观的性质，缺乏一定的科学论证，这是唯物论的最初阶段。她总结说，中国哲学史上朴素唯物论和朴素辩证法，对中国哲学的发展产生了深远的影响。

讲到第二部分春秋战国时，老师说，这个时期是形成学派和建立哲学体系的重要时期。这个时期出现了"百家争鸣"的现象，历史上对参加争鸣的各个学派称作"诸子百家"，各家人物在政治上围绕着前进和倒退，在哲学上围绕着天和人的关系，以及知行、名实等问题展开了争论。老师择要地介绍了儒、法、墨、道几家学派，对他们的代表人物、各自的主张做了简要的说明。

例如讲到墨家时，老师说，墨家的创始人是墨子，名字叫墨翟，代表的是小生产者和手工业者的利益，是反对儒家的。他抨击奴隶制，反对宿命论，强调发挥人的作用。在政治上，墨子提出了兼爱、非攻、尚贤、尚同、节用、节葬等主张。在哲学史上，墨子突出的贡献是提出唯物论，否定唯心论。比如他提出了判断言论是非真伪的三个标准，即"有本、有原、有用"的"三表"。这"三表"强调把"事、实、利"综合起来作为检验认识的标准，表现了朴素的唯物主义认识论，否定了唯心主义的先验论。

结束这部分时，老师总结说，春秋战国各学派争论的现象告诉了我们两个道理，一个道理是："有多少阶级就有多少主义，甚至同一个阶级的各个集团内，也各有各的主义。"另一个道理是："新兴的力量是不可战胜的。"

讲到第三部分封建社会前期和中期时，老师说，秦到西汉后期是封建社会逐步上升的时期，地主阶级是新兴的阶级，有革命的进取性。西汉后期到唐朝，是封建社会的中期，地主阶级的代表人物大部分丧失了革命的进取性，在哲学思想上，由唯物论转为唯心论。

老师说，西汉时，董仲舒开始把孔丘神化，把儒学神学化。他提出的"罢黜百家，独尊儒术"的建议，是要把儒家思想奉为正统思想。董仲舒以儒家宗法思想为中心，将周代以来的天道观和阴阳、五行说结合起来，吸收了法家、道家、阴阳家的思想，建立了以"天人感应"为核心的唯心主义思想体系，成为汉代的官方哲学。董仲舒的"天人感应"说，是为统治者的君权神授制造理论。他将天道和人事牵强比附，假借天意把封建统治秩序神圣化、绝对化。他的哲学体系是唯心主义神学目的论。

到了东汉，王充反对董仲舒，批判了"天人感应"说，否定鬼神迷信。王充是一个唯物主义无神论者，他以"元气自然"的理论，对古代哲学中的天人关系、形神关系做了新的回答。他认为自然界的"灾异"是"气"变化的结果，与人事无关。王充奠定了我国古代"气一元论"的朴素的唯物主义哲学体系。

老师在介绍了西晋裴頠和《崇有论》、南朝范缜和《神灭论》之后，讲到了唐朝。老师说，唐朝始终存在着儒佛之争。唐朝中期，韩愈为了抗衡佛教的"法统"，提出了儒家"道统"说。他所谓的"道"，是指仁义道德，是从尧舜到孔孟世代相传、一脉相承的"道统"。韩愈认为，只有儒家的"道统"才是正统，是封建社会唯一合法的思想。他的儒家道统说，当时被封为统治阶级的官方哲学。"道统"说后来成为"宋明理学"的先声。

老师讲到，当时和韩愈对立的是柳宗元和刘禹锡，他们反对流行的神学天命论思想。柳宗元提出了天和人"各行不相预"的学说。他认为天和人不相互干预。人的吉凶祸福、社会的兴衰治乱不是"天"所能主宰的，批判了天能赏功罚祸的迷信。刘禹锡提出了"天人交相胜"的学说。他认为天和人各有自身的规律，各有一定的职能，"天之所能者，生万物也"，"人之所能者，治万物也"。刘禹锡还提出了"人诚务胜乎天"的观点，认为人能够利用自然，改造自然。他说明了人和自然的关系，肯定了人的自觉能动性，批驳了"天人感应"说。老师说，柳宗元、刘禹锡关于天人关系的见解是唯物主义的。

结束这部分时，老师总结说，农民阶级同地主阶级的斗争，决定了哲学上的两条路线的斗争。农民起义是对官方哲学的有力批判。所以，统治阶级不断地修饰和改造他们的官方哲学的内容和形式。

接着，老师讲到了第四部分——宋、元、明、清时期的哲学。她说，宋元明清是阶级矛盾、民族矛盾交互错综的时期。明代中后期出现了资本主义生产关系的萌芽，阶级斗争更加复杂化。

这一时期，随着经济的发展，科学技术取得了重大成就。宋代有了火药、指南针、活字印刷术的发明和应用。有了沈括的《梦溪笔谈》，郭守敬的《授时历》，李时珍的《本草纲目》，宋应星的《天工开物》，徐光启的《农政全书》。这些科学著作记载了许多有价值的发明创造，总结了手工业、农业和医药方面的伟大成果，这些成果为正确地认识自然奠定了基础，哲学思想也达到了新的高峰。这一时期，最主要的哲学范畴是理学、心学、气一元论。

老师讲到，以程颢、程颐、朱熹为代表的"理学"，是以孔孟儒家思想为主，糅合了佛家、道家思想的客观唯心主义的哲学体系。他们继承儒家道统，信赖孔孟的"性命义理"，主张"天即理""理为实"，所以叫理学，也叫道学，后人称"程朱理学"。理学兴起于北宋中期，南宋时，朱熹进一步发展了程颢、程颐的思想，是理学的集大成者。元明清时期，理学成为占统治地位的哲学，到了清代中期逐渐衰落，但是，理学的影响一直延续到近代。

接着，老师又介绍了这个时期其他几个代表人物。她讲到了明代中期的王守仁，提到王守仁宣扬"心学"，把"心"看作是宇宙万物的本原，认为"圣人之学，心学也"。他强调了主观意识的能动性，却否定了对客观世界和客观规律的认识，他宣扬的"心学"是主观唯心主义的。

讲到北宋的张载时，老师提到，张载继承了古代"气一元论"的唯物主义思想，他肯定一切存在都是"气"，提出了"一物两体，气也"的命题。"一"是指对立面的统一，"两体"是指阴阳两个对立面。他认为由"气"构成的万事万物都含有阴阳对立的两个方面，对立面的相互作用是运动变化的根源，对立和统一不可分割。张载的这个学说，对古代辩证思维的发展做出了贡献。

讲到明末清初的王夫之时，老师提到，王夫之既批判了程朱学派的理学，又批判了王守仁的心学。他系统地总结和发展了中国传统的唯物主义。在"气"的范畴，他发展了从王充到张载的"气一元论"，他认为"气"是物质实体，是世界本原，规律存在于物质世界中。

结束这部分时，老师总结说，"气"是中国古代哲学用来表示物质存在的传统范畴。唯物论者认为"气"是世界的物质本原，唯心论者断言"气"是由世界的精神本原派生出来的。可以说，以"气"为世界本原的是唯物主义，以"理"为世界本原的是客观唯心主义，以"心"为世界本原的是主观唯心主义。从宋代到明清，中国唯物主义哲学家都以"气"为最高范畴。

讲到第五部分时，老师说，一八四〇年鸦片战争后，中国逐步沦为半殖民地半封建国家。这个时期，革命的动力、革命的性质、革命的对象都有了新的内容，有了无产阶级和民族资产阶级的矛盾，帝国主义和中华民族的矛盾，封建主义和人民大众的矛盾。老师从早期的龚自珍、魏源讲起，之后，着重讲了这一时期哲学思想战线上的三次大论战，同时穿插介绍、分析了其中的代表人物及其论点。

她说，第一次论战发生在十九世纪七十年代到八十年代，是资产阶级改良派的先驱和洋务派的论战。到中日甲午战争后，洋务派破产，资产阶级改良主义政治运动得到发展。之后，发生了戊戌变法，结果分化出了资产阶级改良派。第二次论战是资产阶级民主革命派和资产阶级改良派的斗争。在一九〇五年到一九〇七年进行了论战。革命派压倒了改良派，革命党人直接发动了辛亥革命。第三次论战是一九一九年的五四运动，这一次是马克思主义和资产阶级民主主义的论战，标志着无产阶级开始登上历史舞台，中国新民主主义运动揭开了历史的新篇章。

老师总结说，当中国走向发展资本主义的时候，世界上已经出现了帝国主义，出现了马克思主义辩证唯物论，所有的中国近代资产阶级思想家都遇到了怎样解决无产阶级革命的问题。他们把社会主义革命包括到自己的思想范围内。事实证明，在半殖民地半封建的中国，要完成资产阶级民主革命的任务，必须有一个彻底反帝反封建的纲领，这个历史任务，只有无产阶级的领导才能取得胜利。

听了哲学系女教师提纲挈领的讲授，初学中国哲学史的学员初步懂得了一个道理："任何理论的产生都是一定社会的产物。"也初步理解了《教学计划》第一页第一章提出的学习要求："着重领会和掌握哲学和政治的关系。哲学是政治变革的先导，是阶级斗争的工具。"

关于欧洲哲学史

"欧洲哲学史"由一位男教师讲授。他为学员讲的第一课的题目是《欧洲哲学史和马克思主义哲学产生的简介》。这位老师年轻帅气，他迈着矫健的步子走进教室，站到讲台上。他先是扼要地介绍了欧洲哲学史从古到今，唯物论经过了哪三个阶段，辩证法又经过了哪三个阶段，然后从"欧洲古代哲学"开始，按照历史时期，有重点地依序讲授。

老师说，欧洲古代哲学在古希腊、古罗马发源。唯物主义的代表人物有赫拉克利特和德谟克利特，唯心主义的代表人物有苏格拉底和他的学生柏拉图。赫拉克利特认为"火"是万物的本原。他认为生成了的宇宙万物是永远流动的、变化的，一切皆流，一切皆变，"人不能两次走进同一条河流"。他把万物运动变化的规律称为"逻各斯"。他认为万物都是对立统一的，对立面相互依存、相互转化，对立面的斗争是生成发展的动力。列宁称他是"辩证法的奠基人之一"。

德谟克利特认为原子和虚空是万物的本原，万物是由在虚空中运动着的原子构成的。他用这个"原子说"来解释自然界的许多复杂现象，反对宗教神话观念。他认为世界上的一切事物都是相互联系的，都由必然性决定。马克思和恩格斯称他是"经验的自然科学家和希腊人中第一个百科全书式的学者"。列宁称他是古希腊唯物主义哲学路线的代表。

老师接着讲到，苏格拉底认为，哲学的目的不在于认识自然，而在于"认识自己"，他把哲学从研究自然转向研究自我，将精神和物质明确地对立起来。柏拉图宣扬"理念论"和灵魂不朽论。他主张理念是脱离个别事物和人类意识之外的独立的实体，他将理念世界和感觉世界对立起来。在认识论上，他将真知和意见对立起来，他把感性和理性、实践和认识的关系颠倒了。

之后，老师讲到了欧洲中世纪哲学。他说，这个时期是"经院哲学"占统治地位。经院哲学是产生于基督教教会学院的一种哲学思潮，是为宗教神学服务的思辨哲学。它主张理性服从信仰，哲学是"神学的婢女"，目的在于论证基督教的教条，它是维护教会神权和封建主的统治的。经院哲学分为两派，一派是唯名论，另一派是唯实论，也叫实在论，并介绍了这两个学派各自的理念。

接着讲到了"文艺复兴时期哲学"。他说，十五、十六世纪是欧洲思想文化发展的一个时期。由于城市商品经济的发展，资本主义关系已经在欧洲封建制度内部逐渐形成，文化上也开始反映新兴资产阶级的利益和要求，当时的主要思潮是人文主义，它有反封建、反神学的进步意义。在哲学方面，是要求复兴古希腊的唯物主义，这并不是简单的复古，而是一种进步行为。斗争的焦点主要是无神论和宗教神学的斗争，核心是用人性反对神性，用人权反对神权。它酝酿于十四世纪末的意大利，到了十五、十六世纪，在英国、法国等一些国家得到了广泛的传播，达到了高潮。

讲到十七、十八世纪时，老师说，由于自然科学的发展和适应资产阶级革命的需要，唯物主义在英国、法国都得到了蓬勃的发展。老师提到，十七世纪唯物主义代表人物在英国有培根、霍布斯、洛克等人。培根反对经院哲学和唯心主义，他强调发展自然科学的重要，提出了"知识就是力量"的口号，他认为掌握知识的目的是认识自然，以便征服自然。培根肯定自然界是物质的，物质是多种多样的、能动的。马克思评价他是"英国唯物主义和整个现代实验科学的真正始祖"。霍布斯把培根的唯物主义系统化了，他也强调哲学的目的在于认识自然，征服自然，造福人类。霍布斯认为，宇宙就是所有机械地运动着的物体的总和，他用力学和数学来说明一切，是一个典型的机械唯物主义者。洛克继承和发展了培根和霍布斯的思想，制定并论证了唯物主义经验论的"知识来源于经验"的学说。

老师说，十八世纪唯物主义代表人物在法国就有一大批，而且都很杰出！讲到这里，老师情不自禁称赞道，接着如数家珍，一一道来，有拉美特里、爱尔维修、狄德罗、霍尔巴赫等，他们都是杰出的启蒙思想家，他们都坚决反对神学和经院哲学，反对封建等级制度。拉美特里继承和发展了唯物主义经验论。他认为认识起源于感觉，感觉的对象是客观存在的物质对象。在法国，他第一次提出了系统的机械唯物主义哲学体系。他主张用一种新概念来说明人，即人是有感觉有精神的、活的有机机器。爱尔维修肯定世界是物质的、运动的、可知的，物质世界是知识的唯一源泉，但是他把运动归结为机械运动。他认为人是环境和教育的产物，人的性格取决于社会环境和政治制度。这个观点影响了十九世纪初的空想社会主义者。

狄德罗坚决反对上帝存在和灵魂不朽论，反对不可知论、二元论和主观唯心主义，他的思想具有丰富的辩证法因素。当时狄德罗是《百科全书》的主编，他和一些撰稿人把自己的学说运用到撰写的条目中，促进了唯物主义的传播。恩格斯称赞狄德罗是"为了对真理和正义的热诚而献出了整个生命的人"。霍尔巴赫的功绩是，系统地阐述了当时法国的唯物主义观点，他的学说的出发点是"世界的物质统一性"。他提出运动是物质的"存在形式"，但是他把运动只看成物体在空间的位置移动。

接着，老师提到了十八世纪唯心主义的代表人物，其中有英国的贝克莱和休谟，介绍了他们各自的论点。

老师说，唯物主义和唯心主义双方斗争的结果，形成了机械的形而上学的唯物主义哲学体系。在自然观方面，他们承认世界是物质的，打击了神学自然观，维护了世界的物质统一性的原则，在这方面他们是唯物的。但是，他们把一切运动归结为机械运动，用力学的机械观点解释一切自然现象，甚至把人也看成是机器。在自然观上，有形而上学的局限性。在观察、解释社会历史现象上，他们离开了人的社会性，把人的主观性看成是社会发展的动力，在社会观上，他们是唯心的。

老师顺着历史时期一路讲下来，讲到了十九世纪初期的德国的古典哲学。老师说，这是德国近代资产阶级的哲学。当时德国处在资产阶级革命前夕，封建势力还很强大，资本主义还不发达。资产阶级既要求变革，又害怕革命。在政治思想上，推行的是改良路线。阶级的特点决定了哲学的特点。老师着重介绍了德国古典哲学的三个代表人物——康德、黑格尔、费尔巴哈。

老师从康德讲起。他说，康德是德国古典哲学唯心主义的创始人。康德在哲学上的主要特点是"调和"，是宣扬不可知论。他企图调和唯物主义和唯心主义，为宗教信仰留下地盘。康德承认"自在之物（物自体）"不依赖于人的意识而独立存在，但是又认为这是永远不可知的。课堂上，老师提到康德爱好自然科学，他提出了关于太阳系起源的"星云假说"，他把太阳系的形成看成是物质按其客观规律运动发展的过程，老师说，这在当时是很了不起的！他立足于牛顿力学，而在世界观上却超出牛顿，打击了从牛顿开始的形而上学的自然观。恩格斯认为康德的学说"是从哥白尼以来天文学取得的最大进步"。

讲到黑格尔时，老师强调说，黑格尔是德国古典哲学唯心主义的一个顶峰。他一方面建立了哲学史上客观唯心主义的最庞大最完备的体系，同时又从唯心主义方面系统地阐明了辩证法规律。他的哲学一方面充当了普鲁士王国的官方哲学，同时又充当了资产阶级政治变革的先导。这是资产阶级的两重性在哲学上的反映。老师讲到，黑格尔的最大功绩是恢复了辩证法。

马克思说："他第一个全面地有意识地叙述了辩证法的一般运动形式。"在黑格尔的逻辑学里，阐明了对立统一规律。他认为事物的发展不是直线的，而是从否定到否定，是从量变到质变的飞跃，质和量是可以相互转变的。但是，他的辩证法和马克思的辩证法有根本的不同，马克思对此有一段论述。马克思说："在他那里，辩证法是倒立着的。"

老师进一步解释说，黑格尔的客观唯心主义体系简单地说，就是一种观念、精神、理性，不是人所具有的，而是宇宙所具有的，这就是所谓的"绝对观念"。黑格尔在他的《哲学全书》里，阐述了逻辑学、自然哲学、精神哲学三个部分，这三个有机组成的部分是"绝对观念"发展的三个基本阶段。黑格尔是想建立一个绝对真理的世界。他主张君主立宪制，他认为"绝对观念"应当在等级制君主政体中得到实现。恩格斯说："彻底革命的思维方法竟产生了极其温和的政治结论。"

讲到费尔巴哈时，老师说，费尔巴哈是青年黑格尔派的创始人之一。他的唯物主义是在和康德、黑格尔的斗争中发展起来的。他认为自然界和人是第一性的，存在是第一性的。他认为，未来哲学的任务就是要回到自然，回到人，把封建神学和思辨唯心主义转化为人本主义。老师说，费尔巴哈的主要功绩是恢复了唯物主义应有的权威。在认识论上，费尔巴哈对康德的"不可知论"的认识是机智的，但并不深刻，他的唯物主义有形而上学的局限性。他批判了黑格尔的唯心主义，却没有接受黑格尔辩证法中的合理东西，他的唯物主义是以人本主义的形式出现的。在对宗教的批判研究中，他宣扬人人相爱的宗教观和道德观。

结课前，老师总结说，十九世纪四十年代，马克思、恩格斯参加了革命实践，总结了历史经验和自然科学的新成就，批判地继承了人类社会科学的成就，创立了马克思主义。在哲学上，马克思、恩格斯批判地吸收了黑格尔辩证法中的"合理内核"，批判地采取了费尔巴哈唯物主义中的"基本内核"，创立了辩证唯物主义和历史唯物主义。可以说，德国古典哲学是马克思主义哲学的思想来源。

通过听讲，学员认识到马克思主义哲学的产生，是哲学上的伟大革命，知道了马克思主义哲学的两个最显著的特点：一个是阶级性，一个是实践性。马克思主义哲学是马克思主义的三个组成部分之一，是马克思主义全部学说的基础。

链接三则

一

为了配合"中国哲学史"的教学，古典文献教研室安排了"中国古代哲学作品分析课"。老师列出了选读篇目，其中有先秦诸子中的老子《道德经》、管子《正世》、荀子《解蔽》，有东汉王充的《论衡·实知》，南朝范缜的《神灭论》，唐代刘禹锡的《天论》，明末清初王夫之的《尚书引义·说命中二》，清代黄宗羲的《原问·无君》等，选读的内容以唯物主义认识论为主。这是特别为本专业的十七位学员拟定的阅读篇目。讲课者有文献专业的资深教授，也有刚毕业留校任教的年轻老师。

一位先生讲《管子》，讲荀子《解蔽》。他介绍了《管子》一书的著述情况和部分内容，讲了管子的"严刑罚"、"信庆赏"、

"寓兵于农"等主张。介绍了荀子"解蔽"思想的主旨，分析了"凡人之患，蔽于一曲，而暗于大理"，细说了"虚壹而静，谓之大清明"。最令听课人历久而未忘记的是，先生在开课伊始做"汉语扫盲"时，讲到的"古代雅言"和"理解古文词义的诀窍"。话语不多，却含"知性的深度"，这里略记一二。

先生说，古代语言中也有地方方言，南地北地不同的方言相互交融，成为人们共同使用的"共通语"，成为官话，这叫"雅言"，也称"雅语"。通行雅言的地方，往往是政治、经济、文化的中心。例如春秋时代的雅言，应当是以晋语为主的。因为晋国立国在夏的旧邑，而且是一时的霸主，晋语在政治和文化上自然是占优势的。等到后来秦人强大起来，统一中夏以后，秦语和晋语又相互交融，到了汉代建都长安的时候，所承接下来的雅言，应当就是秦、晋之间的语言了。在南北朝时，人们通用的雅言是金陵、邺下的语言。先生特别提到，书面语不能脱离口语，这是古今相同的，而从口语到各类文体，都是和"雅言"相关的。对此，要有所了解。

先生还讲到，我们理解一个词在古文中的意思，要联系上下文去看，这是一个诀窍，上下文就给这个词的意义约束住了。所以，我们要注重上下文的阅读，从词在一定的上下文中，去体会理解它的意义。先生的一番话，看似漫谈，却是先生学养的一个深入浅出，是"简单说说"的一种教学模式。

年轻老师的分析课是直接从代表人物和代表作品讲起。无论是讲王充的《知实篇》、范缜的《神灭论》，还是讲《王夫之和他的哲学思想》，无论讲稿的结构怎样安排，年轻老师都讲得有序有质，周全细密，如同阐述自己精心撰写的学术论文，学员从中可以体会到老师备课时下的功夫。

例如讲明末清初的王夫之时，年轻老师首先在开场白中点明主旨，指出王夫之在自然观、历史观上都超过了历代的哲学思想，他的特点是富有战斗性，他对宋明以来的唯心主义进行了尖锐的批判。王夫之采取的批判方法是科学的"入其垒，袭其辎，暴其恃，而见其瑕"。接着，老师讲王夫之所处的时代和他的哲学思想产生的社会历史条件，讲王夫之的经历、多种著作及其哲学思想。年轻老师选择了王夫之的"道器观"为例证，分析了他对传统的"道与器"关系所作的新的阐释，以"无其器则无其道""尽器则道在其中"的观点，来说明王夫之的唯物主义思想是中国古代唯物主义思想的"一个光辉的发展"。

接下来，开始解析指定学员阅读的《尚书引义·说命中二》的节选文。老师将自己精选的不足千字的段落，再细分为六个层次，然后逐层次、逐字句地解说文中论点。其中有反驳"陆王"的主观唯心主义，"程朱"的客观唯心主义，更有王夫之建立的自家的唯物主义认识论。年轻老师由此及彼，层层推理，讲到第六个层次时，老师说："这一段比较集中地论述了王夫之的三个论点。"

一是，知必以行为功——实践高于认识。

二是，行可有知之效——实践是认识的检验。

三是，行可兼知，而知不可兼行——实践是认识的基础。

最后，年轻老师总结了王夫之在中国哲学史上的贡献，以及思想观念上的局限性。讲课至此，可谓是有头有尾有中段，圆满结束。

年轻老师的学识和授课能力，可谓才华显露，未来可期，令年龄仅比老师小两三岁的学员心生敬佩。

二

那时候，在教与学的过程中，学员也走上讲台讲课，与老师讲授的课题相呼应。例如，老师讲对立统一规律，学员谈红与专的辩证关系；老师讲认识论的两个飞跃，学员也结合切身体验来讲同一个话题。学员如同聚在齐国游学的"稷下学子"，一个是讲，一个是听讲，践行着"教学相长"的古法。先师云："学然后知不足，教然后知困。知不足，然后能自反也；知困，然后能自强也。故曰：教学相长也。"如此这般，其长进是显而易见的。

中文系还特别请工人师傅来校园讲座。有一次，请来了北京人民机器厂的一位师傅，他是厂里四色胶印机试制小组的成员。他介绍了师傅们在工作中，是如何运用毛主席的"两论"——《实践论》《矛盾论》，来进行科学试验，并取得成功的心得体会。工人师傅讲课是本着"用我口说我话"的心念，叙述语朴实明白，比喻句源自生活，说理实实在在，学员听讲时，别有一番喜悦在心头。

学哲学期间，更有用功的学员，于课后再下一程，编制了一个"中国与欧洲哲学思想对照表"。此表第一行左起依序为：年代、中国哲学、欧洲哲学三个名目，以竖线相隔。往下横向看时，可以读到这样的内容：

公元前五百年上下，中国的"五行"说、老子的"道"论，对照古希腊赫拉克利特的"逻各斯"、德谟克利特的"原子说"。

十二三世纪，中国的程朱理学，对照欧洲的经院哲学。

十七八世纪，王夫之的"中国传统的唯物主义"，对照法国拉美特里等人的"机械的形而上学的唯物主义"。

十九、二十世纪，毛主席的实践论、矛盾论，观照马克思主义哲学的辩证唯物主义和历史唯物主义。

诸如此类，平行排列，相互观照，亦可竖向浏览。此表虽然简单不甚科学，却也起到了梳理知识的作用。

对多数学员来说，经过这段时间的学习，懂得了哲学是一门关于世界观的学问，是研究人的思维、认识、逻辑的科学。认识到唯物辩证法的核心是对立统一规律，知道了存在决定意识。而学习马克思主义哲学的目的，根本还在于推动社会的进步，以造福于最广大的人民群众。

三

时间有如涓涓溪流，淙淙流过了数十年。来自哲学系的一位主讲女教师，至今仍令一个女学员时常念想着。女教师身材不高，模样清秀，衣衫素净，依稀记得那时候的她梳着两条短辫。她以纯清而柔和的女声，不紧不慢的均匀语速，引导着学员跟随着她，一步步地走进一个个抽象思维的哲学王国，睁大眼睛、集中精力地去洞见其中的奥妙。之后，她再带领学员走出来，用唯物辩证的方法，来解析身处其中的现实社会。令人惊异的是，讲台上看似柔弱的女子，却有着超乎寻常的明辨的思维头脑，有着条分缕析、繁简适当的阐述能力。

听她讲哲学，使人既不费力也不紧张，时常还会有一种顿时明了、豁然开悟的轻松愉快的感受。记得在讲"矛盾的普遍性和特殊性"中的"共性与个性"的关系时，她所举的例子中，有一个"白马非马"的论点，这是战国后期名家的主要代表人物公孙龙的一个著名论点。她说，这个命题是正确的，因为有颜色规定的马、不等于没有颜色规定的马，公孙龙论述的是个别不等于一般，他的错误是认为个别可以脱离一般……她仅用简短的两三句话，便把这个弯弯绕的古老命题以及自己的见解讲得明明白白。

哲学课结束后，学员与授课老师就分手了。即便同在一个校园里来往走动，彼此却未曾有过一次偶然相遇的机会，直至毕业。然而，令人感念不已的是，多位老师的授课风采，教学能力，以及传授给学员的唯物认识论、辩证思维法，确使学员记忆深刻，受益长久。它有如和煦的阳光，照亮了人生时而迷茫的历程；它有如清明的细雨，滋润着生活时而苦涩的心田。

感恩师长，心存念想。

三、听讲中共党史课

暑期过后，开了中共党史课。全课历时两个月，丰满充实的十五次讲授。授课由学校党史组一位年富力强的老师全程担任。

第一课，老师开宗明义，讲了学习党史的意义和要求。他说，什么是党史？就是马列主义的普遍真理和中国革命的具体实践相结合的历史。我们学习党史，以读原著为主，读讲义为辅。毛主席的书容易读懂，但真正掌握并运用里面的立场、观点就不容易了。主席曾说过：那些书，哪里是我一个人写的，是全体党员、全国人民几十年共同奋斗的结果。老师又说，我们千万不能把学习党史当作仅仅是记住几个结论。我们总结历史经验，是为了找出规律，用于实践。我们学习党史，是为了学习马克思主义的立场、观点、方法，也是为了改造世界观。主席讲过：我一旦接受了马克思主义是对历史的正确解释以后，我对马克思主义的信仰就没有动摇过。

这位老师深谙"讲授之道"。他讲党史，每堂课必有一首一尾的交代。讲课前，他先用简明扼要的几句话，告诉大家这堂课的题目是什么，着重讲什么内容，分几个部分来讲。这使听课人从一开始便心中有数，欣欣然顺其所讲，边听边想边做笔记，收到了很好的听讲效果。这堂课收尾时，老师又会用简洁的几句话告诉大家，下一堂课讲什么内容，重点是什么，其一、其二、其三，大家需要阅读哪几篇文献。有时还详细地告诉所读之文是某章节、某段落、在某某页上，或是布置一两个有深度的思考题，引导着学员带着问题读书，用心钻研理论。

这位老师讲党史，有全局，有气象。开课伊始，首先综述了近代以来各阶段的历史概况及其特有的性质。他说，从一八四〇年到一九四九年，一共一百一十年。前八十年是旧民主主义革命阶段，后三十年是新民主主义革命阶段。建党的一九二一年到一九三五年，我们称前十四年；一九三五年到一九四九年，我们称后十四年。民主主义阶段的六次大的路线斗争，基本上在前十四年，错误路线占了统治地位。后十四年基本上是正确路线占领导地位。讲到社会主义建设时期，老师说，从一九四九年到一九五六年是一个阶段，主要是进行生产资料所有制的社会主义改造。一九五六年以后，主要是进行政治战线、思想战线上的社会主义革命。而后，老师沿着这条脉络，一课接着一课，展开了深入浅出的教学，其中有史实，有理论，有概述，有详解。他将中国共产党生存、斗争、发展、壮大的一部恢宏的历史，缕析得清清楚楚，讲授得明明白白。

这位老师精研党史，融通理论，更掌握着极为丰富的信史史料。例如，某时期某阶段的形势，发生的事件，共产党面临的重大问题，各人物的思想与主张，乃至最终的抉择与结果，诸如此类的史料，皆储存于他仔细整理过的"信史文库"中。他根据讲授的主题，审慎地选择，轻重分明地运用。于是，他所讲授的主题更鲜明，理论更深透，内容更集中，使听课人受益匪浅。

老师运用史料非常灵活。例如讲"红军长征"一节时，他先讲到，当时因为第五次反围剿失败了，中央要北上是肯定的，在陕北建立根据地是以后逐步确定的。讲到战略转移、四渡赤水时，他很自然地引用了毛主席的诗词《七律·长征》中的诗句——"金沙水拍云崖暖，大渡桥横铁索寒。更喜岷山千里雪，三军过后尽开颜。"他说，这首诗中的金沙水、大渡桥、岷山雪，写出了长征的行走路线，这条路线一直是北上的。讲中共党史，以领袖诗词作为一条史料，颇有创意。在发给学员人手一册的《中共党史课必读文献及要求》中，还特别将八首毛泽东诗词列入其中，如《沁园春·长沙》《蝶恋花·从汀州向长沙》《渔家傲·反第一次大围剿》等。

老师熟悉党史人物的音容笑貌、言谈话语，讲授时引用自如。例如讲"延安整风"一节时，老师讲到，当时整风运动是以反对主观主义以整顿学风为中心的。在分析主观主义的思想根源时，老师指出，主观主义是小资产阶级的思想作风，表现形式是教条主义和经验主义。在说明教条主义的主要表现及危害时，老师提到了毛主席说过的一段话，大意是：读死书比做饭、杀猪都容易。做饭是门技术，杀猪要抓猪杀它，它会跑会叫，而书本既不跑也不叫，打开合上，世界上还有什么事比这更容易办的呢？！毛主席用生动形象的话语，点出了教条主义者书本脱离实际的弊病。老师说，克服主观主义的方法，就是要发扬理论联系实际的马克思主义的学风。

就这样，学员们的思想跟随着这位老师湛深的研究与思考、详略恰当的阐述，走进了中国共产党曲折发展、艰苦奋斗的历史进程。

党史课就要结束了，这位老师还特别安排了一堂"串讲"。他的开场白不同一般。他讲到，我们学习党史，首先是学习立场、观点、方法，通过从主要历史事件的分析当中，学习马克思主义的实际应用。要注意把握住主要历史事件，把握住主线，抓住主要问题。革命到了一定的历史时期，总会提出一些主要问题，需要党来回答。所谓的阶级斗争、路线斗争，都是围绕着主要问题展开的。各党派提出的方案是什么，党内是怎么回答的，作为一条正确的路线，从战略上、策略上是怎么回答的，又是怎么解决的，要搞清楚。

老师说，从问题的提出、问题的回答，到解决问题的结果，从比较上看出差异，从分析中找出规律，这就是一个学习的过程，一个世界观改造的过程。比如同样是在井冈山根据地生活，毛主席、林彪会做出相反的回答，这里面的立场、观点、方法有什么区别，是什么导致了这样，要动脑筋思考。了解一条马克思主义的理论不算难，而坚持应用是很不容易的。执行一条正确的路线，都经过了严肃的斗争，从这里面逐步养成马克思主义的分析方法。在斗争中、历史经验中，找出规律，总结提高。

"串讲"时，老师将中国共产党在不同的历史时期中，需要着重解决的问题，做了进一步的讲解。他说，在第一次国内革命战争时期（1921—1927），是建党初期，重点解决民主革命总路线问题，突出的是怎样实现无产阶级领导权问题。在第二次国内革命战争时期（1927—1937），即土地革命时期，主要解决武装斗争的道路问题。抗日战争时期（1937—1945），着重解决抗日统一战线和党的建设的问题。人民解放战争时期（1945—1949），主要是武装夺取全国胜利的问题。社会主义时期，在第一阶段（1945—1956），主要是生产资料所有制的社会主义改造问题。在第二阶段（1956至今），主要是解决继续革命的理论问题。

对每个时期的具体情况，老师做了简要的说明。例如第一次国内革命战争时期，老师说，中国革命的基本问题，在这个时期都提出来了，武装斗争问题，农民土地问题，党的建设问题，等等。那时候，我们党处在幼年时期，对这些基本问题还缺乏经验。这当中，突出的是争取无产阶级在革命中的领导权问题。这时候是革命发生新的转变的时期，是新旧民主革命交替的时期，对新的革命需要做出新的回答，要求做出明确回答。大家可以看看主席写的几篇文章——《中国社会各阶级的分析》《湖南农民运动考察报告》，还有《新民主主义论》。老师说，对《新民主主义论》，主席认为，这是自己最得意的一篇。主席讲，这哪里是字啊，是血啊。这不是我一人写的，是千百万人的血写成的。

老师又说，毛主席是立足于世界历史时期的新变化，立足于国内阶级矛盾的新调整，对中国社会各阶级做出了马克思主义的分析，确定了革命的动力、对象、领导的问题。我们说路线决定一切，就是说要有科学世界观的指导。

"串讲"时，老师以学习几个基本理论为重点，以毛主席著作为导读，一面摆出问题，一面分析问题，在环环相扣、层层递进的解读分析中，引导着学员提高理论上的认识。老师的"串讲"，有如纲举目张——"壹引其纲，万目皆张"，学员听讲后，对学习党史的主旨有了更高一层的领悟。

下课后，常常见到三五个学生围着老师问问题。老师总是微笑着倾身细听，然后轻声细语地解答。一次，有学员问：结合党史怎样学好理论？老师回答道：就总的来说，可以从纵横两个方面来学习。从纵的方面说，是每个历史时期面临什么问题，提出了什么问题，主席是怎么讲的，怎么解决的，要注意不同时期的前后呼应。比如……从横的方面说，是从一些具体问题出发，要注意把"面"打得稍微宽一些，在总结正面经验的同时，更要注意反面的经验。比如……他是在引导着听讲的学员，站在历史发展的高度，从全局维度来认识现象，分析问题，学习理论。

老师循循善诱，学员竖耳恭听。这时，又有几个学员围拢过来听讲。这有如一堂"课外课"，一次师生教与学的互动，老师站着讲，学员站着听，其启发与受益不亚于课堂上。手头勤快者，将老师的话快速地记在小本子上，有人则是回宿舍后，趁着记忆鲜活，赶紧将所听之语记在活页纸上，以助深入地思考。

能将一部雄关漫道、艰苦卓绝的"中共党史"，讲得如此简明深刻，体现了这位老师研究党史的扎实功底，及其深厚的史学造诣。讲课时，能调动起听课人的积极思考，专心领会，乃至长久不忘，又体现了这位老师的讲授之道，已近美学境界。

第二章　文史的魅力

一、金开诚老师讲中国古代诗歌

金开诚老师是北京大学中文系培养出来的一代英才。他在一九五一年高中毕业时，即以华东区第一名的成绩考入了北大中文系，主修文学。大学四年，他出类拔萃，结业时，即推荐做了研究生。而后几年，金开诚老师全身心地投入到科研、教学中，才华展露。他参加编写《中国现代文学》教科书，协助编纂《楚辞注疏长编》，他注释了两汉乐府诗歌、部分唐诗，还应中华书局的约稿，撰写出版了《中国文学史知识丛书·诗经》。同时，金老师还担负着教学任务。他为中文系学生讲"先秦两汉文学史"，为外系学生讲"中国文学史（先秦至晚清）"。他对文学史发展进程中各种文体的特色及演变，各时期的作家、作品，无不熟稔于心。那时候，金老师虽然还是一位年轻教师，却已是讲中国文学史的"老教授"了。

七十年代中期，金开诚老师为古典文献专业的学员讲授了《中国古代诗歌》，全部内容一共安排了八堂课，讲了八次。金老师从"诗三百篇"讲起，接着讲楚辞，讲屈原和他的作品，讲汉赋及其演变，讲两汉乐府民歌的社会现实意义与叙事艺术，再讲建安文学与曹操诗歌的风骨，讲两晋南北朝的文学概况。接下来就是唐代诗歌，在这一讲里，金老师分作初唐、盛唐、中唐、晚唐四个时期来讲，最后讲到宋词。

金开诚老师的讲授，既有诗作的时代背景、代表人物、代表作品，也有不同诗歌体裁的创作手法、艺术特色，还有金老师自己的见解与点评。无论哪一部分，金老师都讲解得十分清晰、透彻。这里以"诗三百篇"为例，来看看金老师是怎样讲授古代诗歌第一课的。

"诗三百篇"的成书情况　　当年，金老师根据学员对《诗经》知之不多的情况，因材施教、循序渐进。他从"诗三百篇"产生的时代讲起，然后讲到采集、整理的情况，讲到作品产生的地域。他说，"诗三百篇"产生的地域是相当辽阔的，包括现在的陕西、山西、河南、河北、山东和湖北北部地区。

讲课中，金老师特别提到：中国古代文学的最初形式，有文献记载的是"诗"，而各个时代的诗都是在民歌的基础上产生的。《诗经》中的作品，大部分是民歌。由于民歌在流传的过程中，总是经过集体性的不断加工，它们的创作带有集体性的特点，所以作者的姓名总是不流传的。这些民歌反映的是劳动群众的思想感情和集体的艺术智慧。

金老师介绍说，在这部诗歌总集里，保存了三百〇五篇作品，另有六篇作品只有题目、没有内容。人们常说的"诗三百篇"，是就其整数而言的。孔子在晚年时，曾为"诗三百篇"做过正乐的工作，目的是使"雅、颂各得其所"。后来，孔子把"诗三百篇"作为修身养性的教科书，他是要把弟子培养成"温柔敦厚"的人。金老师说，把"诗"用于礼义教化，是从孔门开始的。这对于后世统治阶级把诗尊为"经"，是很有关系的。到了汉代，当这部诗歌总集被纳入儒家经典时，才称为《诗经》。

风雅颂、赋比兴 金老师说，现在认为，诗三百篇是由周朝各诸侯国的乐官和乐工们采集、整理、编辑而成的，掌管音乐的太师们起了集中统一的作用。三百篇是按风、雅、颂三个部分来编排的。《风》分十五种，有十五国风，共一百六十篇。《雅》分《小雅》《大雅》，共一百〇五篇。《颂》分《周颂》《鲁颂》和《商颂》三种，共四十篇。诗三百篇在古代都是乐歌，所以现在大多数人认为风、雅、颂是一种音乐上的分类，都是从音乐得名的。"风"是"声调"的意思，十五国风就是各诸侯国不同的声调。"雅"是"正"的意思，在周人看来，《雅》中各篇所配合的乐调是正声，所以叫作"雅"，这同他们把通用的官话叫作"雅言"是一样的。"大雅"就是标准的陕西调。后来，有一部分"雅"和"风"发生了交流，产生了新的品种，但基本上保持了陕西调，所以叫作"小雅"。《颂》是最高统治者专门做宗庙祭祀的乐歌，它在音乐上的特点是声调比较缓慢，大约一分钟一个字。《颂》的特点是没有韵，不重叠，而且篇章短小。

讲完风、雅、颂，接着讲赋、比、兴。金老师说，赋、比、兴是从前的研究者对诗的表现手法的概括。简单地说，赋，就是直接地抒写或铺叙，是直截了当地讲那件事。比，就是比喻，是用一物一事比另一物、另一事。兴，就是诗歌的起头，是由一种事物引起另一种事物。起兴的句子，可以与后面的诗意有关系，也可以没关系，只传达气氛。风、雅、颂和赋、比、兴被称为诗的"六义"。"六义"在过去是"诗经学"中的大问题。

思想内容　金老师说，在三百篇中，直接反映劳动人民生活的、反映老百姓在奴隶主阶级的残酷压迫下，担负着各种繁重徭役的作品很多，在《国风》《小雅》里都有。这些诗篇不仅写出了劳动人民的苦难，也提示了繁重徭役带来的恶果。金老师以《七月》《伐檀》《硕鼠》等作品为例，逐一做了分析。他说，劳动人民在自己的歌声中，控诉着苦难，呼喊出了反抗的声音。除了种种徭役外，不合理的兵役也是压在劳动人民肩上的沉重负担。春秋时代，在掠夺性的混战中，被牺牲的是广大劳动人民。徭役和兵役这两类作品都是社会根本矛盾的真实反映。此外，三百篇中还有爱情诗，有反映婚姻悲剧的诗，有政治讽刺诗。上面所说的这几类作品是三百篇中的精华，是比较重要的作品。

另外有几篇是关于周部族发展的史诗。诗作利用某些神话传说，来歌颂、美化他们的祖先，来论证他们统治的合理性。对于《生民》《公刘》《绵》这三篇作品，可以做具体的分析，它们包含有一定的积极内容。还有几篇是宗庙祭祀的诗，主要集中在《颂》里，它的内容是宣扬君权神授，歌颂祖先的功德和神鬼的威灵，是应该扬弃的糟粕。

艺术成就　讲到这里，金老师满含深情地赞美了三百篇中那些优秀篇章的现实主义创作精神，以及朴素而优美的艺术风格。金老师以作品为例，讲了比、兴的表现手法，讲了真实的刻画和动人的想象。在金老师生动鲜活的解说下，学员们仿佛回到了上古时代那片洪荒般的田野大地。在那里，他们看到了繁重徭役下的民夫，辛苦稼穑的老农；遇见了将要归家的征人，采集卷耳的思妇，还有那些存活在诗歌中的民生、民情以及种种民俗。这一切，好似一幅连一幅的饱含着生命色彩的风情画卷，依次展现在学员们的眼前，带着那个时代浓郁的气息，带着那些无名诗人深沉的情感。

在举例说明的诗作中，有一首《豳风·东山》。金老师以十分赞赏的口气说，这首诗在艺术成就上是很高的，它通过一系列生动具体的细节，刻画了一个征人在回家路上的心情，主要是解除了兵役后，对未来生活的想象和憧憬。"我徂东山，慆慆不归。我来自东，零雨其濛。"金老师说，这个征人一面庆幸自己解甲西归，从此可以过上和平生活了，一面想象着自己的家园大约早已荒芜不堪了。他想到了妻子对自己的思念，又联想到自己和妻子成婚的时光："亲结其缡，九十其仪。其新孔嘉，其旧如之何？"金老师说，整首诗是在一种"零雨其濛"的忧郁气氛中，透露出了热爱生活的感情。诗中凄凉的气氛，成为诗人内心热爱生活的有力衬托，在悲与欢的矛盾统一中，构成了动人的意境。

语言特点　接着，金老师对三百篇的语言形式的特点做了条分缕析的详解。他说，三百篇中的许多作品，句子长短的变化是很灵活的。短的有两个字一句的，长的有八个字一句的，还有三言、五言、六言、七言的句子。当然，出现最多的是四言句。它们虽然每句只有四个字，但语气自然，句法多样，是一种相当成熟的诗歌语言，这种成熟的四言句构成了三百篇的基本形式。

金老师又说，三百篇中有许多作品，在表现上采用了"章节复沓"的形式。他说，所谓"复沓"，就是各章的词句往往重复，有的只换几个字。比如一首表达相思之苦的《王风·采葛》："彼采葛兮，一日不见，如三月兮！彼采萧兮，一日不见，如三秋兮！彼采艾兮，一日不见，如三岁兮！"诗人用朴素的语句倾吐着内心的感情，极其真挚动人，这就是民歌的特点，语言平易通俗，非常接近于口语。这个作品即使不加今译，也是可以看得懂的，之所以这样，是因为这一类型的作品最初都是乐歌，是可以用乐器伴奏着来演唱的。章节复沓的形式就是从歌唱中产生的。由于反复表现同一个主题，表达感情就显得非常尽兴。复沓的形式也给诗歌带来更多的节奏感和音乐性，鲜明的节奏，传达出浓郁的诗意。

金老师还讲了一些诗作对重言词和双声、叠韵词的运用，他用具体的词例做了生动的说明。而后，他总结说，重言词大多用来状物拟声，传达出了事物的状貌和声音，加强了语言的形象感。双声、叠韵词的主要作用在于使声调谐美，增加诗歌的音乐性。

最后，金老师还讲到了"诗经学"中的难点——关于《诗经》的传授和诗序问题。对此，金老师讲的是重点突出，不枝不蔓。[①]

特别值得记述的是，当年这八堂课，并非为百十人讲的"大课"，而是金开诚老师专门为古典文献专业的十七位学员讲的

---

① 重点文字核对了金开诚著《诗经》，中华书局 1980 年第二版。

"小课"，可谓是老师"开小灶"，学员"受亲炙"。那时候，师生们同处一室，年富力强的老师神采奕奕地讲，风华正茂的学员聚精会神地听。金老师讲课相当投入，他是怀着对自己所讲课题的深情，怀着对听他讲课的学员的爱心来讲授的。讲到精彩处，金老师的脸上露出了和美的笑，眼睛里含着晶晶的亮，风度从容，语气温和。这情景连同他精辟透彻的见解分析，深深地感染、打动了听讲的学员，他们与金开诚老师一起进入了古典诗歌艺术的至美境界。

下课后，有的学员一边细读着原作，一边回想着金老师课上所讲，以求进一步领会作品的含意。自学《豳风·七月》时，耳边响起金老师说的话：在这首诗里，一年四季的奴隶生活都描写了，里面饱含了血和泪的笔墨。这好比一件衣裳，上面洒满了鲜血和眼泪，衣裳虽然被奴隶主洗了，但仍能看到血泪的痕迹。再读《魏风·伐檀》时，领会着金老师的分析：这不是直观的观察，而是发出的质问，是奴隶对奴隶主的法权分配方式，提出了怀疑和抗议，这是惊人的思想火花，是一个伟大的觉醒。

学员不仅细读细想，还默默地记诵，对那些字音协调顺口的诗句，产生了浓浓的兴趣。三两个女学员在课外活动时，还用《诗经》中的句子追逐嬉闹。一人将对方比作硕鼠，口中念念有词："硕鼠硕鼠，无食我黍。三岁贯汝，莫我肯顾。"说完转身就跑，另一人追上去，伶牙俐齿地对上两句："逝将去汝，适彼乐土。乐土乐土，爰得我所。"不一会儿，一人又将对方比作奴隶主，口中说道："不稼不穑，胡取禾三百廛兮？不狩不猎，胡瞻尔庭有县貆兮？"另一人笑着回应："彼君子兮，不素餐兮！彼君子兮，不素食兮！"站在一旁观看的第三人抚掌而笑。

未曾想到，自那时起，"三百篇"中的一些诗歌犹如石刻一般留在学员的记忆中，即便学员年龄到了"老冉冉将至"，甚至"古稀之年"，仍能出口成诵。后来，一个学员还怀着对四言诗、四字句的喜爱，以好奇心寻觅起它们的流传踪迹，从两汉乐府民歌，一直到唐宋诗词，再到元代小令、明清小品，乃至明清小说中的诗词。阅读梳理后，悄悄地写下了一篇小结。其文字与思考虽然浅薄，或可作为听金老师授课后，对一教一学的一个回应。一位优秀的教师，讲授的一堂精彩的课，给予听课人的启示是深刻的，影响是长远的。

　　听了金开诚老师讲的《中国古代诗歌》之后，学员们又听了冯钟芸老师讲的《关于李白杜甫的诗歌》、季镇淮先生讲的《近代诗与龚自珍》。听讲后，学员们知道了，金、冯、季三位教师的授课内容，是宏伟的"中国诗歌交响曲"中不朽的乐章，而"三百篇"是第一乐章。在华夏诗歌不息不止、浩浩汤汤的流传中，"三百篇"是清清明明的源头。

二、联手讲中国通史

　　当年，"中国通史"是学员必修的一门基础课，由古代史和近代史两部分组成。古典文献专业的教学安排是以本专业的教授、老师做主讲，同时邀请历史系教授讲"王安石变法"、年轻老师讲"辛亥革命"。还别开生面安排了本专业的三位女学员讲"三国"。她们分别讲魏、蜀、吴三国简况，之后师生坐在一起讨论相关历史问题。各位教师、学员讲课时，面对的虽然只有十七位学员，但严肃认真的态度，一点也不亚于"大课"。这里，简单地叙述一下两位老师、两位教授讲古代史的特色。

孙钦善老师讲两晋南北朝史和宋元史

孙钦善老师个子高高，身材魁梧，圆脸圆眼，双目大而明亮、炯炯有神。他讲课声音铿锵，语气中含有一种斩钉截铁、一锤定音的格调。孙老师讲的是两晋南北朝史和宋元两朝史，包括与宋对峙的辽、金、夏的历史。他所讲的各断代史的课题题名，皆为某某朝代"基本情况"。开课初始，孙老师总要先说明某某朝代有几个皇帝，统治时间的首尾有多少年，然后从社会基本概况讲起，讲到社会经济状况，再讲其他，如民族问题等。

孙老师讲课的特色之一是条分缕析，层次清晰。对于纷繁复杂的、学员一时捋不清楚的政权对峙的情况，他就用图表来表示。例如讲到南北朝十六国时，孙老师说，从南朝宋的刘渊称王起，到北魏统一中国北方止，一共有一百三十五年。这期间在北方和巴蜀地区有十六个割据政权，它们是一成（汉）、二赵（前、后）、三秦（前、后、西）、四燕（前、后、南、北）、五凉（前、后、南、北、西）和夏，历史上称作十六国。

接着，孙老师将各政权的国名用端正的行楷写在黑板上，再用几条实线、几条虚线，将它们上下左右串联起来，清晰地展示出十六国相互并存以及后来归属的情况。孙老师解释说，东晋后是宋、齐、梁、陈，而十六国大部分归到北魏，只有南燕、后秦归到宋。北魏和宋、齐对峙，梁又和西魏、东魏对峙，陈和北周、北齐对峙。在帮助学员搞清楚它们相互间的对峙与合并的关系后，再开始讲南北朝概况。

在讲"基本情况"时，孙老师是"有详有略"。详者为政治的改革、经济的情况、各阶级的状况等，并告诉学员可以参考阅读的书目书名。略者是具体的政策条文，比如讲到北魏迁都前的三大改革内容——均田制、三长制和租调制时，他简而言之，然后告诉学员详细内容可以去看《讲义》中的某某页，以及阅读时需要注意的几个要点。

授课时，孙钦善老师注重用马克思主义的理论来分析复杂的社会状况，并将自己的研史心得讲给学员听，指导着学员怎样用科学的方法去分析史实。比如民族问题，应该怎样去辨识什么是爱国与卖国，什么是主战与投降，什么是正义与非正义，等等，使学员从分析思考中，得出科学的认识，做出经得起历史检验的结论。

就这样，学员们在较短的时间内，较多地了解到了某段历史的基本情况，大体的经纬走向，并知晓了分析历史的基本方法，这为日后深入自学打下了良好的基础。

向仍旦老师讲隋唐五代史和明史

向仍旦老师是创办古典文献专业时的老班底成员。他身材清瘦，面色稍暗，鼻梁上架着一副有度数的近视眼镜。平日里他不苟言笑，行为中规中矩，很有一种埋头苦研学问的老知识分子的风范。他讲课语气平和，语速不紧不慢。

向老师讲史的特色之一是，在开课前给学员们布置自学任务，以及读史中需要注意的问题，而这些问题大多数是史学界尚存争议的问题。同时他还告诉学员，本断代史应该掌握的知识要点。做如此安排并非一般性的课前预习。讲课时，向老师会将这些问题，连同自己的意见，自然而然地融入授课内容中。结课时，他又鼓励学员，如果还存在什么疑惑，课后可以一起讨论。

比如讲"隋唐五代十国"之前，他布置的思考题是"关于隋唐五代十国的若干问题"，其中一类是"过去对这段历史的争论"，内容包括有让步政策、武则天、李牛之争，以及均田制、府兵制、科举制等。对每一小项中的有关分歧意见，向老师都做了比较详细的介绍，比如过去有哪几位史学家、发表了哪几种不同的观点意见，他们所撰写的文章刊登在哪年哪月哪日的报刊上，详细之极。其中的"让步政策"，向老师不仅讲了源与流，还介绍了翦伯赞、孙传民、漆侠、孙达人等史学家不同观点的大意。

讲"明史"之前，向老师也有同样的安排布置。明史上争论的问题多多，仅"关于中国资本主义萌芽问题"就不在少数。向老师介绍了"对资本主义萌芽的讨论和存在的问题"。他让学员们思考"为什么说明朝中后期是资本主义萌芽的历史上限"，思考"中国封建社会长期停滞的原因何在"，并要求学员学习参考相关的马列著作，其中有《资本论》中的《关于商人资本的历史考察》，有《马克思恩格斯选集》中的"分成制度与农民小块土地所有制"的内容，有《列宁选集》中的《俄国资本主义的发展》的文章摘录等。向老师要求学员用马列主义理论来指导学习。

听向老师布置课前自学任务，犹如"学前预习"。学员们将若干问题记在本子上，课余时，努力去完成阅读与思考。由于心存疑惑，听讲时就会格外认真，这对于理解讲课内容很有好处，更重要的还在于，向老师将自己研究历史的方法之一种，也在潜移默化中传授给了学员。

此外，向老师讲课不乏"闲中着色"。例如讲到朱元璋为本朝取名"明"时，向老师说，各朝代起名都是有讲究的，这大致可以归纳出四种。第一种是以地名为朝代名，如秦、汉。第二种是用所封国之名做朝代名，如隋、唐。第三种是以当地的物产为名，如辽、金。第四种是用文字的含义起名，如元、明、清。这"闲中一笔"，不仅调动起了学员听课的兴趣，也为学员增加了一个知识点。

向仍旦老师是文献专业教员中年纪稍大的一位，也是担任讲课较多的老师。他擅长讲历史人物，他为学员讲的人物专题课中，还有李贽、章太炎、李自成、朱元璋等。他常对学员们说，了解认识历史人物要注意这么两点：他比他的前辈提供了什么新的东西？高出了哪些方面？要注意比较，有比较才有鉴别。他还为学员们讲过"中国古代文化史"里面的"中国科举制"专题。

无论讲授哪类课题，向老师皆有全面的分析、独到的视角，而且不囿于前人的定论。他欢迎学员课后与他讨论，这一点，更是其他老师未曾提及的。下课后，若有学员提问，他总是极认真地倾听，常常是微微地侧着头、眯起眼睛的样子。向老师以己所知，倾囊相授。几个学员一一提问，向老师愉快地细细解答。

阴法鲁先生讲清史

阴法鲁先生是北京大学资深教授，古典文献专业初建时期的老前辈，他在北大从事教学、科研、行政工作长达近半个世纪。讲台上下，阴先生是一位慎思精研、融通经史的教授；校园内外，阴先生是一位学养深厚、德高望重的专家。七十年代中期，先生虽然已年至花甲，却不辞辛劳，依旧登台为学员们授业。当年，先生所讲课题，以"中国古代文化史"为主。

讲中国通史，阴先生"客串"清史。先生采用的是专题综述的方式。几个一级专题分别是：

一、清王朝的建立及其政治、经济政策和措施

二、清代统一的多民族国家的进一步巩固和发展

三、清代中国人民反对西方殖民主义者的斗争

四、清代各族人民的反封建斗争和武装起义

五、清代的思想文化

在"一级专题"下面，还有一节连一节的"二级专题"，由此展开具体详细的讲述。比如在"清代统一的多民族国家的进一步巩固和发展"的专题下面是：清代的统一、平"三藩"、统一台湾、清朝中央政府和蒙古族的关系更加密切了、清朝中央政府和西藏的关系更加密切了，以及改土归流（即改土官为流官）的政策等。阴先生讲授的内容既有宏观的阐述，也有微观的分析。他将一部多民族、多层面的政治与经济相互交错、相互影响的清代历史，层次清晰地一一道来，讲得格外清楚明白。

阴法鲁先生讲历史有着老教授独家的特色。

特色一　注重说明关键词的含义。比如"清代的统一"，在

讲了一系列过程之后，阴先生总结说，清朝经过一百一十五年的时间，实现了全国的统一，它的版图北部到喀尔喀，包括唐努乌梁海，西部到巴尔喀什湖、帕米尔，南部到云南、南沙群岛，东部到台湾，这是清朝统一时的版图。阴先生特别强调说，所谓"统一"，是指取消了地区性的政权和地方性的势力集团，取消了他们的独立性，"统一"是从这个意义上说的。统一采取的方式有三种，一是招抚，二是归附，三是征服。先生讲得明白，学员记得牢固。

特色二　注重解释一词一字的"来历"。比如讲到清朝初年改年号时，阴先生说，一六二六年皇太极继位，一六二七年皇太极改年号为"天聪"，一六三六年皇太极改国名叫"太清"，改民族名叫"满洲"，也写成"满珠"。为什么叫"满珠"呢？这是从佛教菩萨名"曼殊"来的。再比如讲到沙俄称帝定名称时，阴先生说，到了一五四七年，莫斯科大公国的伊凡四世加冕时，自称"沙皇"。这个名称来源于古罗马皇帝恺撒，"恺撒"后来成了西方帝王的专用名词。在俄语里变成"沙"，加上词义"皇"，成了"沙皇"。阴先生还提到，沙皇从一开始和中国交往，就有侵略的意图。

阴先生接着说，一五八一年越过乌拉尔山的有一个人叫叶尔马克，全名叫叶尔马克·齐莫菲叶维奇，他是哥萨克人。哥萨克的意思是"自由的人"。哥萨克人是流亡者，后来成了沙皇的职业军人。乌拉尔山南边有一个小汗国——西比尔汗国，统治民族是蒙古族，它是从金帐汗国分化出来的四个小汗国之一。一五八二年，叶尔马克率兵侵略西比尔汗国，占领了它的首都。西比尔地区在公元前是由匈奴人控制，公元后由鲜卑人控制，这从姓氏上可以找到线索。俄语在"西比尔"后加了词尾，成为"西伯利亚"。当时，西比尔汗国有个城市叫秋明，"秋明"是蒙古语，意思是"万人城"。

对于诸如此类的名词、名字的"来历"，阴先生会做必要的解释。

特色三 注重结合翔实的文献资料做例证，包括国外的有关资料。在这些资料里，既有国史、专史，也有亲历者撰写的回忆、日记、笔记等。例如讲到"沙俄对中国的侵略和中国人民的反侵略"一节时，阴先生提到，一六三九年俄国才知道黑龙江的名称，一六四三年，俄人波雅科夫奉命率队入侵黑龙江流域。他们越过了外兴安岭，到了达斡尔，俄人吃了五十个异族人，当时人称他们为"罗刹"、"老虎"、"吃人的恶魔"。一六四九年，哈巴罗夫又率队入侵黑龙江流域。他带了七十个人到拉夫开酋长的寨子，烧掉了五个寨包。往南走，占领了雅克萨。他们抢东西，抓人质，打死了二十个古伊古达尔人。最后，俄人把这个寨子攻下，杀了大人孩子六百六十个，俘虏了妇女二百多人，小孩一百多人，抢走马二百三十七匹，牛羊一百一十三头。阴先生说，苏联在出版的《十七世纪俄中关系》一书中，把上面的这些资料全都删去了。

在讲到"中国人民的反侵略斗争"一节时，阴先生讲了一六五二年的乌扎拉村战役，一六五五年的呼玛河口战役，一六五八年的松花江口战役，以及攻打、收复雅克萨城的经过。阴先生说，中国收回了被沙俄侵占的一部分领土，制止了沙俄对黑龙江流域的进一步侵略。阴先生特别提到，在《柯罗文出使日记》里，我们可以参考到很多材料。

为了让学员了解后来历史所发生的变化，不久，阴先生又增加了一堂课，专讲"鸦片战争后沙俄对我国的侵略"。先生从一八五四年东西伯利亚总督穆拉维约夫准备武装航行、占领黑龙江流域讲起，一直讲到一八九六年李鸿章在莫斯科签订的《中俄密约》。讲课的重点之一是介绍几个不平等条约的签订始末，以及我国丧失领土的范围与面积。课堂上，阴先生提到，参与签约的俄人巴布科夫后来写了回忆录，里面记述了自己用了哪些手段占了中国如此广大的土地，研究这段历史，这部回忆录可以作为参考。

最后，阴先生总结说，鸦片战争后，俄国是按资本主义方式发展的，扩张领土的野心很大，占地很多，周围的国家几乎全占领了，其中就有对伊朗、土耳其的占领。阴先生的结论是——沙俄对我国的侵略比其他帝国主义国家都要多。

听了阴法鲁先生的讲课，学员对清代的历史、沙俄对我国的侵略史有了基本的认知。同时，对阴先生的研史治学方法也有了一分领悟。这就是，研究某一个历史课题，必须广泛地搜寻多方面的文献资料，做一番认真细致的梳理、考证、分析工作，而且有必要对其中的一词一字一概念搞清楚来龙去脉，如此下一番功夫后，文献资料方可"为我所用"。

邓广铭先生讲王安石变法

邓广铭先生是北京大学百年历史系的元老级人物。一九三二年，他考入了北大史学系，毕业后即留在北大文科研究所任助教。除了抗战时期在复旦大学任教三年外，邓先生在北京大学度过了五十八年的悠悠岁月，留下了学术人生丰实的印记。邓先生"而立之年"便有所建树。研史方面，他得名师亲授，承史家法则，主编多种文史专刊，撰写历史人物传记，点校考证史籍史料。教学方面，邓先生既为本系学生讲授隋唐五代宋金辽史，也为外系学生讲授中国通史，他独具风格的讲授，深受学生欢迎。在二十世纪三四十年代，邓先生便显示出了一位史学专家的风范。而后，又开始了新的盛期。

中文系的学员知晓邓先生的声望与学识。在学习中国通史期间，文献专业的班主任特别邀请邓先生为学员讲一堂"王安石变法"，先生慨然应允，尽管已是年近古稀。那一天，几个学员早早地来到教室，选座恭候。

不一会儿，邓先生走进教室。他身材高大，体态微胖，面容慈祥，目光中含着睿智。他看到教室里坐着十来个学员，便和他们亲切地交谈起来。先生问学员：学习中有哪些具体问题，提出来，我来解答。学员听后，积极回应，踊跃提问，先生即时解答，一问一答，接二连三，教室里洋溢着生动活泼的"问学"气氛。之后，邓先生又做了总结性的讲解。

邓先生说，讲"王安石变法"，我们首先要了解变法是处在中国怎样的一个历史时期。北宋是处在中国封建社会继续缓慢发展的时期，在政治上、经济上都是如此，明证就是中国的四大发明。除了造纸术是在公元前，其他的三项，或者接近于宋代，或者就在宋代。如印刷术，不会晚于八世纪，活字印刷在十一世纪初年，发明胶泥活字的毕升，就是北宋人。火药发明在九到十世纪期间，而被广泛使用是在宋代。指南针的发明可以确定在十一世纪，在北宋中叶。在北宋期间，在封建制的生产关系的母胎里，生产力还有向前发展的余地，封建制的生产关系还不算是生产力的桎梏和障碍。在确定这个前提下，才能对王安石变法做出恰当的评价。

邓先生接着说，王安石变法的中心内容，一是理财，二是强兵，这是针对北宋时期积贫积弱的情况提出来的。怎么理财？王安石的方针是"因天下之力以生天下之财"，就是说用发展生产的办法，来解决财政的困难。理财就是解决"积贫"，强兵就是解决"积弱"。王安石的许多新法，都是关于发展经济的，都包含着这样的作用，他是想以此来保证农业生产有尽可能多的劳动力。邓先生对学员说，要注意的是，王安石口中的农民不是今天我们概念中的农民，是指"农村居民"，包括地主在内，主要是地主阶级的中下层。王安石是用发展生产来解决财政困难，这应该给予肯定的评价。

邓先生又说，王安石是站在封建制国家的立场上，从整个地主阶级的长远利益着眼的。许多说法说王安石是代表中小地主阶级，这个说不通。他不是想打倒官绅豪强阶层，只是想取消他们的特权。又说中小地主比大地主有进步性，这也讲不通。中小地主在对农民的剥削上，根本不可能轻一些。王安石是地主阶级政治家，他设想的是这些东西：收夺豪绅大地主阶层所享有的部分特权，使他们的兼并侵蚀的行径受到一些限制，从而使地主阶级的中下层和富裕农民的经济地位稍得稳定，免得中小地主再破产，农业生产劳动力再流亡，借以保障地主阶级经济能正常发展。

接下来，邓先生对当年广泛讨论"王安石变法"时常遇到的几个问题，做了归纳性的解释。

一是，王安石变法是不是改良主义？邓先生说，王安石变法是一个改良。列宁曾说过："王安石是中国的改革家。"改革家就是改良家，这在俄语里是一个词，在英文里也是如此。但改良不是改良主义，这如同经验不等于经验主义。改良就是不革命，王安石不革命，但他革新，他是对生产关系中最腐朽、最不适应的东西进行改良，并不牵动政治基础。改良主义是针对社会主义革命的一个理论，是特定历史范畴的东西，封建社会还没有。

二是，王安石变法算不算失败？邓先生说，这个问题我还怀疑。像"王莽新法"算是失败，造成比旧法更糟的结果可以叫失败。宋神宗死后，老太后坐后台，司马光推翻新法，一律复旧，这能叫新法的失败吗？我认为不能算失败。如果算失败，说明当权派当中的旧势力太大了。王安石变法从一种很高的意义上来讲是改良。在推行新法的过程中，基本上没有发生严重的问题。宋仁宗统治的四十二年，被称为北宋的黄金时代。北宋时的农民起义虽然各地都有，但规模都比较小。新法没有比旧法更坏，所以说不能算失败。

三是，王安石是不是法家？邓先生说，王安石推行的新法都是在法家思想的指导下进行的，特别是"三不足精神"，表现得很突出。王安石提出的"天变不足畏""祖宗不足法""人言不足恤"的三原则，在整个变法过程中，对扫除思想障碍，打退守旧派人物的进攻，起了很大的作用。

邓先生说，"天变"不是"天命"，王安石是相信孔子的天命论的，他受孔子思想的影响很深，欧阳修、曾巩等人都是他的好朋友。曾巩说过，王安石对历史上的人物都骂，只有黄帝和孔丘不骂。在王安石的诗文集里，大量的作品是受儒家思想影响的，所以他并不反孔。他提出"天变不足畏"是用来否定"天人感应论"的。

"祖宗不足法"，意思是祖宗之法不足守，是反对守旧派的"法祖""守成"思想的。王安石既然要"改易更革"，当然就不存在奉守和取法的问题。"祖宗不足法"的政治意义，在于反对北宋王朝建立以来所奉行的传统政策，在于要对官绅豪强大地主阶层所享有的特权，给予一定程度的制裁。

"人言不足恤"，这句话在当时人的记载中，也有写成"流俗之言不足恤"的。王安石认为，不足恤的人言，是专指那些流俗之人的流俗之见。凡是站在大地主的立场上而反对变法，像司马光那样的，其人便是流俗之人，其意见便是流俗之见，正是这类人言，才是王安石以为"不足恤"的。

邓先生说，从政治思想来看，王安石是"援法入儒"，是把法家思想作为制定和推行新法的指导思想的。

邓先生最后说，我们要给王安石一定的历史地位。"一定"是指他在政治实践上推行的变法，对于封建社会迟缓的发展推动了一步，对社会生产的发展起了一定的作用。

邓先生的讲授简明精当，点到为止。学员听后，对"王安石变法"及北宋的那段历史，有了更清晰的认识。对邓先生引导下的新颖活泼的"课堂问学"，留下了美好的记忆。

邓广铭先生是享誉甚隆的"二十世纪海内外宋史第一人"。数十年的历练，邓先生的研史之功已入"得道"之境，对宋史的研究，尤为精湛深邃。他曾提出，研究宋史应该采用宏观研究与微观研究相结合的方法，二法缺一不可。早年间，先生还提出了研究中国史的"四把钥匙"，即目录、职官、年代、地理。先生认为这是研史必须掌握的四把钥匙，也是微观研史的四个基本功。对此，先生是躬身践行，秉持始终。邓先生即便到了古稀乃至耄耋之年，仍然壮心不已。除了教学外，他还十分注重培养史学人才，不舍弃地改写、重修老版旧作。邓广铭先生为了中国历史学科的研究、教学、发展的事业，老而弥笃，建立了卓越的成就。日后，出版有十卷本的《邓广铭全集》。

三、唐作藩老师讲古今语法的异同

唐作藩老师一九五四年就到北京大学中文系做研究生了，那时候的唐老师正是风华正茂的年轻人。他师从王力先生研修"汉语史"，还应吕叔湘先生要求，撰写了普及版的《汉语音韵学常识》。在古代汉语教研室，唐作藩老师既是一位兢兢业业讲课教学的师长，又是一位贯通古今、精研诸学的学者。他在汉语音韵学、汉语语音史方面，都有卓著的业绩。

当年，他为学员们讲授了"古汉语通论"中的三个课题，《古今语法的异同》是其中之一。若以课时计，"语法"属大课，讲了满满当当八堂课；若以难度论，"语法"为最。讲授这个课题，可以说唐老师是勇担重任。此课不仅内容多、课时长，而且有汉语史以来的各种语法现象纷繁复杂，对哪一位老师来说，都是一门难于解析、不易讲好的课。"文言语法"，对有的学员来说，则是难于理解，近似于苦读商代的文字、周朝的史书。然而，唐作藩老师讲授此课，好似驾轻车、步熟路。他将《古今语法的异同》分作八个章节来讲，大的章节有：古今语法的异同、词类的活用，古代汉语的词序，古代汉语的判断句、被动句与其他句法等。此外，还包括有"虚词"这个大类，其中有代词、介词与连词、语气词与词头词尾等。

唐作藩老师稳步走上讲台，很有一股将帅统领全军的气概。第一课开始，唐老师便简明扼要地介绍了"古今语法异同"的概况。他以"中国语言学"史家的目光，纵向讲了"古今的异同"。唐老师先讲"同"。他说，古今汉语是一脉相承的，现代汉语的语法体系的基础在先秦就已经奠定了，许多基本语法规律古今是一致的。课堂上，他提到了"两个基本一样"，即词序古今基本一样，虚词的运用古今基本一样。唐老师说，这是汉语最重要的两个方面。他还提到，在词类的划分、构词的方法、句子的结构与分类，也是古今基本相同。说完"同"，再讲"异"。唐老师提到，古今语法不同的部分，包括句法有所不同，词序有所变动，省略句比现代汉语多，还有一些特殊的语法结构和句式，等等。而这些"异"，正是唐老师讲授的重点。

每堂课的讲授，唐老师皆以科学的语言学理论做指导。他在潜心研读了先秦两汉文言文的基础上，在仔细辨析了古人写作时采用的语言方式后，再遵循着"例不十、不立法"的原则，总结出了若干个"句法特点"，归纳出了若干种带有规律性的"使用方法"，以及学员需要了解掌握的重点内容。同时，他结合学员的理解水平，用心备课后，再条分缕析地教授给学员。唐老师讲授的八堂"古代语法"课，犹如一棵树，它根深、枝长、叶茂，岂是听课人一支拙笔所能描述?！这里，仿前文之例，将"唐氏讲学特色"，拟出几条，谨作勾勒。

例句好 讲语法，皆以例句为证。最令学员赞美的是，无论分析哪一种语法现象，唐老师所选取的例句，大多是学员平日里熟读熟知的句子，这使学员听起来很有亲切感，很快就拉近了学员与"上古语言"的距离。而且，唐老师对选取的例句，熟悉到了信手拈来、脱口而出的程度，令学员十分敬佩。例如，讲"词类的活用"一节中的"形容词的使动用法"，他用的例句是"必先苦其心志，劳其筋骨，饿其体肤，空乏其身"，讲"形容词的意动用法"的例句是"甘其食，美其服，安其居，乐其俗"。唐老师解释说，"意动"是指句中的谓语形容词对于后面的宾语含有"认为、以为它怎么样"的意义。从意思上看，甘、美、安、乐就是"主观认为"它香甜、美好、安适、满意的意义。学员听着这样的分析解说，一下子就明白了这两种用法的特点，以及句子所表达的意思。

由浅入深 唐老师一边讲解一边教导学员说，我们分析词类的活用，主要是从上下文来考虑、琢磨，然而更重要的是，还要做语法分析，看它在句子中的地位，前后跟哪些词相连接，它们之间构成了怎样的句法关系，词类是什么等等，总合起来分析考虑。比如名词用作一般动词，要看名词前面加了什么字，名词后面是什么词，阅读时要仔细体会。我们学习语法，是要弄清楚古代语言中字词的各种语法成分，弄清楚字词所表达的语法意义和语法作用。唐老师的这番话，提示学员，要将感性的认识提升到理性认识的高度。

纵横相向 在连续的讲课中，唐老师时时采用有纵有横两相结合的教学方法。他以纵向的历史发展的观点，来看待古代语言中一字、一词、一句式的演变。例如讲到"被字句"，他提到，被字句在战国末期就已经出现了，例如《战国策·齐策》中的"国一日被攻，虽欲事秦，不可得也"。到了汉代，"被"字句逐渐用得普遍起来。在东汉末年，"被"字句出现了"被"做介词，引进行为的主动者，如蔡邕的《被收时表》："今月十三日，臣被尚书召问。"魏晋六朝以后，"被"字句应用多起来，在以北方话口语为基础的作品中，"被"字式占了优势。到了唐宋时期，它已经代替了"为……所"式。唐老师仅用一段话、几个例句，便将"被字句"演变发展的脉络缕析得一清二楚。唐老师还以横向的细针密线般的分析，来解说一字一词的语法意义和语法作用。例如，讲动词谓语的几种凝固结构，讲被动句中的几种句式，都是一字一词一个句式，一一举例，原原本本地分析解说。

指导提高　为了让学员深入地理解、掌握古代语法，在讲课中，唐老师还会推荐介绍课外阅读的书籍。在推荐的书目中，有学员已知的杨伯峻的《文言语法》、吕叔湘的《中国文法要略》，也有学员未知的王力先生的《中国语法理论》《词类》等。为拓展学员的思考空间，倘若遇到学界尚存争论的提法，唐老师也会摆出来，同时讲明自己的认识与理论，相当于给学员留下了课后思考题。

善作小结　最具"唐氏讲学特色"的是，在每个课题结束前，唐老师会做一个经典的"小结"。可以说，这是唐作藩老师的"创新专利"，学员称之为"唐氏小结"。唐老师将自己所讲授的基本内容，用归纳之法，以简略之语，明白道来。这对学员来说，既有利于记忆，又有助于使用。在"语法"大课结束前，唐老师同样做了"小结"。唐氏的"语法小结"是在八个章节的内容中，再概括出两个"重中之重"，即"句法特点"和"虚词"。唐老师声音洪亮，款款而讲。他说，"句法"里面包括有词序，如宾语前置、定语后置、省略句等；包括有词类的活用，如使动用法、意动用法、名词用作动词形容词等；还有几种特殊的凝固结构，如一、二、三、四种例子。他接着说，虚词方面，我们要掌握一些重要的、常见的虚词，如之、其、所、者、以、于、为、而、则、焉、乎、也等。唐老师说，掌握它们的方法是多读、熟读古代作品。读的时候，要努力去发现古今不同的词义演变和语法现象，学会古今对比。要多做总结，抓住基本规律，弄清楚古今语法不同的规则。同时，他还特别提示学员"不能死记""不要硬套"。

"小结"虽言"小"，却有大用。无论是在校学习期间，还是毕业后工作时，凡阅读上古文言文或整理古籍文献出现问题时，"唐氏小结"之语及授业内容，便会清晰地浮现在眼前，它犹如迷茫中的一束暖光，照亮了问学之路。有时，只需将唐老师的分析与说法做联想思考，疑点便涣然冰释。唐作藩老师教授的"古代语法"，曾长久地指导着学员，使听课人受用不尽。

"古代汉语"是北大中文系各专业学员必修的一门基础课。当年的学习方法是以听讲课、自学教材中的"文选"为主。教材是一九六二年王力版《古代汉语》（上下两册、四卷本）。这部教材以文选、常用词、古汉语通论三大部分有机结合作为教学体系（如今分为：文选、词义分析举例、古代汉语常识三部分）。倘若学习人以读文选为主，兼顾常用词、常识的彼此呼应，循序渐进地落到实处，学业一定会见成效。

当年"古汉语通论"的授业，是由汉语专业的几位师长分工协作、联手教学的。其中，有一位师长讲一个课题的，如王力老先生讲《词的本义和引申义》，何九盈老师讲《古代文体》，林焘老师讲《古汉语修辞》。有一位师长讲两个课题的，如郭锡良老师讲《文字学概要》《诗律与词律》，蒋绍愚老师讲《阶级对词义的影响》《如何批判地利用古注》。更有一位师长讲三个课题的，如唐作藩老师讲《古今语法的异同》《古今词义的异同》《古代音韵常识》。各位师长所教授的课题虽有不同，却都是以教材"通论"中的各个专题为主，环绕着"培养提高学生阅读古籍的能力"的中心而展开的。

各位师长对自己所讲的课题，皆有经年的深入探究，皆有丰富的教学经验。课堂上，他们各展学识，各显其长。有的是全面阐述，一五一十；有的是深入浅出，明白道来；有的则是独抒己见，漫谈心得。所有的讲授，都体现出了汉语专业各位师长授业解惑的非凡功力。

时隔近五十年了，听课人回顾起往昔所接受的谆谆教诲，真是感慨不已，怀念、敬佩、感恩的心绪久久地驻留在心间。那些可敬可亲的、建功立业的北京大学汉语专业的师长们！

第三章　古典的意味

一、同讲中国文字学

郭锡良老师讲文字学概要

"中国文字学"是中文系汉语专业、文献专业的一门重要的专业课。当年，由古代汉语教研室的郭锡良老师担任主讲。郭老师自一九五四年起，便师从王力先生研修"汉语史"，兼及研究"语言学"的其他分支，诸如文字、音韵、训诂、语法等。讲授"文字学"，是郭老师的"当家本行"之一。那时候，郭老师依据听课人的学习情况，将这门课的讲授内容分为四个"章"，十五个"节"，若干"节"的下面还包含有若干个"段"。

郭锡良老师以"绪论"开篇，从"汉字的起源"讲起，接着讲解了"汉字的形体结构"，然后讲解"字形和词义的关系"，最后以"汉字的发展"做结束。郭老师所讲的各章各节是一环连着一环，彼此相关，前后贯通，由此梳理出一条有源头、有流向的中国汉字形成、演变与发展的历史脉络。

郭老师的授课，从宏观到微观，从文献到文字，贯通古今，胜义纷披。宏观是教学员认识规律、知晓联系，微观是举字例、作分析。在论述与分析中，既有对古代文字学家已有成果的点评，也有对历代语言学家成就的介绍，更多的则是郭老师自家多年精研、积累归纳的学术成果。这里略述几个重点，以观大概。

郭老师的"绪论"高瞻远瞩，从一开始便吸引了听课的学员。其中，他提到了语言与文字的不同及相互的关系，介绍了世界文字的三种基本类型。简单"盘点"后，他总结说，我们的汉字是表意又表音的文字。

接着，郭老师开始讲"汉字的起源"。他说，文字是社会发展到一定历史阶段的产物。我们所说的"文字"，是到了原始社会末期、社会出现分工之后才产生出来的。起初，人们用实物做象征，用结绳记事，或用编贝来帮助记忆，这些都不是文字。那什么是文字呢？文字是一种有体系的、记录语言的、和语言里的词有联系的、有一定读音的，才能成为文字。他说，汉字是人民群众集体创作的结晶，是由图画、文字画发展而成的，它代表了某一事物的符号，是大家公认的文字。有的文字多达四五十种形体，这说明是由好多人创造的，是集体创造出来的。

汉字的形体结构 这是郭老师重点讲授的内容。郭老师说，在谈到汉字形体结构的时候，不能不提到"六书"。六书被称作"造字之本"，这种提法最早见于《周礼》。《周礼·地官·保氏》中说："保氏以六艺教国子。"六书是六艺之一，是在春秋战国时期提出来的。但是《周礼》对六书的内容没有做具体的说明。

我们讲文字的发展是到了汉代。对此，郭老师介绍了"汉代三家"的三个说法。他说，班固在《汉书·艺文志》里说："古者八岁入小学。故周官保氏掌养国子，教之六书，谓象形、象事、象意、象声、转注、假借，造字之本也。"这种说法是第一家。郑众注《周礼》时，以为"六书是象形、会意、转注、处事、假借、谐声"。这是第二家。到了许慎著《说文解字》，他说六书是："一曰指事，指事者，视而可识，察而见意，上、下是也。二曰象形，象形者，画成其物，随体诘诎，日、月是也。三曰形声，形声者，以事为名，取譬相成，江、河是也。四曰会意，会意者，比类合谊，以见指㧑，武、信是也。五曰转注，转注者，建类一首，同意相受，考、老是也。六曰假借，假借者，本无其字，依声讬事，令、长是也。"许慎的说法是第三家。由此看来，三家对于"六书"的解说基本上是相同的，是同一个来源。我们说，只有前四种形体和汉字的结构有关系。

郭老师说，如果进一步分析归纳汉字的形体结构，也可以分成两类：一类是不带表音成分的纯粹表意字，包括象形字、指事字、会意字；一类是带表音成分的形声字。接着，他逐一介绍了这几种不同形体的文字。就这样，郭老师为学员们推开了探寻中国汉字无穷奥妙的那扇大门。在分析象形、指事、会意三种形体字的时候，郭老师一边解析一边在黑板上画图形，适时地在图形的上下左右添加笔画，讲得鲜活而富有情趣，学员一看就明白了字义之所在。

接着，郭老师开始讲"形声字的结构形式"。他说，汉字从很早的时候起，就有百分之八九十是形声字。《说文解字》里收的字，形声字占了百分之八十以上。形声字是由意符和声符两部分组成。汉字发展到了一定的阶段，才出现了形声字，即汉字从纯粹表意到既表意又表音的阶段。他在介绍了多形多声、省形省声和亦声之后，开始讲解、分析形声字意符和声符的位置与字义。郭老师归纳出了六种基本形式——左形右声、右形左声、上形下声、下形上声、内形外声、外形内声，他皆以字例为证。他说，第一种左形右声是形声字的基本形式，第二、三、四种也很多，第五、六种是少数。此外，有比这六种还要多的形式。

　　郭老师一面讲，一面用白粉笔在黑板上写着那些文字，学员们一边认真地听，一边仔细地记。教室里非常安静，听得见粉笔在黑板上画道时发出的"嚓嚓嚓"的声音。郭老师说，形声字的形符和声符的位置是约定俗成的，是经过长期发展才固定下来的。固定以后，就不能任意变动了。接着，郭老师进一步讲解了意符的表意作用、声符的表音作用。他说，意符是表示字的意义范畴，声符是表示读音的类别。我们分析汉字的形体结构，目的在于学会通过分析字形弄清字的本义。

　　在讲课过程中，郭老师十分重视对学员做必要的提示。他或是提醒学员学习中应当注意的问题，或是告知需要学会掌握的某种方法。例如，他提示学员在理解"意符的表意作用"和"声符的表音作用"时应当注意几个问题，其中之一是：在上古时代，声符的表音作用与字还是比较接近的，慢慢地越来越远，直到现在。所以不能用现在的语音来考察古音，也不能随便去想象，做主观臆测，超出太远就成了唯心主义，这是需要注意的。他还说，我们如何来分析掌握汉字的形体结构呢？通过部首来了解是简便有效的方法。一般来讲，部首就是意符，意符是对声符而言的，部首是就它所统属的各个字而言的，部首标示着同一部字的本义所属的意义范畴。

字形和词义的关系　分析形声字之后，郭老师讲到了"字形和词义的关系"，这也是重点讲授的内容。在这一节里，郭老师讲了字形和本义的关系，和假借的关系，和引申义的关系。对此，郭老师是层层剖析，步步推进，重中之重是讲"本义和引申义"。郭老师说，所谓引申义，就是从本义发展出来的、引申出来的意义。它是造成一词多义的根本原因。

他提到，过去的语言学家将词义的变化，一般分为三种情况：词义范围的扩大、词义范围的缩小以及词义的转移。我们说，在词义发展演变的历史过程中，凡是不属于扩大、缩小的，都可以看作是转移。我们要真正弄清词义转移的情况，就需要探求词的本义和引申义的关系，这种关系，大体上讲是由一个中心义转移到另外一个中心义，中心义的转移就是引申义。

郭老师说，词义的发展演变是由近到远，由个别到一般，由实到虚，由具体到抽象，这是由本义发展为各种引申义的基本方式。就此，郭老师用充足的语言文字资料，做了细致入微的举例说明。由近到远的例子，如"文"字；由个别到一般的例子，如"信"字；由实到虚的例子，如"以"字。对每一个举例的文字，郭老师皆了如指掌。在郭老师那里，每一个文字，都存有一部档案。凡需要讲授的内容，郭老师皆可俯身即拾，一一道来。

解析之后，郭老师再一次强调说，我们掌握词义，最主要的是看由本义发展演变为引申义的方式。我们是历史地看词义的发展变化，把词的本义与引申义的发展关系条分缕析出线索来，抓住"本义"这个纲，去说明各种引申义，这对于精确地掌握词义是一种科学的方法。我们了解了词义演变的规律，对于提高阅读古文的能力，也是有帮助的。

课堂上，郭老师还讲到了"同源字"。他说，一个字用久了之后，又造出一个字，这就要突破字形，如遗、環、圜、寰，它们是同源字。同源字必须是"音近义通"，要求读音要相通，意义要相同、相近或相关，还要有古代语言资料证明它们出自同一语源。通过研究同源字和同义字相互间的联系，我们对一些字义的理解就能更确切、更深入一步。这是学习古代汉语词汇的一个重要的方法，要学会掌握。

郭老师的每一次讲解分析，都是以最初的原始文字、大量的语言事实、第一手资料为根据，经过认真细致的分析研究之后，才得出一个结论。或是以若干字词为组织，通过系统的归纳比较，来说明某一种语言现象，极为严谨求实。他还教导学员要熟读古代作品，对文字要认真，要"求甚解"，不要囫囵吞枣。如果遇到字典、辞书里没有说清楚的词义，就要在平时注意积累资料，通过归纳、分析、比较，来辨析正确的词义。他说，这是一个有效而且可靠的方法。郭老师传道授业之声，声声入耳，殷殷劝学之语，句句让学子省悟。

汉字的发展　在这一节里，郭老师讲了两个内容，即"汉字形体的演变过程"和"汉字发展的一般规律"。讲汉字形体的演变过程，是从甲骨文、金文、小篆开始，一路讲述到隶书、楷书、草书、行书。在讲汉字发展的一般规律时，他提到，汉字的书写是一个越来越简化的过程。

郭老师说，简化是汉字发展的主流，是适合社会生活发展的需要，它简便写得快。简体字的出现可以追溯到甲骨文时代。汉代民间应用的简体字就有不少。到了魏晋六朝，出现了大量的简体字。宋元以后，简体字又有了进一步的发展。清末还有人搞"碑别字"。新中国成立之后，对汉字进行了简化，到一九六四年编印的《简化字总表》里，一共收入了二千二百三十八个字，这是对过去简体字的总结，目的是为了汉字使用简便，易认易写。

我们说汉字的简化是主流，但是也有"繁化"的现象，这是为了使读音和意义更明确，是必要的。还有增加意符，意义不变，这是为了区别同音字，这就形成了"分化字"。

郭老师说，我们学习古代汉语，还需要学会掌握繁体字，因为以前出版的古书用的都是繁体字，不掌握它会遇到很多困难。绝大多数的简化字和繁体字是一对一的关系，掌握起来并不是很困难。只有少数是一对二、一对三或一对四的关系，这是由同音代替所造成的，这是需要引起注意的，不要发生误解。[1]

小结　在"文字学"课结束之际，郭老师做了一个简短的小结。他说：所谓文字学，就是研究汉字的构造和汉字形体的发展规律。我们研究它的目的是为了使汉字更好地符合社会发展

---

[1] 重点文字核对了《古代汉语》通论的第四、五节，中华书局 1962 年版，1978 年广东第 6 次印刷；核对了《古代汉语》修订本，常识的第二、三、四节，商务印书馆 1999 年版，2013 年北京第 30 次印刷。

的需要，古为今用，为今后汉字的改革、简化，以至向拼音方向发展，做出努力。通过文字学课，我们可以总结出：

汉字的构造：象形、指事、会意、形声。

需要说明的是，这是按照古文字学家许慎、班固的研究成果而确定的四种分法，或者说四个方面，这四个方面是逐步发展的关系。

汉字的形体：

名　称

甲骨文	金文	籀文	小篆	隶书	楷书

出现年代

商末	商周	战国	秦	西汉初	东汉中

需要说明的是，甲骨文的发现地点在商殷墟，发现时间在清末。籀文也叫石鼓文、大篆。到了魏晋时期，已经为现代汉字在形体上奠定了基础。

这百十字的小结，简明地概括了文字学最基本的知识。它便于学员将文字学的轮廓存于心中，既有利于自学，也有益于温习。倘若有精力深入探讨，还可以依据其中的一支一脉再尽努力，虽然，这并不是一件容易做的事。

那时候，年富力强的郭锡良老师为学员讲授了"文字学概要"，讲授了"诗律与词律"。郭老师不仅教学精益求精，在治学、科研上亦严谨笃实、融会古今。他是学人皆知的一九六二年王力版《古代汉语》的主要执笔人之一。后来，他承前启后，主持编写了一九八一年新版、一九九一年及一九九九年修订版的《古代汉语》。这部高等院校文科通用教材，惠及了几代学子，泽被于万千读者。不仅如此，郭老师还是古汉语教研团队的一位优秀领队。他组织并协同教研室的同人，完成了一项又一项攻坚克难的任务。

郭锡良老师在"汉语史""音韵学"等学科的研究上卓有成就。他撰写的学术专著有《汉语史论集》《汉语研究存稿》《汉字古音手册》《汉字古音表稿》等十余种，发表的学术论文有一百余篇，例如《殷商时代音系初探》《历史音韵学研究中的几个问题》等。他为祖国语言学的发展、汉语史的研究，付出了毕生的精力，做出了卓著的贡献。

朱德熙先生讲考古发现中的文字资料

不久，文献专业安排朱德熙先生和裘锡圭老师为学员做了文字学专题辅导。

朱德熙先生是北京大学中文系汉语专业的教授。他在现代汉语语法方面有着湛深的研究、独创的见解，同行们称赞他是"最富有创新精神的语法学家之一"。朱先生精当的研究成果，享誉国内外语言学界。朱先生另一个研究学科是"古文字学"，其中对战国文字的研究尤为深邃。考释古文字，朱先生不单细致入微地辨析文字的形体、读音及沿革演变，同时还结合着文字在句中的语法作用来判断它的字义。朱先生的论文，"例句周到，推论严谨"，他的结论为专家学者普遍信服。

当年为学员讲课时，朱德熙先生已年近六十，还担负着教学、科研、行政等多项工作，但先生不辞劳苦，特地为古典文献专业的十几位学员讲了这堂课。朱先生讲课语气平静温和，话语朴素寻常。他从中国现存最早的文字资料说起。朱先生说，讲到考古发现中的文字资料，除了甲骨文、金文，还有陶器、货币、图章、竹简、帛书上的文字，其中图章又分为官用和私用两种。竹简大量使用是在战国，帛书大多在汉朝。古代文字资料包括范围很广，比较重要的是甲骨文、金文、竹简和帛书。

接着，朱先生讲到文字资料的来源地。他说，挖掘出土的文字资料最重要的是来自墓葬，还有是遗址，包括贵族的墓地、城市的遗址、百姓的住地，还有就是窖藏。中国考古学的一大特点，是有大量的墓葬。古人视死如生，认为人死以后，是在地下生活，于是为死者准备了一切生活用品，可以想得到的东西都放在墓穴里。儒家主张厚葬，这给我们留下了丰富的考古资料。

而后，朱先生从甲骨文讲起，再讲金文，讲学员应该了解、应该掌握的一些基本知识。朱先生一五一十地介绍了甲骨文的制作过程，甲骨上记录的占卜内容及年代，还举例解读了几片甲骨上记载的事情。朱先生提到，甲骨文是研究商朝历史最重要的资料。商朝的文化不局限于河南，它的疆域很大，在湖北、湖南、安徽、山东、辽宁、甘肃都发现了商朝文化。甲骨文字是现在发现的最早有明确记载的文字，单字大约四千五百字，目前认识的只有三分之一，认不出来的还有许多。甲骨文里面已经有了很多形声字，这表示甲骨文字已经很成熟了。现在，我国的甲骨文研究已经成为一门学问，称作"甲骨学"。

讲完甲骨文，接着讲金文。朱先生首先介绍了铜器的种类。他说，铜器的种类很多，食器有鼎、鬲（lì）、甗（yǎn），这三种是烹器，还有簋（guǐ）、簠（fǔ）、敦、豆，这四种是盛器。酒器就多了，有爵、角、斝（jiǎ）、盉（hé）、觥（gōng）、卣（yǒu）、尊、觚（gū）等。水器有鉴、盘、匜（yí）等，乐器有钟、铎等，兵器有戈、矛、戟、钺（yuè）等。古人将这些铜器概括起来叫"钟鼎"，所以金文有时也叫"钟鼎文"。朱先生说，铸造铜器有各种目的，这和时代有关系。商朝早期铜器多是为了祭祖铸造的祭礼铜器。西周时期，是铜器铭文的全盛时期，周王举行一些典礼，铸铜器以纪念，这是礼器。之后，朱先生介绍了几篇铜器铭文记载的部分内容，其中一个"王嫁女"的故事，令听课人想见他们的父女情深。

课堂上，朱先生特别提到，战国时期文字的难认程度不下于甲骨文，这主要是由于当时百家争鸣，文字处在一个不统一的混乱时期，而刻字的人又尽量省略笔画造成的。

朱先生的讲课是以目可及、手可触的出土文物资料为依据来解读的，上面有时间、有人物、有故事情节等内容。在朱先生清晰从容的讲述中，透露着他的学术造诣、情操修养，那魅力，吸引着听课人十分专注地聆听。听讲后，学员知道了，在那个遥远的时代，那些统治国家的"王"是怎样的一些人，有着怎样的所虑所为，以及在他们的思想中，特别感兴趣的、认为重要的事情。学员也认识到了，甲骨文、金文、竹简、帛书，构成了"中国文字学"这部大书中最原始的第一手资料，它们记载的诸多信息，成为诸多学科课题研究的重要依据。

大家都说朱德熙先生人好，学问好，教学讲课也好。这"三好"，数十年来，在与先生相识的人们中有口皆碑。就"学问好"一项来说，人们敬羡先生的学养，更服膺他的治学理念。先生有一句为系里老少同事传诵的彻悟之语："真正潜心学术的人，是要把生命放进去的。"先生自己正是这句话的躬身实践者。

"把生命放进去"，在朱先生的学术研究中，是从始至终的全程。例如对古文字的研究，自青春年华之际就潜心进入了。在西南联大读书期间，他孜孜不倦地阅读《说文解字》，酷爱战国文字。他的宿舍里，到处摆放着自己书写的战国文字，天天面对着欣赏。当来访人看到时，他会情不自禁地称赞道："你看这个字多美！要知道一个字的来龙去脉，得做很多考证，很有意思。"① 那时候，朱先生选择的毕业论文题目是甲骨文的研究，教授评为甲等。后来，尽管朱先生转向研究汉语语法，研究地方方言，然而，"古文字"却从未在先生的生命中消失，它们像星星一样，在合适的时节就出现了，发出了明亮的光泽，令人们惊喜、赞美。

朱先生撰写论文、编写教材，同样是"把生命放进去的"。在他的心目中，字字是文。他必定是反复斟酌、再三推敲后，才肯拿出来发表。当年，朱先生著有《现代汉语语法研究》《语法丛稿》。编撰有《现代汉语》高校教材，执笔词汇、语法部分。主编有《语法修辞》。日后，结集出版有《朱德熙古文字论集》、五卷本《朱德熙文集》《朱德熙选集》等。

---

① 引自何孔敬著《长相思》，中华书局 2007 年版。

裘锡圭老师讲汉字的构造和假借

时隔不久，学员又听了裘锡圭老师的一堂专题辅导课。裘锡圭老师是我国新一代为数不多的、杰出的古文字学家。他对甲骨文、金文，特别是战国文字，有相当深入的研究。当年，他多次参加全国重大出土文献项目的整理、研讨工作，例如对银雀山汉墓竹书、云梦秦简、马王堆汉墓帛书的整理、研究。裘老师有从考古发掘中取得的第一手资料，他积累了丰富的辨析正误的实践经验。那时候，裘老师是古典文献专业的"少壮教师"。一次，他出差返校时，忙里抽空为学员们上了这堂课。

课堂上，裘老师直抒己见。他扬弃了传统汉字构造的"六书说"，在前辈研究的基础上，精简、优化出了新的"三书说"。他将汉字构造的基本类型分为表意字、假借字和形声字三类，同时分别举字例说明了这三类字各自的含义和特征。之后，裘老师说，表意字使用意符，也可以称为意符字。假借字使用音符，也可以称为表音字或音符字。形声字同时使用意符和音符，也可以称为半表意半表音或意符音符字。裘老师说，这样分类，眉目清楚，合乎逻辑，比"六书说"要好得多。他说，汉字到形声字出现之后，就成为一种比较完整的文字体系，这大约是在夏商之际。从商代开始，新造的字基本上是形声字。

接着，裘老师就"三书说"，再举字例，做了进一步的论证讲解。裘老师讲课，最鲜明的特征之一是"举例说明"。在说明中，他步步推论，讲究言之有据。

讲表意字的特点时，他提到，表意字在文字的发展上不占重要地位，但是在确定字的本义、研究古代词汇、风俗习惯等方面，还是有重要意义的。他说，由于多数表意字造的时间很早，有时候能借助某个表意字的字形，纠正长期以来对它所代表的词的含义不够确切的理解。他举了一个"暴"字。他说，古代形容人勇敢的"暴虎冯河"中的"暴"，《尔雅·释训》解释为"徒搏"，从《毛传》开始，就把"徒搏"理解为空手搏虎。从有关古文字的字形，可以知道这种理解是有问题的。暴虎之"暴"是个假借字，通常作为"暴"字异体用的"虣"，从"武"从"虎"，是这个"暴"的本字。"虣"在甲骨文里的字形表示是"用戈搏虎"，可见"暴虎"应该是"徒步搏虎"，并不是一定不拿武器。古代盛行车猎，对老虎这样凶猛的野兽，不用车猎而徒步跟它搏斗，是很勇敢的行为。"冯河"是无舟渡河，"暴虎"是无车搏虎，这两件事是完全相对应的。

裘老师这堂课的重点是讲"假借"。他说，"假借"就是借用已有的字，或者音、形相近的字，来表达一个新的意思。"假借"可以分为三种：没有本字的假借、有本字的假借和后起本字的假借。对此，裘老师分别举字例做了引证解释。

讲"没有本字的假借"时，裘老师举了一个"刑"字。他说，《史记·老子韩非列传》里，说韩非"喜刑名法术之学"，《辞源》《辞海》对"刑名"的解释是错误的。"刑"是假借字。韩非在《主道篇》里说："有言者自为名，有事者自为刑，刑名参同，君乃无事焉，归之其情。"名，指话语言论；刑通形，指具体表现。凡是"形"，在西汉时期都写成"刑"，是没有本字的，所以"刑"通"形"。

讲"有本字的假借"时，裘老师说："有本字的假借，是典型的通假现象，通假也叫通借。"他提到，我们在参加银雀山汉墓竹书整理工作时遇到一个问题，可以用来说明正确理解通假字的重要性。他举了一个"篡"字。他说，在出土的《齐孙子》的《威王问》等篇里，常出现"篡卒"一词。从上下文看，可以知道是指能绝阵取将的精锐士卒。起初，我们给"篡卒"的注解是指能搴旗斩将的剽悍士卒。后来受到同墓所出的竹书中有关资料的启发，才想到"篡卒"的"篡"字，应该是选择之"选"的通假字。"篡"从"算"声，"算"跟"选"音近，古书中有相通的例子。选卒就是精选的士卒，和众卒（一般的士兵）相对应。

结课前，裘老师对学员们说，初学古汉语的人没条件去辨识字书里没有注明的通假字，但是对字书里已经注明的，尤其是其中比较常用的那些通假字，一定要努力去掌握，不然是学不好古汉语的。古人用通假字是以当时的语音为根据的。王念孙等人讲通假，所以能超越前人，一个很重要的原因就是他们懂先秦古音。我们研究假借，要有古音知识，根据古音去识别。不要根据自己的语音去讲古书里的通假，不要把读音在古代有明显区别的字，看作可以相通假的同音字或音近字，这是需要注意的问题。①

一堂课听下来，学员对古籍阅读、注释中常常感到困惑的通假字，有了进一步的认识和理解，对裘老师的文字学学问，印象尤其深刻。讲课举字例时，裘老师是引经据典，出口成诵，极为熟稔，而且由此及彼，互证说明，讲究确切。裘老师讲课，语速稍快，听课人需全神贯注，方能跟上老师敏捷的思路。

---

① 重点文字核对了裘锡圭著《文字学概要》，商务印书馆 2013 年修订版。

那时候，在校园中行走的裘老师，总是来去匆匆、低头思考的样子。或许，他的思路正在追踪破解一个古字的谜底？或许，他就是那位"一寸光阴不可短"，立志干出一番事业的老师？

有位老师说：一九六九年去江西五七干校时，裘锡圭带了本《新华字典》，有空就翻看，以至背得滚瓜烂熟。他发现其中的问题就标注出来。后来他成为文字学家，跟这个有关系。

有位学员说：注释古籍时，曾经请教过裘老师一个生字的意思。裘老师不但说出了这个字的两层意思，还指出了它在《新华字典》的某某页上。学员翻开字典查看，这个字果然就在这页上面！

还有人说：唐山大地震那年，人们都惶惶不可终日，师生大多离校回家了。唯有裘老师留在学校里，埋头钻研那些大部头的专业书，心无旁骛。

裘老师真是一个全身心用于治学的典范。对待古老的文字，对待天书般的战国文字，他不仅感情深厚，而且认真严肃，一笔一画不苟且。他本着"观天下书未遍，不得妄下雌黄"的古训，抱着"重视地下发现的古文字资料与流传文献的相互对证"的理念，历经无数个刻苦钻研的寒暑，终于完成了一部"把生命放进去"的著作——《文字学概要》。这部著作面世后，曾一版再版，印制多达二十余次，还荣获了第一届"国家图书奖"，第二届北京市哲学社会科学优秀成果奖特等奖。当今，这部书已经成为研习文字学的人必读的书籍。

裘锡圭老师撰写的学术著作还有《古文字论集》《古代文史

研究新探》《裘锡圭自选集》等。他还为《中国古代文化史》撰写了《汉字的起源和演变》一文，为普及文字学知识奉献了一份力量。

小品三则

同心研究

五六十年代，朱德熙先生和裘锡圭老师一前一后来到北京大学中文系教学。他们一位年长、一位年轻，一位满腹学问、一位钻研好学。出于对古文字、特别是战国文字的共同热爱，两人时常在一起切磋、研讨难解之题。北大中文系群才咸集，然而，能潜心钻研战国"天书"、解读其中密码的学者，却是凤毛麟角。

六七十年代，两位师长多次参加全国性的考古文字整理工作。那时候，他们皆倾一己之全力，辨析考证，而后又携手合作，同心撰写并发表了若干篇关于古文字的论文。仅在七十年代，就发表有《战国文字研究（六种）》《关于侯马盟书的几点补释》《信阳楚简考释（五篇）》《马王堆一号汉墓遗册考释》《战国铜器铭文中的食官》《平山中山王墓铜器铭文的初步研究》《战国匋文和玺印文字中的"者"字》等专题论文。

两人合作的科研成果，在学术界独树一帜。这些成果不仅促进了学术界对战国文字的研究，还使其首次成为中国文字学的一个独立分支。两位师长的开创之功莫大焉！

两位师长在多年的合作中，已是心心相通、惺惺相惜。裘老师说："在考释古文字的方法上，受朱德熙先生的影响最深。"朱先生在西南联大的老同学回忆道："我不止一次听他谈起过裘锡圭先生，语气是发现了一个天才。"朱先生的弟子回忆道："先生常向我们谈起裘锡圭先生，说裘锡圭一向刻苦，条件再差、环境再恶劣也不肯放松，几十年坚持下来，终于取得了很大的成就。"①

为了完成一篇论文或是一部著作，两位师长除了聚首商谈，还有书信往来。这里仅举一个事例。那些年，裘老师在撰写《文字学概要》时，朱先生热心地给予了很多的帮助。裘老师在一九八四年的"初版前言"里回忆道："在遇到难以处理的问题的时候，作者总是找朱先生请教，花了他很多时间。有些问题较多的章节，朱先生曾不嫌麻烦多次指导作者加以改写。"

九十年代初，远在美国的朱先生仍然心念着这部书。他抱病写了一封长信，要作者对行文不够明白晓畅的地方随时修改，做好再版的准备，还提笔修改了几处文字，以作示范，如同对待自己的著作。信上引有裘老师书中的文字，写有自己的修改意见，清清楚楚，一目了然。信的最后，朱先生还提了几点有益的建议，例如：章节标号建议改用阿拉伯数字加圆点表示；例如：一定要编一个引得，这对读者极有用。朱先生长兄般的关切之心、指导之意，尽在字里行间。遗憾的是，朱先生在寄出这封信后，仅过了半年多，就因罹患肺癌至晚期，令人痛惜地离

---

① 引自袁毓林、张敏著《回忆朱德熙先生的教诲》，北京大学出版社 2010 年《我们的师长》版。

开了人世，未能见到新版的修订本。

为了缅怀尊敬的朱先生，也为了传播朱先生关于古文字学的研究成果，裘老师与李家浩老师联手，编辑整理出版了《朱德熙古文字论集》。

朱德熙先生与裘锡圭老师同心协力的合作，三十年来从未间断。他们不仅留下了同心研究的成果，也留下了默契配合的佳话。而朱德熙先生为了《文字学概要》的尽善尽美而鞠躬尽瘁的精神，更是令人感动、令人敬仰！

治学楷模

"中国文字学"这门专业课，当年，郭锡良老师担纲主讲，朱德熙先生、裘锡圭老师做专题辅导，三位师长的讲授相辅相成、相得益彰。听了三位师长的授业，学员们认识到，中华文化神圣的"文字"，历经了多少世纪、多少学者的潜心探究，才成为一门"学"。它源远流长，博大精深，独步于世界之林。"中国文字学"不易领会，更难以解析。从古到今、数千年来，众多研究者各执一说，学派林立，纷繁交错，难以明辨，后来的学者大多知难而退，绝不轻易去触碰它们。

为了讲授"文字学"，三位师长多年伏案求索、沉浸其中，有的甚至倾注了一己一生的心血精力。他们不懈不弃地探寻着中华文字的奥秘，不舍昼夜地体味着个中的滋味。继而，再将这门学问的概况一五一十、明明白白地教授给莘莘学子。

他们的课，讲得清晰而有贯通的脉络，讲得生动而有无尽的趣味。他们解析着那一个个古老神秘的文字，就仿佛在观察着一颗颗富有生命力的，可以生根发芽、长出枝叶的种子。在剖析"种子"的内核时，他们严谨求实的科研态度，绝不亚于任何一位优秀的自然科学家。他们对待每一个难于破解的古文字，就像研究着一种事物，必定要考察出它产生、发展的全过程，再由此及彼地分析出这个字与其他字的关联之后，才做出判断，得出确切的结论。于是，他们又有了唯物主义哲学家缜密思辨的特色。对师长们的治学态度、达到的境界，真是由衷地钦敬啊！

学员们听讲时，一面汲取着文字学知识的滋养，一面体会着三位师长对文字的那份尊重与情感。他们对文字的一笔一画一字形，十分小心求证的态度，深深地影响并启发了学员，使学员对文字也生发出一种敬重乃至敬畏之心。无论是读书求学期间，还是毕业后工作时，都要求自己像师长那样，严谨地对待每一个文字，认真地看待每一个词语，不可掉以轻心。时至今日，对待那些久远的约定俗成的词语，从不任意地妄加改造。讲严谨，讲规范，这也是中文系的师长潜移默化给予学员的一种文化启蒙吧。

通力合作

在北大中文系，为了编写某部高校教材或某部史书，为了编纂整理某部古籍文献专著，往往需要两代学者乃至三代学者的同心协力、通力合作来完成。通力合作的精神，在汉语专业体现得尤为鲜明。那时候，古代汉语教研室的唐作藩老师、郭锡良老师、何九盈老师、蒋绍愚老师是专业里耀人眼目的"四大主力"。他们四位年龄相近，学历相仿，难能宝贵的还在于四位的志同道合、相互信赖、默契协作。他们不仅合作讲学，联手编写讲义，共同执行教学任务，还通力合作编撰字典。屈指算来，他们共事的岁月，悠悠绵绵长达四十个春秋。这里，谨简略地记述四位师长携手编撰两部字典的往事，以彰功绩，以表敬仰。

一九八六年初，汉语专业的元老王力先生不幸离世，他留下了一部未竟其业的《古汉语字典》——只撰写了约三分之一的内容。当王力先生病情加重、力不从心时，他约来了曾在身边学习、工作的几位得力人才，希望他们协助自己完成这部字典。他们是唐作藩老师、郭锡良老师、何九盈老师、蒋绍愚老师，还有曹先擢老师、张双棣老师。这个时候，六位师长义无反顾地承担起继续编撰的重任。他们即时地做了分工，分别负责这部字典中以地支排序的各集各部。他们放下了自己手头繁忙的教学、科研工作，有的老师还很快拿出了试写的部分条目，请王力先生过目审阅。

在日后的工作中，他们认真地遵循着王力先生编撰这部字典的指导思想和体例。例如，重视词义的概括性、时代性和系统性，注重字的本义和引申义的关系。例如，在词条中标明古韵部，注明联绵字、同源字，等等。这些富有开创意义的编撰思想，体现了王力先生"字典革新的尝试"。老先生是"希望这样一部字典能比一般字典给予读者更大的便利"。

工作中，六位同人团结协作，适时交换各自的条目文稿，相互审阅，互提修改意见，并讨论有关问题。全部文稿陆续完成后，再由唐作藩老师、何九盈老师负责审音，曹先擢老师、张双棣老师负责部分文稿的审义。最后，再交各集各部的编撰者来酌定修改。六位师长为了完成先师的嘱托，他们弃名利、挤时间，默默地伏案工作。历经十年的尽心尽力，终以完稿。当这部字典即将出版时，书名定为《王力古汉语字典》。

在字典的《后记》中写有这么一段话："王力先生要撰写的不是一本普通的字典，而是一部有极高学术价值的著作。如果王力先生能亲手写完这部著作，这将是中国词典编纂史上的一座丰碑。"①这段铿锵有力的话语，既是对这部字典学术价值的评定，也是对六位续编续撰者辛勤付出的肯定。这部字典的出版，圆了王力老先生数十年来编撰一部理想字典的心愿。同时，人们也欣喜而庆幸地看到，这部书稿是在汉语专业继王力先生之后第二代学者的接力传承、续编续撰、同心合作中，才得以完成全部内容，完整地出版面世。这部字典不仅给予了当今读者查阅、确切了解字义的便利，而且也为后来人深入探究，提供了一部字典新善本。六位师长的功绩堪载史册！

还有一部《古汉语常用字字典》，这是在王力版《古代汉语·常用词》的基础上编写而成的。一九七四年九月开始工作时，是在王力先生、唐老师、郭老师、蒋老师的带领下，在其他老师的得力配合下，指导着汉语专业的学员们，一边教学一边编写的。继而，又由几位老师带领着小部分学员和工人师傅，集中到商务印书馆专心编撰。编撰期间，同时送王力先生审阅。书稿完成后，蒋绍愚老师又做了全面的统稿、整理工作。众人拾柴火焰高，在汉语专业老、中、青三代学者学子的共同努力下，经过近五年的光阴，这部《古汉语常用字字典》在一九七九年出版了，第一版印数便达到了二十一万册，而后又

---

① 引自《王力古汉语字典》，中华书局 2000 年版。

不断地再版。

长期以来，这部"供中等以上文化程度的读者使用"的工具书，以其独具的优点，一直发挥着不可忽视的重要作用。一位当年全程参加这项工作的学员回忆道："很多年间，这部字典几乎是《新华字典》之外最著名的一部字典。"

如今思之，唐作藩老师、郭锡良老师、何九盈老师、蒋绍愚老师，为了一门"古代汉语"课程的讲授，为了一部《古代汉语》教材的编写，为了两部古汉语字典的编撰，同心同德，默契配合，四个人团结得就像一个人。他们从意气风发的杰出青年，一路上勤奋、严谨、求实、创新，奋斗到了壮心不已的学业导师、学科领军人。为了推进中国语言科学的发展，他们倾尽了全力，培养了新人，建立了不朽功业。

世事、世风迅速地变化着，然而，四位可敬可亲的师长的初心未改，境界依旧。他们不患个人得失，不计个人名利。他们的"名"留在了一届又一届学子的心中。他们的"利"给予了社会上广大的求知求学的读者。他们的德才与功业，成就了北大中文系的一段史记，也成就了语言学研究领域的一个传奇。

二、金开诚老师讲历史书籍

七十年代初，金开诚老师调到了古典文献教研室。由此，他的教学、科研工作的范围有了新的拓展，为学员讲授"历史要籍"是其中一项。而后，在每一年的讲授中，金老师又不断地充实、提高、加工、完善，使其不仅在内容上囊括了史籍精华，而且在整体架构上愈加有序有度，史料有迹可循，成为"金氏经典课程"之一。

当年，为学员讲授这门课时，课题名称是《中国历史书籍的介绍》。金老师将内容分作四大部分，一共"四讲"，前后历时两个多月。金老师设立的题目看似平常，介绍的却是学习中国古代史应该了解、知晓的主要读物，是研读古代史的基本史料，也是从"经史子集"中精选出来的史部重点书籍。

开课伊始，金老师概括地介绍了"中国古代历史著作和资料的一般情况"。然后，将漫漫中国史做了适当的断代，分为先秦两汉、魏晋南北朝、唐五代宋辽金、元明清四个阶段。每个阶段前面分别冠以"有关"二字，朝代名称后面接续"历史著作和历史资料"九字，由此合成了每一讲的标题。

每一讲的内容，是将各段历史的史书史料分门别类，依序做详细的讲解。讲解同一类史籍时，会指出它们不同的特点，还夹叙有精彩的点评和必要的提示。"四讲"中，金老师将"先秦两汉"一课放到最后讲，这样的安排体现出了金老师为学员着想的教学理念，意思是待学员渐入佳境后，再来听讲先秦两汉史籍，这样容易理解掌握。

"四讲"之前，金老师有一番简明的"一般介绍"，这相当于一部大书的"前言"。金老师如是说：古籍中的史书史料可以分作三类：一、系统的历史著作及其体裁；二、专史和杂记；三、典章制度和社会各个领域的资料汇编，并对这三个类别逐一做了扼要地解释说明。

金老师说，"系统的历史著作"指的是正史。正史是由官方组织编修，或是由私人撰修而官方承认的书，它的思想反映了统治阶级的根本利益。正史的内容比较系统，是系统地描写一个朝代以帝王将相为主体的历史。这些书保存得最好最完全。它的写作有三种体裁——纪传体、编年体、纪事本末体。就此三种体裁，金老师又做了进一步介绍。最后，金老师提示学员说，对纪传体、编年体、纪事本末体这三种体裁的史书，要善于分别利用。后代人著书若有删掉的内容，还要注意去查阅他所根据的原书。

接着，金老师介绍了"专史和杂记"。他说，专史是各种专门学科的历史，如哲学史、思想史、文学史，都是专史。此外，专门记述某一个方面的史书，如《水经注》，也是专史。杂记包括杂史、稗史、野史、别史，以及笔记在内的史书。它们从内容到形式没有根本的区别。这类书中有一些内容反映了剥削阶级中、非当权派的利益，是属于非正统的史书。它以一人、一时、一事、一物为单位，放到一起，彼此之间没有联系。有时可以看到作者的思想、历史事件的真貌。需要注意的是，有的内容是道听途说的、荒诞不经的，甚至是造谣诽谤的，阅读时要善于甄别。

之后，金老师又介绍了"典章制度和社会各个领域的资料汇编"，其中提到了"十通"。金老师说，这里面的各部书都是以"通"字打头，是一类"通古今"的史料，它是以记载历代典章制度的沿革变化、经济文化发展的情况为主要内容的。例如"三通"中的唐代杜佑的《通典》、宋代郑樵的《通志》、元代马端临的《文献通考》，这三部古籍是年代最早的政书。到了清乾隆时，续编了"六通"，这样与"三通"合成了"九通"。辛亥革命后，又编了一部《清朝续文献通考》，合起来就成为"十通"。此外，金老师还介绍了族谱、年谱等史料。

"一般介绍"之后，金老师开始按"历史阶段"逐步解说具体的书目。金老师特别注重讲解那些对研究中国历史有意义的、有价值的书籍。他择选精华，揽入囊中，归纳整理后，再一五一十地介绍给学员。

这里，以"有关唐五代宋辽金的历史著作和历史资料"为例，以斑见豹。在这一讲里，金老师介绍的史籍书目有：

一、"十通"和其他历史资料汇编

    1.《通典》，附《续通典》《清通典》。

    2.《通志》，附《续通志》《清通志》。

    3.《文献通考》，附《续文献通考》《清文献通考》《清朝续文献通考》。

    4.《贞观政要》

    5.《唐六典》

    6.《唐会要》《五代会要》《宋会要辑稿》

    7.《三朝北盟汇编》

    8.《建炎以来朝野杂记》

二、"二十四史"中的有关著作及其他纪传体史书

    1.《旧唐书》《新唐书》

    2.《旧五代史》《新五代史》，附《五代史记纂误》《五代史记补注》。

    3.《宋史》《辽史》《金史》，附明清人编撰的相关史书。

4. 两种《南唐书》

5.《九国志》《十国春秋》

6.《东都事略》《大金国志》《契丹国志》

三、编年体"通鉴"和纪事本末体史书

1.《资治通鉴》和胡三省注

2. 通鉴的各种续编

3. 纪事本末体历史著作

四、史论、专史和笔记、杂考

1.《史通》

2. 关于唐宋农民起义的"专史"

3.《元和郡县志》《太平寰宇记》及其他地理书

4.《梦溪笔谈》

5.《宋元学案》

6.《容斋随笔》五集

7.《困学纪闻》

8.《长安志》《东京梦华录》《梦梁录》

9.《癸辛杂识》《齐东野语》《武林旧事》

上列各类史籍，金老师既讲每一部书的内容梗概、编撰体例、成书经过、起止时间，也讲它的精粹特点、鲜明亮点、与其他书相比的不足与缺点，还介绍继其之后的、与之相关联的续编、续写本和考订、注释本的情况。凡涉及史籍的不同品种与不同版本，金老师总会择其善者，加以介绍，从无疏漏，并且不局限于当朝当代人撰写的，凡是善本，从成书开始，可以一直延续到清人乃至近人的著作。

值得称赞的还有，金老师对讲课内容的把握，是依据学员在课堂上的接受理解能力来决定的。其中既有概述，也有详解，繁与简、详与略，总是恰到好处。讲述或为一个篇章，或是一个节段，有时仅用一两句话来作概括，皆辨析深入，头头是道，这使学员颇得要领，教室里弥漫着学员与老师默契交流的融洽氛围。

例如讲"编年体通鉴"时，金老师讲了两个节段。一是《资治通鉴》和胡三省的注，二是"通鉴"的各种续编。其中，金老师总结了《资治通鉴》的四个特点：

（1）是按照司马光的著书宗旨来编撰的，即"专取关国家盛衰，系生民休戚，善可为法，恶可为戒者"。

（2）是依照年月先后，通贯十六个朝代，这是此书的最大特点。金老师说："我认为，撰写断代史以纪传体为好，撰写通史以编年体为好。"

（3）它不是十七史的重抄，而是再创作。记事的精确程度，有突破十七史的地方。

（4）文字简明易懂。

金老师说，《资治通鉴》是正史，详细写的是历代君臣的事迹，是典型的帝王将相的历史。此外，司马光还编有《通鉴目录》和《通鉴考异》。《目录》是用大事年表的形式，为检索提供了方便。《考异》讲明了材料的由来和取舍。

金老师又说，胡三省的"注"是很有价值的。他是宋末元初的史学家，他先前已经写成了《资治通鉴广注》九十七卷，论十篇。原稿在临安陷落、流亡新昌时遗失了。后来他发愤重作，完成了《资治通鉴音注》。《音注》对"通鉴"做了校勘、解释和考证，并对历史事实有所评论。《音注》的特点是精博，擅长于地理考证。

之后，金老师又介绍了与《资治通鉴》相关的书籍，其中有：（宋）刘羲仲（刘恕之子）的《通鉴问异》，（清）严衍的《资治通鉴补正》，王应麟的《资治通鉴答问》。

介绍"通鉴"的各种续编时，金老师特别提到了几部有研究价值的书。他不仅讲了这几部书的"相互牵连"，还说明"这几部书是研究宋代历史的基本原始资料，远胜于《宋史》"。

金老师还讲到，（清）徐乾学的《资治通鉴后编》共一百八十四卷，记事始于北宋，终于元代，特点是地理考核精确。（清）毕沅的《续资治通鉴》共二百二十卷，这是续编的最后一次，是编年体的宋、辽、金、元史，与《资治通鉴》相衔接。优点是材料搜辑丰富完备，纠正了过去续书的错误。补明史的有（清）夏燮的《明通鉴》。

讲到这里，金开诚老师归结为一点：刘恕《通鉴外纪》、司马光《资治通鉴》、毕沅《续资治通鉴》、夏燮《明通鉴》，是从三皇五帝到明代的一套完整的编年体史书。

讲授"历史要籍"，很容易陷入照本宣科、平铺直叙的泥淖，金开诚老师机智地避开了这一点。不仅如此，金老师还十分注重听讲的效果。为此，他十分用心地琢磨"讲法"，正所谓"运用之妙，存乎一心"。金老师擅长将所提到的史书的特点讲鲜活，难点讲明白，要点讲清楚，这使听讲的学员既获得了教益，又开启了心智。这里，将课堂上讲到的几个内容，分为片断，试作举例说明。

片段一 倘若讲到学员耳有所闻的经典书籍时，金老师讲的是有声有色，学员听的是有趣有味。例如在"魏晋南北朝"一讲中，金老师特别提到了那个时代"三本有声誉的书"。他先讲《三国志》与裴松之的注本。他讲了《三国志》作者陈寿的著书思想及这本书的地位之后，接着讲百余年后，南朝宋文帝刘义隆命裴松之为《三国志》作注。金老师说，裴松之当时声望很高，曾任国子博士。他的儿子裴骃是《史记集解》的作者，这是《史记》合刻的三家注本之一。裴松之注"三国"的目的是补缺、备异、惩妄、论辩。他作注时，征引了一百四十多种书籍，他的注文里保存了很多的史料，这是研究三国历史很重要的参考资料。裴松之的注文比正文多出三倍，开创了作注的新例。金老师说，裴松之注《三国志》与《水经注》、《世说新语》刘孝标注，构成了那个时代三本有声誉的书。

在介绍了有关《三国志》的十四种参考书、考据书，以及七类魏晋南北朝的史书之后，金老师讲到了《世说新语》。他将此书列入史籍中来介绍，可谓独具慧眼。金老师说，这本书是南朝宋临川王刘义庆写的。人们历来把它放到文学小说一类当中，但它不是小说，没有虚构，是作者认为的真人真事。之后，金老师介绍了这本书的内容梗概、特色、对后人的启发。他提到，书里面有很多的典故材料，为后人延用。金老师特别讲到，南朝梁的学者刘孝标作的注文是补充有关材料的，他采用了当时的史书、地志、家传、谱牒等书籍大约有四百多种，这些书后来大多遗失了，所以后人对"刘注"特别地重视。

接着，金老师讲了另一本有声誉的书——《水经注》。金老师说，它是我国古代一部最有名最有权威的历史地理书。"山川之行，千古不易"，它以中国的一千二百多条水道为纲，来写中国的地理。它详细地记述了水道所经过的山川、城邑、关津、堤堰、物产及其古迹风景、神话故事等，内容十分丰富。它既是一部系统而全面的地理著作，又是一部文笔绚丽、引人入胜的文学作品。《水经》一书弄不清是谁写的，有人说是汉代桑钦所作，或是三国人作的。作注的是北魏地理学家、文学家郦道元。他在原有的水道系统基础上，大量地加以补充，资料超过《水经》二十倍。他引用的书籍大约有四百三十多种，书中还记录了不少汉魏间的碑刻。郦道元的《水经注》是一部有文学价值的地理名著。后世集大成的著作是清代杨守敬、熊会贞的《水经注图》和《水经注疏要删》。

学员听讲后，恨不能立即借来那三本有声望的书，一睹为快。

片段二　倘若某书涉及真伪之争，甚至是亘古两千年争论不休的问题，金老师也不避烦琐复杂，会对学员做必要的解说。例如在"先秦两汉"一讲中的"作为历史资料的儒家经典"一节里，讲到《尚书》时，对其中涉及的"今古文之争"，金老师做了一五一十的清晰讲解。他说，《尚书》又叫《书经》，里面有周代的历史文件和追述古代事迹的材料，有宣言、布告、命令、讲演记录等。《尚书》的问题在儒家经典里最复杂，有今文经和古文经的争论。

到了汉代，有人根据回忆，把儒家经典写出来，是用汉代流行的隶书写的，叫"今文经"。汉代把今文经立于学官，用现在的话来说，就是在各学校中开设这门课。后来，有人用大篆、小篆写的，叫作"古文经"，也要求立于学官。汉代的今文经与古文经，不仅是书写字体的不同，而且字句有所不同，篇数也不一样，多出很多篇，内容也不一样，意义解释更不一样。西汉时，今文经占优势。东汉以后，古文经日益盛行，今文经被压倒，以致后来大多数今文学说都失传了。直到清代，康有为要利用今文经，于是考证古文经是假的。《尚书》由于今文和古文的纠缠，先后出现了三个部分的《尚书》。金老师介绍了这三个部分《尚书》的不同篇数和来源，其中提到清代人阎若璩《古文尚书疏证》中的"辨伪"内容，阎若璩论定古文《尚书》是伪作。

讲到"春秋和三传"时，对涉及的难点，金老师也讲得一清二楚，同时还阐述了自己的学术意见。

片段三　倘若某部史籍有正文、补文、注文、作者为多人时，金老师会告诉学员引用史料时需要注意的问题。在"先秦两汉"一讲中，介绍到《后汉书》时，金老师说《后汉书》是南朝宋范晔编撰的，里面的十纪、八十列传是范晔作的。南朝梁时，刘昭采用了晋人司马彪《续汉书》里的"八志"，放到《后汉书》里，所以我们引"八志"时，要标明是司马彪写的。《后汉书》是四合一的版本，注意不能引错。此外，还有《逸周书》，原名是《周书》，据《汉书·艺文志》的记载，连序一共有七十一篇。《逸周书》是郭璞提到的，现存六十篇，都是周代的文告、誓辞、命令、演说稿等。材料始于文王、武王，止于灵王、景王。经考证，大部分是战国人所作，其中有四篇——《克殷》《世俘》《度邑》《作雒》，很可能是周代的。各篇都有"解"字，如果引用正文，要去掉"解"字，因为"解"字是晋朝人孔晁作注解时加的。此外，从《逸周书》中可以看到战国人对"周"的了解，这一点在清代很被学者重视。金老师所做的诸如此类的提示，对学员的注释实习，是很有必要的。

结课前，金开诚老师还提供了一个"史籍收存攻略"。他说，倘若计划收存中国古代历史书籍，可以这样做，正史有一套，包括纪传体二十四史，编年体"通鉴"，纪事本末体史书。此外，会要、典章制度类史书各一套；各家专史、笔记、杂考、资料汇编一套；还有就是"经"，即"十三经"。这样，重要的史籍基本上就囊括在内了。

上面记述的只是金开诚老师讲《中国历史书籍的介绍》时，所涉及的一章一节、一篇一段。贯穿于讲授全过程的，除了整体架构的四大部分、内容详备的四讲外，还有金老师在研史、备课中，独家的真知灼见，以及课堂上穿插的起提醒作用的精彩微型小说。学员们一边倾耳聆听，点头示意，一边抓紧做笔记，唯恐有所遗漏。"四讲"听下来，学员对中国历史上重要史籍的概况有了基本的了解。同时，体会到、也懂得了这么一个道理：应知应学的中国史书是如此之多，精读、通读、略读的史书资料也不在少数，那么，一个人在求知求学的路上，更需要勤奋努力、肯下苦功才是正道。

附：

两类常用工具书的介绍

两个月后，金开诚老师又为古典文献专业的学员讲授了"工具书课"，他选择的是两类常用的工具书——词典和类书。这些工具书对于查找历代典故、古代诗词文句的出处、历史人物的事迹，寻觅早已佚失的珍贵古籍的原文，以及校勘、核对字句的对错，都是极有帮助的。

课堂上，金开诚老师介绍了七部词典、八部类书。词典有《经籍籑诂》《广雅疏证》《诗词曲语辞汇释》《词诠》《通俗编》《佩文韵府》《骈字类编》；类书有《群书治要》《北堂书钞》《艺文类聚》《初学记》《太平御览》《册府元龟》《永乐大典》《古今图书集成》。对每一部书的介绍，都包括有书名、卷数、年代、作者、大体内容、编排体例、独具的特色，以及此书可以解决哪几个方面的问题，如何查找等很实用的内容。在介绍某一部工具书时，凡涉及与之关联的书，也会连带加以简短的介绍和说明。

词典以《骈字类编》为例。金老师说，这是清代雍正年间官修的一部书。它和《佩文韵府》一样，都是供人写诗填词、查找典故、摘取偶语韵藻使用的书。由于它提供了比较丰富的材料，也可以帮助我们解决诗文词语的出处问题。它和《佩文韵府》不同的是：

（1）不按韵部排列，是按类排列。全书十二类，分为天地、时令、山水、居处、珍宝、数目、方隅、采色、器物、草木、鸟兽、虫鱼十二类。此外，还补遗了"人事"类。十二类中的数目、方隅、采色三类，是以前的类书所没有的。

（2）专收两个字构成的词，没有三字词和四字词，所以叫作"骈字"。

（3）按词的第一个字分入各类。查找时，需要按词头字来查类别。

（4）引证的词语标明了出处，包括书名、篇名、诗赋题目，标的比较明确、详细，查对起来更为方便。

介绍词典后，金开诚老师接着介绍了"类书"。他说，"类书"是以类相从，分门别类、摘录汇辑的一种工具书。它采辑古籍中各门类或是专一门类的诗赋文章，或是其他文史资料，按照类别或是韵部编排起来。

类书以《艺文类聚》为例。金老师说，这部书是唐代欧阳询等人奉唐高宗李渊之命编辑的，是现存较早的一部大型类书，共有一百卷。它引用了一千四百多种书，分为四十八个部，每部下面又分若干子目。各个部先引史实，后列诗文，包括诗句和各种文体的文章。在征引的资料中，文学作品比较多，所以叫作《艺文类聚》。它的特点是全篇抄录，不是摘抄，所以研究文学史的人很重视这部书里面的资料。清代人严可均编纂辑录的《全上古三代秦汉三国六朝文》，主要就是从这部书中摘录下来的。新中国成立后出版了影宋本和排印本。用这部书可以查找唐代以前失传的古书的佚文、古籍中的典故、历史人物事迹等，也可以作为古籍校勘、辑佚的参考材料。

续　言

燕园清明的阳光照进了教室，暖融融的光泽披在金老师身上，写着"金氏板书"的黑板泛出淡淡的银色。身穿素色中式衣裳的金老师，面含和蔼的微笑，神清气爽。面对着相知相熟的十七位学员，他款款而讲，疾徐有度，声调抑扬。"中国历史书籍"和"工具书"，皆属于博大精深的"国学"范畴，金老师讲授的内容，是他经年潜心研究、日积月累的学术成果的一个呈现。

令人十分钦敬的是，无论讲授怎样深奥的课题，金老师从来不摆"学问家"的架子，而是以质朴本色出现。他用平易通常的字词来拟定课题名字，用深入浅出的、面对面亲切交流的话语来讲述。对于生疏难于理解的内容，他总是讲得简明通俗、详略适当，再添一句赞语就是"找截干净"。这使学员易于明白，便于记录，利于掌握。

难能可贵的还有，课堂上，金老师会适当地指点"治学路径"。例如介绍《广雅疏证》时，金老师说，作者王念孙是清代训诂大家，他做学问很谨严。他用了十年的工夫，三易其稿，才完成了这部书。这是一部非常著名的训诂学著作，王念孙对字义的解释相当精确得当，他是"就古音以求古义，引申触类，不限形体"。如果有可能，应该通读这部书。介绍《魏书》中的"释老志"时，金老师说，这是研究宗教的人一定要看的，它是讲宗教源流的。介绍《诸子集成》时，他说，这套丛书收辑了先秦到南北朝的二十六部书，它们都可以作为史料，特别是研究哲学史和思想史，要把它们作为研读对象，包括研究通史在内，它们都有较高的价值。金老师的这些话语，相当于为学员课后的阅读，乃至日后的治学，做了点拨指引。他是怀着一颗热诚的育人之心，指导着自己的学生再上一层楼台。

聆听着金老师风格独立的讲学，学员领略到了他融通文史的超一流的学识，求索讲学艺术的超一流的水平。从金老师的指导中，学员体会到了他心系学员的善意，培养人才的责任心。学员这种身临其境的真切体会，悄无声息地留在了心中，化作雨露润物般的温馨记忆。再度重温时，不禁感慨金老师教书育人的"得道"境界。这需要怎样的勤奋治学，探求学科的本质，怎样的尽心备课，提升讲课艺术，同时胸怀着为学生服务、为国家培养人才的理念，才能达到的境界啊！唯至人能为之！

三、阴法鲁先生讲古代文化史

"中国古代文化史"由古典文献专业的阴法鲁教授主讲。阴法鲁先生是我国著名的、屈指可数的中国古典文献学家，中国古代音乐文化史专家，中国文化史研究者。撰写有学术专著《唐宋大曲之来源及其组织》、《宋姜白石创作歌曲研究》（与杨荫浏合著）、《词史讲话》等，以及关于《诗经》、敦煌文物、唐代音乐舞蹈专题系列论文数十篇。主编有《中国古代文化史》《古文观止译注》。整理点校有《二十四史·隋书》（与汪绍楹先后点校）。

那时候，他为学员们选取了三个专题来讲授，一是《古代音乐及其与文学作品的关系》，二是《中国历法和文化生活的关系》，三是《古代官制》。

什么是文化史知识呢？阴先生如是说：研究古代文史著作，"应当广泛地熟悉古代社会里出现的各种事物，即古人的物质生活和精神生活的情况。说明这种情况的知识，可以称为文化史知识……文化史知识的范围很广，包括古人的衣食住行、器物用具、典章制度、风俗习惯、文化生活、科学技术、天文地理、艺术、中外文化关系等各方面的基本知识。"① 阴先生正是通

---

① 引自阴法鲁著《漫谈文化史知识》，1982年，刊载于中华书局《文史知识》本。

过课堂上的讲授，为学员们做了进一步的翔实解析。下面以两个课题为例。

古代音乐及其与文学作品的关系

这个课题，阴先生早在大学期间就开始研究了。先生的本科毕业论文是《先汉乐律初探》（1939 年完成），研究生毕业论文是《词与唐宋大曲之关系》（1942 年完成）。从此以后，先生对古代音乐文化的深入探究，持续时间长达数十年。为学员们讲授这堂课，先生是"厚积而薄发"。

阴先生从"古代音乐"讲起。他讲到，中国古代的音乐起源于劳动，来源于民间。中国古代诗歌发展的过程，清楚地说明了一个事实：诗歌的起源是和音乐分不开的，它的发展也往往是和音乐分不开的。诗歌和音乐都起源于劳动或其他社会文化活动，它们的艺术原料都出自于人民的生活，而又都随着社会的发展而发展，两者是经常结合在一起的。

音乐艺术是上层建筑、意识形态的一部分。就此，阴先生以《诗经》中的作品为例做了说明。他说，相传《诗经》中的《韶》是歌颂虞舜的乐舞，《武》是歌颂周武王的乐舞。《论语》中有一段记载孔子的话，孔子说："《韶》尽美矣，又尽善也。""《武》尽美矣，未尽善也。"这里所说的"美"，指的是艺术形式，属于艺术标准；"善"指的是内容，属于政治标准。先生说，《韶》作为乐舞，想必能引导听众进入一个儒家所向往的境界，而《武》里有武王伐纣的情节，宣扬武功，作为乐舞，想必是充满了征战威慑的气氛，因而不能算是完善的。孔子听音乐，注意的是内容方面。他在齐国听到《韶》乐，竟然陶醉三个月而不知肉是什么滋味。在孔子看来，"乐"和"礼"是一样的，都是维护统治秩序的工具，两者是相辅相成的。孔子站在统治阶级主张王道的立场，认为《武》的内容是有缺陷的。

古代音乐的一般知识　阴先生说，古代音乐包括了三种成分，即乐曲、舞蹈、歌词。古代所谓"乐"，是指这三者统一而成的整体，"乐"也是孔门弟子主修的课程之一。《诗经》里面的诗都做过音乐处理，从中可以想象乐曲的结构。音乐是劳动的抽象化、象征化。乐曲、舞蹈、歌词这三种成分的基本特征是"有节奏"。人们喜欢听有节奏的东西，喜欢看有节奏的东西。音乐和诗歌都有节奏，音乐有旋律节奏，诗歌有声律唱和形式。诗歌歌词本身就有节奏感。节奏感是由押韵、字音协调、文字简练紧凑等条件形成的。当然，音乐的旋律节奏，要比诗歌歌词复杂得多。

之后，阴先生讲到了古代乐器的形制和演奏方法。他特别介绍了几种古老乐器的"来历"，如磬、缶、瓯、埙、管、鼓、角等。提到磬时，先生说，磬是一种发音响亮的薄石片，是发现最早的一种乐器。原始时代，人们一只手拿着石片，一只手拿着木棍敲，或者把石片吊起来，用木棍敲。《尚书·益稷》篇记载："击石拊石，百兽率舞。"人们在狩猎之后，敲打石片，模仿各种野兽的动作，举行集体舞蹈。"击"是重击，"拊"是轻击，这反映出声音有轻重、高低。把大小、厚薄不同的石片排列起来，就成了编磬，出现了节奏。

古代的乐律　阴先生从乐器的形制、演奏引入到古代的乐律，他侧重讲的是古代乐律学中的十二律、五声和三分损益法。

他深入浅出，讲解清晰。先生说，这些名称是在长期的音乐实践中形成的，十二律和五声大概在西周时代就有了。《周礼·大司乐》记载了"十二律""五声"的名称，当时具备这些知识完全是可能的。

阴先生说，古人最初是用竹管定律，"十二律"就是发出高低不同的标准声音的十二根竹管，"律"就是竹管的意思。十二律分为"六律六吕"两部分，它们的名称分别是黄钟、大吕、太簇、夹钟、姑洗、仲吕、蕤宾、林钟、夷则、南吕、无射、应钟。先生一边讲，一边将这些名称写在黑板上。那一点一撇一捺的板书笔画，透露出了先生深厚的书法艺术功底，令听课人心赞不已。先生说，十二律中以低音黄钟为首，由低音往高音排列，相邻两音之间依次相差半音。十二律表示绝对音高，相当于今天的"音阶"。

先生接着说，"五声"是指宫、商、角、徵、羽，是以字音模拟逐步升高的音调，和字义没有关系。五声表示的是相对音高，相当于今天的"乐调"。后来出现了加上"二变"的七声音阶，即宫、商、角、变徵、徵、羽、变宫。变徵、变宫是"二变"。但是在中原的音乐中，五声体系一直占主导地位。

讲到三分损益法时，先生说，古人定乐律，最初是用竹管先定出一个基本音高，然后依次按三分之二（三分损一）和一又三分之一（三分益一）的长度比例，定出其他高低不同的十二个音阶，即十二律，这种方法叫"三分损益法"。先把黄钟的长度定为九寸，然后再按"三分益一"和"三分损一"的比例，依次求出其他十一律的长度，再按音高的顺序排列起来，构成了发音谐和的十二律。

后来人们发现，用竹管定律不精密，于是改用丝弦定律。记载三分损益法的最早文献是《管子·地圆》篇，里面记载了五声音阶律管的长度比例。先生说，这种方法一定有很长的使用和流传的过程，因此可以认为，三分损益法最迟产生于春秋时代。当时用丝弦定律是最准确的，而中国是最早发明丝的国度，所以，三分损益法是中国人创造出来的，这比奠定西洋乐理基础的古希腊数学家毕达格拉斯的同样的发明，至少要早几百年。后来又改用钟律。用十二钟作为标准音，比较稳定。十二律的名称，大概是在钟律使用之后才定下来的。

古代的乐谱 阴先生说，古代的乐谱大部分是靠记忆，靠口耳相传。古代的乐谱叫"声曲折"，是用曲线来表示的一种乐谱，声曲折是和歌诗配合的。音乐文献资料包括乐谱，乐谱是有继承性的。在敦煌莫高窟十七窟发现了唐代的乐谱。那时的乐谱是"工尺谱"，是用"工""尺"等笔画简单的字来记写唱名的。这种记谱法开始于什么时代还不清楚，但发展到敦煌乐谱的记写水平，一定经历过相当长的实用过程。

课堂上，阴先生提到了南宋初年的词人姜夔，说他不但擅长填词，而且精研乐理，能创作乐曲。在他的《白石道人歌曲》中，保存下来的乐谱有二十八首，其中有十七首"词调"。在这传下来的十七首词调中，除三首外，有十四首是词人姜夔的自度曲。这十七首歌曲是历史上重要乐种"词乐"的可靠实例，反映了当时作曲技巧的一个侧面。后来，由杨荫浏先生译成了现代乐谱，这样，一部分乐曲可以演奏出来，一部分歌词也可以唱出来，我们可以听到宋词的旋律了。

阴先生说，能够保留下来的乐曲乐谱，肯定有群众喜闻乐见的东西，但有时不能确定是哪个朝代的。而歌词保留下来的数量多，从歌词中可以触发我们想象到乐谱。此外，出土文物中的乐器实物，对我们的研究也很有帮助。

古代民间音乐和《诗经》 这个话题很新颖，学员似有所闻，却并不真知，一听就很感兴趣，很想知道阴先生的研究见解。阴先生介绍说，《诗经》流传到今天的还有三百〇五篇作品，分为《风》《雅》《颂》三大类。年代上起西周初年或以前，下至编辑成书的春秋中期。作品中大部分是民间歌谣，只有一小部分是贵族的乐歌。《诗经》里的作品除了几篇无韵诗外，大多都是配乐的。《诗经》的乐谱没有传下来，但是从歌词中我们大致可以了解和想象那时的乐曲。可以说，《诗经》不单是古代人民文学创作的结果，而且也是古代人民音乐创作的标志。我们研究古代民间音乐，《诗经》里保留了很可靠的史料。孔子整理过《诗经》，他整理的重点是在音乐方面，不在文字方面。整理工作也许是他和鲁国乐官太师挚合作进行的。整理的《诗经》底本，大概是鲁国乐官所保存使用的底本。

阴先生接着说，音乐有旋律节奏，诗歌有声律唱和。《诗经》里就有关于唱和的记述。所谓唱和，包括对唱、帮腔和重唱等形式。比如《召南·采蘋》，就是一种问答式的对唱形式的歌词：

（唱）于以采蘋？（和）南涧之滨。
（唱）于以采藻？（和）于彼行潦。

先生解释说，到南山涧采浮萍，到流水的河边采水藻。烹煮萍藻，祭祀祖先。有个庄严的少女主持这个祭礼。这是祭祀时唱的诗，表现了此唱彼和的节奏。

再如《周南·芣苢》，属于接续式的对唱形式的歌词：

（唱）采采芣苢，薄言采之。
（和）采采芣苢，薄言有之。
（唱）采采芣苢，薄言掇之。
（和）采采芣苢，薄言捋之。

先生说，这首诗描写了妇女们在野外采集车前子的情景。她们边采边唱，此唱彼和。诗歌的节奏既反映了欢乐的情绪，也反映了迅速敏捷而又熟练的摘采动作。

阐释"乱" 在课堂上，阴先生特别提到，有些比较长的乐曲末尾有"乱"。他说，"乱"是古代的一个音乐名词，指的是乐曲的高潮部分，往往安排在乐曲的末尾，采用的是多种乐器联合演奏的方式。《诗经》中有"乱"的歌曲，已经确定的有三篇，即《周南·关雎》《周颂·大武》和《商颂·那》。比如《关雎》的最后一章歌词：

参差荇菜，左右采之。窈窕淑女，琴瑟友之。
参差荇菜，左右芼之。窈窕淑女，钟鼓乐之。

从文字上看，这一章是歌词的主题所在，那么，和它相应的音乐部分，也应当是音乐的高潮所在。"琴瑟友之""钟鼓乐之"，这样的歌词要求有洋洋盈耳的器乐伴奏。《关雎》的"乱"，加强了欢乐的艺术效果。

把"乱"安排在作品的末尾，一方面是使人们当时就得到艺术欣赏的最大满足，一方面是给人们留下一个深刻而鲜明的最后印象，长期缭绕在记忆里，影响他们的思想感情。这是古代的艺术家在长期的实践过程中，探索到的一种创作规律。所以说，《诗经》不仅反映了当时的文学成就，也反映了当时的音乐成就。

关于"乱"的演变，阴先生曾在六十年代撰写的一篇文章中写道：春秋时期以后，历代的艺术家继承并发展了这种艺术形式。楚辞和乐府中有些作品有"乱"，在乐府中或称为"趋"。唐宋大曲的结尾乐段称"煞衮"；宋金"诸宫调"每一组乐曲中大都有"尾"；元散曲"套数"中有"尾"，或称"尾声"、"收尾"、"煞尾"，等等，这都是和"乱"相当的部分。[①]

古代民间音乐和词　阴先生说，"词"是唐代产生的一种文学体裁，是唐代音乐的产物，它主要是配合中原地区民间乐曲的。配合这种乐曲的唱词，有歌诗，有曲词。歌诗指齐言诗，大部分是五言或七言绝句诗，这种形式是民歌的基本形式，在配合乐曲时有广泛的适应性。曲词也称曲子词，或简称"词"，绝大部分是长短句形式，句子或长或短，是完全依照乐曲的节拍而填写的。

在唐代，"词"是配合当时社会上广泛流行的乐曲的唱词，这种长短句唱词，有固定的严密的格律，有显著的音乐节奏感。长短句的词体起源于民间，已经为敦煌莫高窟发现的大批曲子

---

① 引自阴法鲁著《〈诗经〉乐章中的"乱"》，《北京大学学报》1964年第3期。

词所证明。词所配合的乐曲，主要是中原地区的民间乐曲，也有传统乐曲。

先生说，我们所说的"词调"，是指配过或是填过唱词的乐曲。但是一般说的词调或"词牌"，却是指唐、宋时代经常用来填词的、大致固定的一部分乐曲，大约有八百七十多首，包括少数金、元词调。有些词调往往不止一个名称、一种格律，所以在调名上还存在一些纠葛。很多词调在填入长短句之前，都用歌诗配合过。比如《阳关曲》这个词调，由于最初和王维的诗作《送元二使安西》配合而得名："渭城朝雨浥轻尘，客舍青青柳色新。劝君更尽一杯酒，西出阳关无故人。"

盛唐以前，唱词主要的是绝句诗。中唐以后，长短句词流行起来，从此以后，文人作词的风气就蓬蓬勃勃地发展起来了，它盛行于晚唐五代，大盛于两宋。"词"在文学史上起了重要的作用。之后，阴先生又讲了其他一些相关内容。[1]

听了阴先生的课，学员们知道了古代音乐的一些基本常识，知道了民间音乐与诗与词的关系，也知道了歌诗、曲词乃至词调，都有自己的"身世来历"，都经过了相当长的酝酿、实践、流传的过程，它们都是古代音乐史、文学史不可或缺的组成部分。无论学习哪一门专史，都要了解它们、认识它们，搞清楚它们的源头与流向。而在今后的古籍文献的整理中，它们都是必须储备的知识。

---

[1] 重点文字核对了《阴法鲁学术论文集》中的有关文章，中华书局 2008 年版。

从阴先生的讲授中，学员们可以获得古代通史、文学史课堂上不涉及的学科知识。它们皆来自于先生数十年来从未间断的、默默搜集积累资料、严谨探索的真功夫。聆听着先生原原本本、娓娓道来，就好像时光不曾流逝，历史的情景再现眼前，那些唱和的女子，那般美好的情调，令听课人恍若身在其中，痴痴然不觉下课时间已到。

附：

古代官制与《简表》

"古代官制"的教学另辟蹊径——由阴法鲁先生做"绪言"式的讲授与学员自学《历代重要职官简表》相结合。这是一个注重实效、非常高明的讲学方法，远胜于站讲台上照本宣科。

《简表》是由阴法鲁先生主持编制的，它以化繁复为简约的表格形式，详略得当地反映了中国历史各个朝代机构的设置、职官的名称，以及职务、权限等内容。作为《中国古代文化史参考资料》之一种，发给每位学员人手一册。课堂上，阴先生讲授了《简表》中没有涉及的商、周、春秋、战国各时期的官制概况。结课前，阴先生特别讲授了中国官制沿革演变的重要阶段——隋唐时期官制的改革情况及其深远的历史影响。先生提纲挈领，重点明确。最后先生说，详细的情况，同学们可以去看《简表》。

自学时，学员们认真且逐页地阅读了这个《简表》。《简表》以几纵几横的表格形式呈现，内容一目了然。它以朝代为序，从秦朝启始，一直编排到清朝为止，组成了我国封建王朝职官设置的一幅连一幅的明细表。编排层次清晰，文字简明扼要，资料有据可考。

《简表》的总体内容分作两大部分：中枢机构和地方机构。各朝代的官制分作四项，排序是——皇帝、中枢机构、朝廷各部门、其他行政长官，以此为主要部分，具体而详细。它将"朝廷各部门"中的重要长官的名称及职务权限一一列出，而"其他行政长官"只是"选列"。中枢机构之后是地方机构，如州、郡、县，文字是简述各长官的名称和职务权限。《简表》可谓是重点突出，安排妥当。

其中有的内容，会根据需要在"备注"里做必要的补充说明，或在表格下方做简明解释。例如西汉时期中枢机构里，三公之一的"相国·丞相"一项，其职务为"掌丞（承）天子，助理万机"。备注栏中的文字是：如设两丞相，即分左右，以左为上。高祖十一年改名"相国"，哀帝元寿二年改名"大司徒"。表格下方的解释文字是：汉武帝时，常常通过内廷保管文书的"尚书署"（属少府）亲自裁决庶政，并将尚书署首脑"尚书令"改为"中枢谒者令"（中书令），由宦官充任，参与政务。此后，丞相的地位虽高，但权力日渐缩小。这样的解释，说明了短期内官职的变动，充实了必要的内容。

它还会根据某朝代某特殊情况，采取特别的编写方法。例如对明朝权重一时的宦官掌管的机构——二十四衙门，即十二监、四司、八局，没有列在表格里，只是用简短的文字做了扼要的说明："二十四衙门——司礼监等十二监，各监的长官为太监（正）、少监（副）；惜薪司等四司，各司的长官为司正、司副；兵仗局等八局，各局的长官为大使、副使。此外，宦官还主管内府供应库，皇城、京城内外诸门，提督东厂，并出外监军，等等。"在《简表》另一处的解释中，提到了"批红"归司礼监，而司礼监的决定即皇帝的意旨。学员们由此可以了解到明朝宦官的炙手可热的权势。

《简表》特别在每个朝代的最后，提示说明了本节材料的根据和来源。学员们可以依照提供的线索，做进一步的了解。例如"秦"一节的末尾是这样写的：

（一）本节参考书：聂崇岐《中国历代官制简述》（载《光明日报》1962 年 4 月 25 日）。

（二）本节根据的材料：《汉书·百官公卿表》《后汉书·百官志》。

《历代重要职官简表》虽称"简表"，实为手册，一共四十八页，十六开本，其中有的页面为八开对折。当年是用蜡笔钢板刻写，那一笔一画、工工整整的字体极为清晰娟秀，透着当代罕见的一股耐心与认真的心劲。刻写后，用油墨印刷，装订成册。展开阅读时，古代官制情况历历在目，方便认知认识。如今，近五十个春秋寒暑过去了，《简表》的纸页已泛出土黄的颜色，而那工整的墨色笔迹却依旧清晰如初，其表格形式与文字内容至今仍有不可替代的参考价值。

一册《简表》在手，学员们可以用纵横兼顾的立体视角，来了解中国古代重要职官的设置、发展、演变的情况。它不仅可以使学员们方便快捷地了解情况，而且对于阅读史书古籍，查找核对相关资料，或是注释理解诗词曲赋，也是很有帮助的。

以制作表格的方法，一个朝代一幅表，将复杂的、名目繁多的、时有变动的历朝职官汇编成一本手册，是非常有利于学习者认识、了解、掌握的好方法。这里面不仅蕴含了阴先生的治学心得，也体现了阴先生事事为受教育者着想的教学理念。

发给学员的《中国古代文化史参考资料》中，还有其他几种，例如《中国古代地理沿革简表》《汉字姓氏笔画简表》《中国时代助记顺口溜》等。《助记顺口溜》是一位老师根据自己多年的教学经验总结编撰、帮助记忆的若干首口诀、歌谣，其中有世代歌、国名歌、年号歌、避讳歌、岁阳岁阴歌等，它们易记易诵，朗朗上口。有的口诀歌谣，学员们在几十年后仍能逐词背诵。

大矣哉！《文化史参考资料》编撰者的功劳。

美矣哉！阴法鲁先生的教学之道和育人之心。

"中国古代文化史讲座"还有其他一些很好的课题，例如：向仍旦老师讲的《中国科举制》，金开诚老师讲的《中国书法艺术》，中央民族学院陈老师讲的《中国古代绘画》，严绍璗老师讲的《中国和日本的文化交流》等。这些专题讲座为学员们开辟了崭新的认知领域，丰富了他们各方面的基本知识，为他们毕业后的工作铺垫了扎实的文化基础。

第四章　记忆常新

一、携子之手

与子同行

那一年的春夏时节，北大几个文科系的师生来到大兴教育革命基地半农半读。在这里，农忙时劳动，参加夏收、夏种、夏管、基建盖房；农闲时学习，老师讲课，学员听讲，配合着读书、写作、搞任务。空余时间，大家自编自演文艺节目，举办各项田径比赛，展开田间地头赛诗会，自己动手刻制蜡版，油印多人诗作合集。大家还走出基地，社会调查、访贫问苦、做宣传工作。在各种活动中，每个学员各有所长。若单就思考能力、文字能力而论，确有高低强弱的区别。

感动人心的是，强者对弱者，高者对低者，从不轻视，更无傲慢。相反，他们总是满怀着一颗真诚的心，携子之手，与子同行。常常见到的情景是：两个学员坐在一起阅读经典理论书、解析古籍文章。助人者一行一句、一字一词地指点着说话，碰见费解的字词就带着查找辞典，遇到难懂的段落就一起阅读书中的注释，既有耐心又有方法。

若将自己撰写的手稿交给能者帮助审读修改，送回时，会欣喜地看到稿子上面对方的认真付出——他或她，仔仔细细地用铅笔，逐字逐句地画线琢磨，做批示，提建议。那绿豆大小的楷体字写得清晰而工整，认真的劲头一点也不亚于写稿者本人。

文笔好的学员面对着递过来求教的诗歌短文，立时认真阅读，交流时，以"我觉得吧"做开头，一边逐句地点评，一边继续推敲，如同运思自己的新作。即便是小如豆腐块的黑板报文章，负责编辑的学员也总是及时阅读，尽早回复。"这篇写得不错，文字简练，题目也好。"单纯的一句话，给予苦于写作的投稿人一个甜滋滋的鼓励。

在这里，学员之间互相关心、互相爱护，心贴在一起。能者为师、互帮互学的风气，如阵阵春风、涓涓雨露，滋润着人心，陶冶着情操。

在这里，老师和学员心往一处想，劲往一处用，师生联络密切，彼此来往远远多于校园。平日在一起工作、劳动，老师可以随时随地指导学员如何完成学业，如何查阅文献、搜集材料，如何进行专题研究。学员则是干劲十足地学习着实践着。若碰到"障碍"，百思不得其解时，也可以在第一时间向老师请教。老师本着一以贯之的"循循善诱""诲人不倦"的师道，或是提纲挈领地讲，或是掰开了说、揉碎了讲，直到学员点头表示听明白了为止。

那时候，有一种教学模式叫"兵教兵"，即学员也上讲台讲课。学员备课时，老师会做全面的辅导。有的老师将自己的思考告诉学员，与之交流；有的老师将自己积累多年的资料拿出来给学员做参考。还有的老师与学员一起备课，边辅导边议论。学员讲课时，老师坐在一旁，边听边做重点记录。课后，师生一起总结，对学员课上没有讲清楚的地方，老师再行重点辅导，以求提高。

在这里，无论是吃饭喝水，还是劳动间歇，乃至睡觉之前，随时随处可以看见人们在讨论问题，各抒己见，空气中洋溢着严肃、活泼的民主讨论气氛。"评教评学"时，师生们围坐在一处，评说某节课、某个课题讲得如何，教与学各有什么利弊，意在改进"教"的质量，提高"学"的深度。学习马克思主义理论、传达中央文件、听专题讲座后，大多组织座谈交流，师生们一起，互谈个人体会，互相启发，提高了学习与思考的效果。

学员之间还有"一对一"的谈心活动，它以最自由的、自愿参与的方式，几乎成了泉水流动般的功课。谈心，时称"一帮一，一对红"。那时候的谈心，多出于真心实意，出于相互的信任、同窗的情谊，谦虚地征求他人对自己的意见，以求得到帮助，取得自己的进步。"悄悄话"纯朴实诚，结合当下。比如对眼前身边诸事的看法，对红与专、政治与业务、劳动与学习的关系怎么处理等。谈心时，无遮无掩，坦诚直白。

无论是党员对团员，高年级对低年级，都是彼此平等，没有高低上下的区别，大家是彼此相连的一个共同学习的集体。若细细比较，则是对党员有更高一层的要求。在专业"全员评议党员"的生活会上，人人直言无讳，开诚布公。有的意见很尖锐，一针见血，不留情面。那时候，凡事多出以公心，少有私心杂念，因而少有顾忌。被批评的人，晓得他人是诚心诚意，因而少有怨恨。

沉淀在记忆中的是，那时候的人心，葆有着一腔纯美的真诚，都乐意尽己之所能，为他人送上一片温暖。

高年级带低年级

文献专业的班主任从即将毕业的高年级学员中挑选出两人——一位师兄一位师姐，来到基地做见习老师。

那几年，这个专业只招收了两届工农兵学员，总数不过四十人。七四级新学员入学不久，七二级的师兄师姐们已是学有所成。他们不仅完成了文史哲基础课、古典文献专业课的学业，还取得了著书立说的几项成果，例如《〈商君书〉〈荀子〉〈韩非子〉选注》（一九七五年中华书局出版）。新学员十分敬佩师兄师姐的能力和水平。"高年级"，在新学员的心目中是老大哥、老大姐、老高中，是一届有学识、有水平、有能力的同师学长。

两位高年级学员的到来，受到了老师和新学员的欢迎。在这里，他们既当老师，又做辅导员。在年富力强的专业教师与十几位聪明好学的新学员之间，他们成为工作、学习的好帮手，师生之间沟通的桥梁。

他们是老师，履行着讲课、解疑答惑、批改作业的职责，有着老师的尊严。与专业老师不太一样的是，讲课前，他们注重征求学员的意见，这是为了提高授业的针对性，意在缺什么补什么。讲课后，总要布置一些阅读文选与思考题，时常还会有进一步的耐心细致的课后辅导。

为了帮助新学员提高古文阅读能力，师兄师姐特意安排了"扫盲课"，讲授了《古文字的构造》《古代汉语语法基本常识》等课题。在条分缕析的讲授中，他们融入了自己三年来的学习体会和认识，这使新学员感到分外亲近。比如他们讲，文字的发展是由口语到文字，由一字单义到一字多义，由一音节到多音节。我们分析文字的结构，是为了更好地理解字义，进而读懂文义。他们讲课的语言朴实，内容简明，新学员易于理解。

他们与新学员同吃、同住、同劳动，一起写诗歌、排节目、促膝谈心，有着同窗学友间的平等与融洽。他们较新学员年龄大了几岁，思想成熟了几分，文化水平也高出了几度。他们如兄姊般耐心地补习新学员基础知识的短缺，修改他们的习作，解决他们学习生活中遇到的各样问题，于是他们又起到了辅导员的作用。

他们还与新学员交流自己的学习心得。比如他们说，学文化是需要听讲课、读讲义，但是更需要听读后的扩大阅读与深入思考。思考要从一点联系到多点，从一个方面拓展到多个方面，要做融会贯通的思考与分析。这样，认识才会比较全面，得出的结论才会比较客观。他们的话语，为新学员在求学求知的路上，点亮了一盏"学而善思"的明灯。

高年级带低年级，类似"传、帮、带"。一个高年级学员即将毕业时，还在进修学业，又做了见习老师；还在听讲，又开始为他人讲课。这般"教学相长"，予人不亦悦乎？于己不亦乐乎？

二、学用结合

第一次实习

在教育革命基地，文献专业的老师为学员安排了注释古籍资料的实习训练，这是入学以来的第一次"学用结合"。最初的注释资料选自于《三国志》中的"张鲁传"。张鲁是东汉末年一个农民政权的首领，他以"五斗米道"的组织形式联络民众，活动于陕南川北一带。指导老师说，这一政权的性质和它的政教合一、劳武结合的形式，在中国农民战争史上是很引人注目的，所以我们以"张鲁传"作为教学任务。

老师将班里的十几位学员分作三个小组，每组负责传记的一部分。实习前，指导老师集中做了讲授，内容包括历史背景、串讲全文、注释要求等。他介绍了"五斗米道"的源起和特点，张鲁政权的政治、经济的纲领。他提到，这个农民政权在组织上，不置长吏，皆以"祭酒"为治；主张财产公用，作义舍，置义米；反对地主法律，对"犯法者，三原（宽免三次），然后乃行刑"。还提到，这个政权后来在地主阶级的军事进击和"怀柔"政策的双重进攻下，最终失败，历时大约二十四年。讲到注释时，指导老师说明了古籍注释通常的要求和规则，同时告诉学员怎样选择注释条目，怎样依照笔画、拼音、四角号码等方法，在《辞海》《辞源》中查找字词解释，怎样联系上下文的意思做出准确的注释。

学员们都是平生第一次做古籍注释工作，又是在第一个学年就"动真格"的，那好比是手握真枪冲上了战场，大伙儿既兴奋又紧张，个个摩拳擦掌，人人争分夺秒。他们埋头于读原文、看史料、查辞典之中。他们认真地抠词义、串文意，努力按照老师的要求，做出合理通顺的注释。

工作时，指导老师来到各小组视察工作情况。若看到某学员存在某具体问题时，他会及时指出来；谁有疑惑，他会及时解答；对普遍存在的一些问题，他则采取集中讲解的方法。

几天后，每个人都完成了自己注释的那部分初稿。初稿先在小组内传阅，三五个学员交换着阅读，互提修改意见，最后交流讨论出一份定稿，交给指导老师审读，再行修订。若有不符合要求的部分，则推倒重来，严格把关。第二稿完成后，指导老师审读后比较满意。

接着，老师又要求学员们写一篇"说明文"，介绍"张鲁传"的内容梗概，并要求学员用马克思主义的历史唯物论做分析总结。这对学员来说也是第一次，虽然感到有难度，但战胜困难的劲头十足。写作时，有的学员联想到马克思著作里、老师讲课中所做的分析，认识逐步清楚，说明文顺利完成。

不久，文献专业的学员在老师的指导下，又完成了一项实习任务——"黄巾军起义资料选注"，工作时简称"张角传"。张角是东汉末年黄巾军农民起义的领袖，有关资料散见于《后汉书》，老师选取了书中《皇甫嵩传》和《朱儁传》的相关段落。注释前，学员先将节选文字摘录出来，再逐文逐段地做注解，同时加以适当的点评。完成注释后，照例写一篇"说明"。由于有前一段"张鲁传"的实践经验，这项任务完成得又快又好。

第二年，"张角传"的文稿经指导老师仔细修订、书局编辑严格审定后，作为"农民战争史资料选注"之一，由中华书局出版了。书名项是《黄巾起义资料选注》，著者项是"北京大学中文系古典文献专业 74 级工农兵学员"。这是一本仅有八千字，十七页，售价仅六分钱的薄薄小册子。书册虽单薄，却记录了七十年代中期，文献专业的学员在老师的指导下，进行的一次基本功训练，取得的一个合作成果。这种边教、边学、边实习的方法，能使学员学得活、钻得深、记得牢，对于训练学员各方面的能力很有好处。

注释《辛弃疾词选》

在北京汽车制造厂半工半读时，文献专业的老师带领着学员与工厂理论组的师傅们一起完成了一项文化工作——注释《辛弃疾词选》。对学员来说，这是又一次"学用结合"，是一次注释古代诗词的实习训练。

专业老师从"稼轩词"现存的六百多首词作中，选出了数十首来做注释。按以往的惯例，将学员分作几个小组，每人分得几首，由各位组长负责具体工作。工作前，一位老师讲了注释的体例和要求，其中之一是每首词作都要写一篇简短的"说明"。同时讲了辛弃疾的生平经历，及不同时期词作的历史背景。另一位老师讲解了辛弃疾上书的论文《美芹十论》和《九议》。

学员拿到稼轩词后，便迫不及待地阅读了词作，开始了准备工作。根据注释要求，结合着老师的讲课，阅读了当时能够收集到的有关的资料。有的学员整理出了词人的生平大事记，与词作联系在一起。有的学员阅读了古人的评论、当代人的论文。在阅读中，学员知道了词人渴望于国家统一的爱国情怀，悲愤于壮志未酬的哀痛心情，以及闲居时难以排解的闲愁思绪，也了解到词人在任职地方官时的作为，例如他推行减免课税，下令疏通水道陂塘，改革食盐专卖政策，等等。

学员怀着一种虔敬之情开始了注释工作。和以往一样，在熟读理解全篇词作的基础上，一字一词一句地"抠"意思，立词条，做注释，再两句三句地直译或意译，最后写出全词的"说明"。注释过程中，学员还将老师曾在"古籍注释课"中讲授的"要领"牢记在心头，运用于实践中。例如老师讲的"注释要和题目相联系，注释诗词更要注意题目；还要和作者的思想、通篇的主题相联系"，"注释时，不能忘记全篇的统一性，否则就等于忘记了打开全篇各个门户的钥匙"，等等。这样的"学用结合"，收到了很好的效果。

一位学员对分给自己的词作，从熟读到琢磨、到写出初步的注释，再到词句可以脱口而出，近乎痴迷。白天，埋头于工作，连走路、吃饭，脑子里滚动的都是稼轩词里那些或豪迈或悲愤或苍凉的句子。比如一首《水龙吟·过南剑双溪楼》："举头西北浮云，倚天万里须长剑。人言此地，夜深长见，斗牛光焰。我觉山高，潭空水冷，月明星淡。待燃犀下看，凭栏却怕，风雷怒，鱼龙惨。　　峡束苍江对起，过危楼，欲飞还敛。元龙老矣，不妨高卧，冰壶凉簟。千古兴亡，百年悲笑，一时登览。问何人又卸，片帆沙岸，系斜阳缆？"晚上睡觉时，脑子里反复想着词中引用的那几个神话传说，比如"倚天长剑""斗牛光焰""燃犀下看"，再三琢磨着怎样用简练的语言来注释。

同组其他学员负责的词作，在组员间不断的交流、切磋中，也熟悉了一多半，也可以出口成诵了。比如一首《破阵子·为陈同甫赋壮词以寄之》："醉里挑灯看剑，梦回吹角连营。八百里分麾下炙，五十弦翻塞外声。沙场秋点兵。"再比如一首《南乡子·登京口北固亭有怀》："何处望神州？满眼风光北固楼。千古兴亡多少事，悠悠，不尽长江滚滚流！"

　　那时候，小组里的几个学员适时交换阅读，隔两三天便聚会碰头。几位坐在一处，对各自的文稿，互提意见，指点评说，互相帮助解决不懂的地方。难度大的问题，询问于组长，最后请教于老师。工作完成一部分时，由老师和各组组长到厂里的工人理论组，与师傅们碰头，汇总文稿，互提存在的问题，商量解决的办法，再反馈修改意见，交给各位参与者修订，接着继续工作。

　　经大家齐心协力，几番审读、定稿后，便开始抄写誊清文稿。工作按照送交出版的正规程序来操作。稿纸为八开五百字格，淡绿色的细细格线，下方印有"中华书局　商务印书馆稿纸"字样。学员们毕恭毕敬地誊写着。每位的字体各有特色，或方正遒劲，或圆熟流利。在认真地誊写中，透露出的是华夏读书人的传统观念：书，要读得好；字，也要写得好，两者相当，才称得上是一个合格的读书人。完成誊写后，上交给组长去汇总。

　　这部文稿是专业老师、工人师傅和学员们通力合作的成果，尽管它并不完美。只是不知道它后来流落到了何方。如今只是猜想，对这种文化工作的合作方式，百世后的子孙会怎样看待。

　　这次实习的经历，给有的学员留下了铭心般的记忆。对稼轩词那些气势豪迈、声调铿锵、感慨深切的词句，从解读、感受、理解，到由浅入深地品味、喜爱，自那时起到往后的数十年间未曾改变。由此生发出的对唐宋词中的精品佳作的细读、欣赏，数十年间也未曾中断。注释辛弃疾词选的经历，"若影之随形，响之应声"，其影响非同一般。

注释鲁迅作品集《坟》

在校园读书听讲时，文献专业安排学员们参加了注释鲁迅作品集《坟》的工作。这项工作由金开诚老师担任总教练兼终审。他特别请来了王瑶先生为学员们讲工作要求，做专题辅导。

王瑶先生是北京大学中文系"鲁迅研究"的专家，五十年代初期的教授，一九五二年转入北大任教后，便开设了专题课《鲁迅研究》，同年还出版了专著《鲁迅与中国文学》。独领风骚的是，王瑶先生将"鲁迅"与"中国文学"这两个相对独立的研究课题，有机地结合在一起，使两者相辅相成，这样的治学颇具创意。

那一天，王瑶先生来到文献专业，为学员们讲了这次注释工作的要求、体例和注意事项。他讲到，注释的文字和语言要通俗易懂，以适合工农兵读者的阅读。每篇文章前面要有一个"题解"，内容包括鲁迅先生作品的时代背景，文章的中心思想，它是针对什么而讲的，曾经产生了怎样的社会影响等，要用很概括的文字来写。他特别强调，讲时代背景不要泛泛而谈，针对性不要过死，避免把鲁迅先生的思想狭隘化。先生还讲到，注释难认的生僻字词要有汉语拼音和同音汉字注音，对文章中提到的人名、团体、人物、事件、书刊等要酌情设立词条，对反面人物和反面材料要做简明扼要的批判，对字词中作者隐含的意思要"点"出来，等等。

工作之初，学员们是通读鲁迅先生的这本原著，以了解那个时期鲁迅作品的内容和中心思想。《坟》是鲁迅先生自己编选的一部作品集，收入了二十三篇文章，其中有四篇文言文、两篇讲演稿，以及发表在《语丝》《莽原》等文学期刊上的杂文随笔十七篇，若加上文集前面的《题记》和后面的《跋》，共二十五篇文章。写作时间为一九〇七年至一九二六年。注释工作采用的底本是人民文学出版社一九七三年出版的无注释本。

有的学员从四篇文言文开始，一行一段地仔细阅读，边读边画重点，不懂的字词便查阅工具书，同时用铅笔在书页上做旁注，有详有略，全是蝇头小字。因此手头总备着三四支削好的铅笔，笔尖细细圆圆，以利书写。注释工作大体上是一人负责一篇。读到自己负责的那一篇时，会格外在意，将自己认为需要设立词条的字词圈画出来，词义能当下解决的，便注在旁边，一时搞不清楚的，就画个问号，以备检索。

通读《坟》时，王瑶先生再次来到文献专业，为学员们讲解了关于这部作品集的背景。他介绍说，《坟》和《热风》是同时代的作品，里面的许多文字，带有广泛的社会批评的特色。鲁迅自己说他的杂文在内容上是"论时事不留面子，砭锢弊常取类型"，在表现方法上"好用反语，每遇辩论，辄不管三七二十一，就迎头一击"。先生说，鲁迅的这些话概括了他的杂文的特色，说明了他的作品的特点是用讽刺的笔来暴露和议论现实的丑恶。

先生说，《坟》里面的文字，主要还是针对形形色色的封建思想和社会陋习的。他提到，鲁迅最早的文章写于一八九八年。一九〇四年他开始在日本仙台学医，一九〇六年鲁迅决定放弃学医，改学文学，还计划着自己出版一本杂志，起名为《新生》，并准备好了几篇文章，这就是《坟》中的四篇文言文，这是鲁迅在日本写的，属于旧民主主义时期的作品。

接着，先生讲解了《坟》中收入的各篇作品及序跋，介绍了鲁迅撰文时的背景，分析了鲁迅的思想和他的主张。其中提到，在《坟》中，鲁迅自己感觉写得好的文章是《摩罗诗力说》和《论"费厄泼赖"应该缓行》。先生说，今天有些大学还是用《摩罗诗力说》来做西欧文学课的教材，可见影响的深远。先生的讲解，可谓是深中肯綮、要言不烦。

有的学员一边听，一边紧张地做笔记，采用的是"一手两牍"法：一是写在笔记本上，二是直接写在《坟》的书页上，利用的是字里行间、天头地脚、切口处的空白。讲到关键点，先生讲得具体，学员记得认真，以至于书页上布满了密密麻麻的铅笔手迹，它们与墨色铅字相依相偎，合成了一个整体。经过自学、听讲后，注释工作正式开始了。学员们各自埋头工作，一丝不苟。他们设词条，查阅各类工具书，作注释，最后撰写"题解"。工作中，感觉最困难的是"点"出作者隐含在字词中的意思。

在那段日子里，学员们一面专心注释，一面加强了学习。学习包括两个方面，一是扩大听讲范围，听了系里安排的大课——诸位老师和专家的专题讲座，主题是关于鲁迅思想的发展与世界观的转变。二是扩大阅读范围，自学了鲁迅先生撰写出版的作品——收在《呐喊》《彷徨》《野草》《朝花夕拾》《故事新编》里的部分文章。这种听讲与阅读的强化学习，对提高注释文字的质量，是很有帮助的。

由于打好了"底子"，做好了准备，工作进展得十分顺利，大家很快就完成了初稿。接着是按照交付出版的正规方式，恭恭敬敬地誊写在稿纸上。稿纸是人民文学出版社专用纸，八开本，六百字格，绿色格线。

誊写完成后，就进入了书稿的"三审程序"。第一审是学员自审，严格地按照注释体例的要求自行检查，再做进一步的修改润色。第二审是小组学员之间的互审、互改；之后由小组长再审，以敲定初稿。最后，由金开诚老师统管、终审、修订全部文稿。师生们都恪守职责，兢兢业业。三审的过程就是三易其稿的过程。举一个小小的例子——《论照相之类》中的"润格"一条。初稿是参考《辞海》《辞源》中关于"润笔"的解释，注释为：指报酬和酬劳。二审读后改为：书画润笔酬劳的价格。三审订正为：为人作诗文书画所定的报酬标准，也叫润利。经过如此三审三修订后，才算完成了注释字词的部分。

金开诚老师终审全稿时，还包括审读全书每一篇文章的"题解"，检查每一个词条的设立是否合适，字词音义的注释是否准确、详略得当，等等。金老师一项一项地审读，一点一点地批改，极为严肃认真。对于不合格者，提出了存在的问题，并要求改写，甚至重写，改正后，再交审读。如此这般，师生们注释鲁迅作品集《坟》的工作，就基本结束了。

通过这次工作实践，有的学员对鲁迅先生的文学作品——无论是杂文还是散文诗，其内含的深刻的思想性，有了深一层的领会。对鲁迅先生在中国现代文学史上的重要地位，也有了进一步的认识。

三、小品三则

得先生教诲

先生，北京大学教授游国恩先生。游先生是我国著名的中国文学史大家、楚辞学大家，是北大中文系五十年代初期的"四大一级教授"中的一位，是令人敬仰的一代国学名师。

游国恩先生自"而立之年"便开始讲授中国文学史了。一九六一年，游先生即与几位同人合作，着手编撰《中国文学史》高校教科书。先生作为第一主编及编写组召集人，从拟定提纲开始，到综合意见，再到审阅定稿，每一个环节、每一个步骤皆亲力亲为，致力甚勤。这个四卷本、八十余万字的《中国文学史》，自一九六三年出版以来，一直作为全国高校文科使用的主要教材。时至一九八八年，还获得了国家教委优秀教材特等奖。有研究者认为，这部"游版"文学史在学术史上，具有划时代的意义。

七十年代，在中文系读书的学员，正是通过学习阅读这部文学史，知晓了游国恩先生，知晓了两厚本的先秦、两汉"文学史参考资料"，也是在游先生的主持指导下，编辑、注释完成的。那时候，游先生已至高龄，抱病居家工作，很少在系里露面了，学员们仰慕已久而难得一见。有一个学员得到了一次见面问学的机会。

那一天，这个学员去看望在北京友谊医院住院的父亲。医院的这间病房宽敞明亮，住着两位病人。白色的床罩被单，白色的空洞四壁，俨然一方素洁之地。入病房后，学员直奔父亲床头问候冷暖。稍后，父亲向学员介绍说："这位老先生是北大的游国恩教授。"学员听了颇感意外，先是一惊，继而欣喜，赶忙转身向游先生问好，并报上自己的姓名、就读的专业。此时，游先生正躺在床上闭目养神。他见学员过来，便撑起身，背靠在大枕头上，学员为他披好被角。

先生的气色、精神望上去还好，他微笑着说起话来。先生问学员，学校现在上什么课呢，由谁来讲啊？现在读什么书呢，怎么个读法？学员一一恭敬回答，遂又将自己的座椅挪到了先生床边。这时，学员的父亲说道："你在学习上有什么不懂的，向游先生讨教讨教。"学员想了想，便问游先生："怎样学习中国文学史？"

先生听后笑了笑，和蔼地说道：文学史是一种专史，它的主要目的是说明文学在各个历史阶段中的发展情况，它的具体任务是评论作家的成就，分析作品的思想和艺术性。对这些内容，你要有基本的了解。

先生的语音里含着江西老家临川的口音，听起来却清晰可辨。他娓娓道来，语气柔和平缓。病房里异常安静，和煦的阳光透过偌大的玻璃窗，照耀着这位年长清瘦的讲者和两位听者。室内唯有先生病榻上的讲学之声，轻音乐般舒缓地回响着。

先生略略停顿了一下，继续说道：学习文学史，除了听讲课、读讲义，还要看一些参考资料，读一些有代表性的诗文作品和文集。这样做，是为了积累古代诗文典籍的基本知识。

先生强调说，读的时候，要注意第一步先读原文原著，根据自己已有的知识和能力，尽可能地搞懂诗文意思。遇到实在搞不懂的地方，再去看相关的注释和解说。这样做，是为了提高自己的古文阅读能力。

……

先生和蔼地解惑，时间无声地流逝。学员的父亲提醒说："游先生倦了，要睡了。"学员听后站起来，满怀感激地向先生致谢、告辞，祝先生早日康复出院。先生微笑着点点头，目光中含着长者的慈祥。

返回的路上，这个学员默想着游先生的谆谆教诲，感动着一个大学问家对小小学子的平易近人和循循善诱。

日后得知，游先生住院疗养期间，仍旧心系着《楚辞注疏长编》——这项先生早年间开创的楚辞文化整理编撰工程。病房就是先生的工作间。先生精力稍好时，便仔细地审阅资料卡片，慎重地衡量取舍，逐条地考虑哪些按语需要修改，哪些工作还没有落实。就在离世的前一天，先生还伏身于案头，检索着书籍，持笔撰述。

晚年的游国恩先生，以渐渐微弱的生命之火，执着于点燃《楚辞注疏长编》之光，继续着点亮学子问学之心。游先生于事业鞠躬尽瘁的精神，令人肃然起敬，继而又怆然泪下！

读最美书籍

一九七六年《诗刊》复刊，在一月号上首次发表了毛泽东主席的两首词作:《水调歌头·重上井冈山》《念奴娇·鸟儿问答》。北大中文系随即组织学员学习,并派出若干学员到工厂为师傅们做宣讲。一位学员在准备宣讲稿时,想加入对古典诗歌体裁的简要介绍,却苦于把握不好繁简适当的"度"。时隔不久,这位学员得到了一本新版八开本的对外宣传书籍《毛泽东诗词》。

打开这本书,卷前是一帧毛泽东主席在庐山的坐像,上覆半透明硫酸纸。接着是一幅毛泽东墨书手迹——《忆秦娥·娄山关》,为宣纸雕版水印长卷。正文以对开方式编排汉英双文,左面是中文,用仿宋繁体汉字;右面是英文,用印刷体。这样的编排,为读者对照阅读提供了便利。英文翻译,想必是国家顶级文学翻译家秉笔,他(或他们)切合着诗人自己的解释,以"信"为重,正所谓"为言者信也"。书的用纸厚实且柔韧,手指翻页间,颇合心意。

欣喜之余,令人眼前一亮的,还有正文后面的那篇"跋",题目是《原作诗体简释》。文字至简,仅用三个小小段落,便道出了古典诗歌体裁之精髓。全文265字,不妨转载于此(原文是繁体)。

原作诗体简释

原作采用了中国古典诗歌的体裁。译文副标题里有"调寄《沁园春》"、"调寄《菩萨蛮》"等等的诗篇,属于"词"体;其他各篇是"律诗"或"绝句",都属于"诗"体。

"词"起源于唐代,原为配合音乐的歌词,按照不同乐曲的音调，规定各首"词"的字数的多少、句型的长短交错和四声的配合。《沁园春》《菩萨蛮》等名称指各篇所依据的曲调或"词牌"，并不表示题材或内容。

"律""绝"在唐代前已有萌芽，入唐而成为固定和盛行的体裁。"律诗"每首八句，每句五字或七字，遵守严格的音韵形式；第三、四句和第五、六句各成一"联"，在声音和意义上都平衡对称。原作的律诗都属于七字句类。"绝句"每首四句，每句五字或七字，形式是律诗的一半，但第三、四句的声音虽然对称，意义不必对称。原作的绝句都属于七字句类。

译者[1]

读着这篇《简释》，令人怦然心动，如此简洁明晰的解释，不正是那位写稿学员苦思冥想、梦寐以求的"最佳说法"吗?!文末落款"译者"，未具姓名。从文心、文辞推想，译者必是一位融通国学、西学的大家。

这本书的装帧十分考究且细致入微。封面用紫红色真丝平纹绸包裹，上面烫印金色汉英双文书名——毛泽东诗词，再用压膜道林纸裹封，收入贴着宣纸书名的硬质套盒内。全书从装帧设计到排版印制，各个环节都做到了尽善尽美，是为一九七六年图书出版之最高水准。

毛泽东诗词的经典，译者译笔的达雅，《简释》文字的洗

---

[1] 引自《毛泽东诗词》，外文出版社 1976 年版。

练，装帧设计的精美，四者匹配正等，相得益彰，堪称年度"中华人民共和国印刷"之最美书籍。得到此书并及时阅读收存，可谓一桩美事。

听少年歌声

那两年时兴"辅导员制"。在校内，是高年级辅导低年级；在校外，是大学生辅导中学生。北大中文系曾派学员到北大附属中学做辅导员，一个学员被分配到初中二年级某班。这个班有一个与众不同处，即当年闻名全国的《小学生日记》的作者黄帅是这个班的学生。

班主任是沈老师，一位资深的、行事稳重的教育工作者。她与新来的辅导员做了简短的沟通。下午第二节课后，是文体活动，沈老师让辅导员和同学们认识认识。于是这位学员走上讲台，面对着一群青涩未脱的初中二年级的学生，做了自我介绍，接着又讲述了自己上学前的一段草原游牧生活。全班同学专注地听着，他们微微地仰着脸庞，目光中满含着少年的纯真。

草原故事告一段落，开始文娱活动——唱歌。同学们纷纷离开座位，三十几个人排成了不规整的三排。站在大家面前的是文体委员黄帅，她担任指挥。与班上其他女孩子一样，黄帅正值娉娉袅袅的豆蔻年华，她高高的个子，清清秀秀的模样。只见她扬起细长的双臂，在眼前有节拍地挥舞起来，由此带动起全班的少男少女，齐声唱起了广为流传的《红星歌》。

红星闪闪放光彩，红星灿灿暖胸怀，

红星是咱工农的心，党的光辉照万代。

……

长夜里，红星闪闪驱黑暗，

寒冬里，红星闪闪迎春来。

一群十来岁的少年尽情地放声高唱，指挥用力地舞动着双臂，无伴奏的清清亮亮的少年歌声，回荡在室内，充盈于空间，声声浸入听者内心。辅导员禁不住泪水盈眶，一个声音在她心头响起：多好的学生啊！多么蓬勃向上啊！他们在班主任母亲般的护佑下，正苗壮成长。

眼前的黄帅，是一名普通的初中学生，她与班上的同学并无二致，大家一起上课听讲，一同下课活动。只是那两年，大人物利用小学生的几篇日记来做另一件事，夸大其词，引申至路线斗争。其时，大家都希望黄帅与班上同学一样地学习、生活，不受干扰地健康成长。

梁启超梁任公曰："……今日之责任，不在他人，而全在我少年。……"当年，这群放声讴歌的少年正是"少年中国之少年"的成员。

四、以教为本　传道育人
——缅怀金开诚老师

金开诚老师在北京大学中文系从事教学、科研工作长达四十年。四十年来，金老师一直尽心尽责地工作在第一线。授业讲学，他深入浅出，循序渐进，他教人新知，诲人治学。学术探索，他严谨求实，缜密考证，创新立说。他注重将科研成果融入于教学，落实于著作，惠及于人民。金老师的勤奋努力，创出了丰硕的成果，建立了卓著的业绩，赢得了实至名归的声誉，也为后人留下了形神兼备的"金氏文化遗产"。

1

四十年间，金开诚老师讲授的课程多达十几门，跨越几个学科，其中有先秦文学史、专业写作、楚辞研究、诗经研究、中国历史书籍介绍、中国文学书籍介绍、文艺心理学、中国传统文化概论、书法艺术研究等。

登台讲授，无论是为二三百人讲的大课，还是仅有十几人听的小课，金老师皆能将"讲课艺术"发挥到尽善尽美，皆能将自己提出的"讲课是为同学服务，服务到心才算是服务到家"的教学理念，一以贯之。无论讲授何类课题，金老师皆擅长将重点讲清楚，特点讲鲜活，难点讲明白。课堂上，他力求将"讲"的水平与"听"的效果水乳相融而达到最佳。他追求着师生默契交流、心领神会的那种境界。古人云："世人一技一艺，皆有登峰造极之理，至人必以全力注之。"就"讲课艺术"而言，金开诚老师正是一位以全力注之的"至人"。为此，他从教四十年来，从未间断对这门技艺的孜孜求索与步步实践，因而成就了多门内涵丰富、分析通透、讲授生动的金氏经典课程。

四十年间，金开诚老师以博洽精敏的学识，将文史哲之精髓融通于作品书籍中，他撰写出版的著作多达三十余种。其中，学术专著有论析整体结构的《屈原辞研究》，补辑、参校的《楚辞注疏长编》之《离骚纂义》《天问纂义》，与弟子合著的《屈原集校注》（与董洪利、高路明合著）、《屈原选集》（与高路明合著）等。有承前启后、开创出新的《文艺心理学概论》《中华传统文化专题选讲》《书法艺术论集》等。还有文化类专集《谈艺综录》《燕园岁月》《金开诚文选》《传统文化六讲》等。主编有《中国古文献研究丛书》《文艺心理学术语详解辞典》《中国书法文化大观》等。其中的几部书籍获得了中国图书奖、北京大学科研著作奖、北京市社科优秀图书奖。这些作品不仅赢得了业内专家学者的首肯赞同，也得到了社会广大读者的喜爱好评。可以说，金开诚老师不仅是一位循循善诱的教育家，一位慎思精研的学问家，还是一位扶植新星的编辑家，一位思考透彻、行文质朴的散文作家。

2

这里，谨从金开诚老师兢兢业业的教学生涯中，选取笔者亲历的一段光阴，做片刻的驻步回首。

七十年代初，北京大学中文系恢复了招生，正值盛年的金开诚老师开始了教学工作，不久又调到古典文献教研室。他独创的教学、治学理念，非凡的讲课艺术，也随之带到了这里。这使在专业学习的工农兵学员，非常幸运地聆听了金老师面对面的教诲，切实得到了金老师传授的真经。

金老师一到文献专业，便成为骨干教师、中坚力量。相比于其他教师，他是讲课最多、带班实习最多、批改作业最多的一位，堪称专业的劳动模范，中文系的优秀教师。当年，他为本专业的十七位学员讲授的课题粗略计有：中国古代诗歌、中国历史书籍的介绍、两类常用工具书的介绍、怎样提高古籍注释的能力、中国书法艺术，以及专业写作、作品分析等。带班实习的工作至少有：注释鲁迅作品集《坟》、《辛弃疾词选》、"张鲁传"、"张角传"等。批改的作业就难计其数了，大致有各门课讲授后留下的各项练习，如专业写作、古文今译、古诗文注释等。

可以说，七四级古典文献专业的学员在北大学习的三年期间，得金老师的指导最多，获金老师的教益最大，受金老师潜移默化的影响也最深。这一切融合着各位师长共同的教育，在学员毕业后的工作实践中，渐渐地释放出了积蓄的能量。十几位学员不仅很好地完成了本职工作，还撰写了文学类、史学类、文化类著作，注释、解读、编选、主编了古籍类著作，无论哪一项都取得了著书立说的出版成果，为祖国文化事业的繁荣发展，做出了有目共睹的贡献。而金老师谆谆教诲的"治学思想"，更是影响长远，至今仍在学员的思维活动中闪耀着智慧之光。

那时候，他常对学员们说，文献专业的学生要具备三种能力，这就是理论能力、写作能力、阅读古文的能力。他说，具备了这三种能力，将来不论走到哪里，都是用得上的基本功。为了培养训练学员的"基本功"，金老师一面全心地备课、一面在课后用心地做辅导。为了教书，他倾注了自己最多的精力；为了育人，他付出了自己最大的力气。这里，以金开诚老师对学员"写作能力"的培养训练为例，记述一二。

讲授写作 专业写作课是金老师驾轻就熟、得心应手的一门课。他积累有丰富的教学经验，擅长因材施教，注重讲授与接受的统一。例如讲"论证方法"一课时，他将各个论证法的基本概念、不同特点，以及使用时的注意点，一二三四，条分缕析，娓娓道来。他注意将常用的方法，如演绎、归纳、因果、比喻等论证，放到前面详解，不常用的几种反驳法放到后面略说。同时，金老师还特别顾及理解力较弱、写作上有困难的学员。在课堂上，他力求将自己的话说到"点子"上，使每一个听讲的学员都能入耳入脑，益于领会。

分析作品　这是写作课的一个分支。他曾为学员们分析过屈原的《离骚》、欧阳修的《五代史伶官传序》、毛泽东诗词等经典作品。在分析主题、解读思想内容后，金老师更着眼于分析作品的"写作技巧"。例如讲《五代史伶官传序》，讲到后半节，金老师由衷地赞美道："这篇序文的写作技巧是很高的。"接着，他从选材与剪裁、叙事议论的特色、语言的锤炼三个方面，一一详细道来。其中提到：文章的高潮和重点是在非高潮非重点的衬托下显示出来的。作者采用了一推一拉、一扬一抑、一高一低的手法，造成了文章波动摇曳的效果。他也讲到了欧阳修善于运骈入散，以散破骈，将散骈和谐运用的创作手法。

金老师还提到，这篇序文不但句式多样，文字也是抑扬顿挫，行文一唱三叹。唱叹是为了减缓文章的节奏，增强抒情的意味。金老师说，人在认识某个事物时，总是带着感情去认识的。欧阳修在这篇序文中，抒发了自己的情感，讲了自己的切实感悟，使人觉得很有说服力和艺术感染力。金老师又说，欧阳修把情、事、理三者和谐统一的方法是值得我们学习的。

听着金老师精当、透彻的分析，学员们得到了启发，知道了写作技巧的"制高点"，写作方法的"多样化"，也认识到了古代优秀作品里的文法是可以"古为今用"的，是可以借鉴学习的。

辅导实习 这里所说的"实习"，包括对古代诗文的注释、今译，包括写作题解、说明文，乃至篇幅较长的评论、论说文等。学员实习时，金老师总是不辞辛劳，深入到学员中间，认真指导。记得一次做古文注释时，金老师来到实地，他一边俯身查看，一边为学员解答疑问，同时还提示学员说：写词条时，要注意使用读者容易理解的常用语，避免生硬拗口，还提笔写了示范例句。

对于学员写的文章，无论是短小的题解、说明文，还是较长的论说文，乃至平日里的各式作业，金老师都会逐一地仔细批改，用长方形框框勾画，认真地写出修改意见，从不草率。例如，在一个学员的一篇论说文上，金老师曾作了逐文依段的批语——"这里可以加点分析，使观点更鲜明"，"这一段中心还需进一步明确"，"这一层意思应该多讲几句"，等等。有时，金老师还动笔修改。凡经金老师修改的文字，哪怕只添减一两个字，那文句便点石成金，令学员心生敬慕。诸如此类的例子不胜枚举。在金老师悉心、耐心的指导下，学员在学业上的进步是显而易见的。

点拨问学 还有更多师生间的自由问学、畅所欲言，那情景常常是一对二或一对三。那时候，金老师住在北大南院区的一栋全层居民共用一个水房、公厕的筒子楼里。他的房间仅有十平方米，放一床一桌后，几无转身之地。这里既是金老师的栖身之家，也是金老师的办公间、备课室，常常是床当书桌、床下放书。

就在这个简陋逼仄之地，金开诚老师完成了两门专业课的备课，撰写了两本书和几篇论文。令人无比感动的还有，在如此困难的生活条件下，金老师丝毫未减师者的厚德。筒子楼距离中文系三十二楼仅一条窄路之隔，来往近便。那时候，学员若遇到学业上的难解之题，总乐意在第一时间去"金舍"请教。金老师无论白天何时段，总是和蔼相迎，好像一直在等待着学员的到来。他既解决学业的疑惑，也做治学的点拨。

一次，他从"学习与思考"说起。他说，在学习上，要做一个有心人，要善于触类旁通，以至于融会贯通。学习主要是思考，读书要去思考，不能像照相一样，按原样不动地照搬。要从中提炼观点，提出自己的想法，这才算是学知识。思考是对学习的消化，就好比人吃了饭，只有经过消化才能吸收一样。读书学习经过消化才能使人得到营养。为什么男同学往往比女同学强呢？就是因为他们思考的深刻，而并不是大脑上的优越性。

一次，他从"写文章"说起。他说，写文章是培养分析问题能力的最好途径。在你写出的文章里，要有思考的痕迹，同时注意思考要有逻辑性，表现要讲艺术性。他还说，要重视写作，不论是较长的文章，还是短小的说明文，都要认真去写。写了文章，还要认真修改。一篇文章改三遍，比写三篇文章进步幅度大。他特别语重心长地说："写，是基本功，非下苦功夫不可。"他说，无论什么人，要写出好的文章，都是要苦思苦想、下苦功夫的，我们做学生时，就是这样过来的，现在仍然是这样。

学员们就是在一次又一次地聆听教导中，并运用到实践中，写作能力有了不同程度的提高。只是，当年的几位学员，竟没有顾及到金老师所担负的教学与任务，金老师的身体与休息，更没有考虑到金老师一家四口分居三地、母老妻病的艰难，竟随意地占用了金老师稀缺的"剩余时间"，多么不懂事的年轻人啊！如今回忆，真是追悔莫及啊！

　　后来，学员阅读金老师的著作，注意到在金老师创立并传授的治学方法中，有若干条的主旨都指向了一个"写"字。一条是："看为基础，想为主导，落实到写。"再一条是："为用而读，学以致用。"金老师说：知识能用才是力量，对中文系的学生来讲，"用"主要体现在"写"上。金老师特别强调："写是整个脑力劳动中最艰苦的一环，一定要高标准、严要求，使全部学习受到严格的考核，使全部智能得到综合的训练。"[①]他还说："以写促想，以写促看，力求准确与周密。"这是几段精辟而又实实在在的治学名言。谁能认真去实践，谁就能有所收获，就能取得相应的成绩，而无论年龄的老或少。

　　曾经与金老师相识相往的七十年代的学员，如今捧读着金氏著作，默诵着金氏名言，感念着金老师的品格与精神，昔日的情景一一浮现。金老师讲课时的神采，交谈时的微笑，沟通顺畅时，目光中闪动的睿智与喜悦，是那样地清晰、亲切，恍若面对面地就在眼前，暖暖地温润着学员的心田，使年逾古稀的学员心头涌起阵阵感动，热泪滴落。敬仰金老师啊创新而奉献

---

① 引自金开诚著《答"读书破多卷，下笔为何难"》，北京出版社 2019 年《传统文化六讲》版。

的精神，敬重他博大而深厚的爱心。感叹金老师啊勤奋工作而无休止，痛惜天地间一星之陨落、一松之凋谢。痛惜啊痛惜！

3

敬爱的金开诚老师离开人世已经多年了。那一年的冬天，金老师无奈何地离开了他钟爱的讲堂和听讲的学子，离开了他时时在心的书法艺术、传统文化。他怀着那颗赤子之心，走向了缥缈无尽头的远方。在他的身后，世上的人可以清晰地看到一份形神兼备的"金氏文化遗产"。所谓形者，有形之物也，可以手感目视；所谓神者，精神境界也，可以心领神会。

这里面有专业学者需要研读的"金氏著作"，有奉献给广大读者的"金氏读本"，有世上唯一的、浸润着金老师手泽、被主人珍贵的原始文物，如旁注清晰的讲义写本，整洁悦目的散文手稿，心手相应的书法作品。当然还有金老师珍存的、往日里自己常读常用的那些老版书籍。书籍的扉页上钤着老师自刻的图章，上面有"存读""存用"的字样。当年，为了学员学习方便，他曾将这些宝贵的老版书拿出来给他们阅读使用。

这里面蕴含着金开诚老师秉持的"以教为本，传道育人"的教育精神，蕴含着他提出并躬身践行的"讲课是为同学服务，服务到心才算是服务到家"的教学理念，还蕴含有他首倡并一以贯之的"看为基础，想为主导，落实到用""知识能用才是力量"的治学思想，以及行之有效的具体方法，比如建立根据地法、围绕中心法、蜘蛛结网法、滚雪球法，等等。这些思想与方法的践行、运用，曾经使多少学子获得教益，取得了学业上的进步，又曾经引导、鼓励多少学子走向了事业的成功。这是何等高尚且难得一遇的师道、师心、师德啊！

有理由相信，这份形神兼备的"金氏文化遗产"，会在人们的口口传诵中，随着一代又一代后人的接力传扬，在人类不息不竭的生命活动中，获得长存，得到光大！

五、谦谦君子　默默实践
——缅怀阴法鲁先生

有着百十年历史的北京大学中文系，培养造就了一届又一届的名师英才。他们习读于北大，毕业后读研、任教于北大，或是外校毕业、入北大研修后，留校工作。在燕园中文系，他们经历了数十年的授业解惑、治学传道，为着人类崇高的教育事业，奉献了自己全部的智慧和力量。古典文献专业的阴法鲁先生便是其中一位名垂史册的大家。

1

追忆往昔，先生是二十世纪初叶的读书人。他幼时就读于家塾，二十岁考入了北京大学国文系。本科毕业后，又考入了北大文科研究所。两年半后，先生以论文《词与唐宋大曲之关系》完成了研究生学业，留在文研所担任研究助教。值得记载的是，先生的本科毕业论文《先汉乐律初探》，曾获得民国时期教育部颁发的学术奖。

青年时代的先生，经过七年的专心研读，为自家学术研究的进一步发展奠定了坚实的基础。而后数年，先生辗转于三个院系，从事着教学、科研工作。

一九五四年，先生调入中国科学院历史研究所，他的工作重心转向了隋唐史，侧重于文化史。那时候，先生潜心地思考着、努力地探究着历史上各民族音乐舞蹈艺术的来龙去脉，以及相互间的联系。

一九六〇年，年富力强的先生应北京大学教授魏建功先生的诚恳邀请，放下手头已见成果的工作、有待实施的计划，辞别了自己钟爱的唐代乐舞艺术，返回母校，开始协助魏先生主持古典文献专业的工作，并由此展开了专业课程的设置、教学，以及多项课题的研究工作。

一九六二年，先生在北京大学组织并主持了一个具有历史意义的讲座——"敦煌发现六十周年纪念文化系列讲座"。会议邀请了八方学者专家，历时六个月。有学者称"这是当时全国唯一的一个极高水平的学术系列"。讲座的成功举办，显示出先生多方面的才华与能力。在此前后，先生撰写了十余篇有创见、有分量的"敦煌专题"论文，为祖国的"敦煌学"研究做出了贡献，是为创业立功者之一。

七十年代中期，先生虽已年至花甲，仍然一如既往地工作在教学、科研第一线。学员们认识先生，正是从聆听他的授业解惑开始的。那时候，先生为文献专业七四级的十七位学员讲授的课题有《古代音乐及其与文学作品的关系》《中国历法和文化生活的关系》《古代官制》《中国清史》等。同时，还主持、指导着几项教学任务，例如：标点、注释南宋尤袤刻本《文选》，即《昭明文选》。

先生高高的个子，清清瘦瘦的样子，他面色白皙，眼目和蔼，衣着素净。站在讲台上的先生，身上自然而然地飘散出一种气韵，这气韵平和、从容、柔而雅。它轻盈地、无影无息地从讲台漫溢于室内空间，吸引着每一个听课人专注地望着先生，倾心地听他授业。

无论是讲文化历史，还是讲渊源流向，先生总是一五一十地叙述着，亦问亦答地解析着。"为什么叫……呢？""这是从……来的。"这不仅是先生讲课独有的语句，更是一种韵味隽永的教授语调，加上那微微的山东肥城故乡的口音，令听课人感到十分亲切悦耳。学员们就是在这样美好的氛围中，接受着高等级的教育。他们不仅获得了受用一生的学科知识，更重要的是，从先生这里开始，得到了北京大学悠久学风细细潜入的熏陶。

先生花甲、古稀时，一面在校园内教书育人，一面奔走于校园之外，致力于完成社会各界恳请协助的多项工作。他为大型民族舞剧《丝路花雨》做艺术顾问，为国务院古籍整理的规划出版献计献策，为《中国大百科全书》音乐卷做编委委员，并发起创办了"中国文化书院"。他还踏出国门，为海外莘莘学子授业讲学。为了祖国文化事业的复兴与传播，先生默默地奉献着自己的才智和精力。

2

阅读着先生的学术作品，可以知道，先生注重撰写短篇。

他擅长以简练朴实的语言书写论文。先生记述史实，不苟袭一字；阐明论点，不轻下一笔。他写出了经得起推敲考证、具有真知灼见的文章。而且，先生总是怀着一颗谦虚的心，借文章以示研究，以供参考，以求指正。他为读者、为后来人，留下了扎实的、弥足珍贵的研究成果，也为学者深入地探究提供了值得信赖的根据。例如《中国古代诗歌中的唱和形式》。

在这篇论文里，先生秉持着"音乐和诗歌都有节奏，音乐有旋律节奏，诗歌有声律唱和形式"的理念，以历代音乐文化为研究背景，从"诗三百篇"入手，联系汉代乐府歌诗、南北朝清商曲词、唐代曲子词，再联系宋元明清的民歌以及各种地方戏唱词，从中探取精微，辨析异同，提出了"唱和形式是中国古代诗歌的一种基本形式"的论点。先生用鲜活的章句、段落为例证，以清晰的脉络，递次解说了"唱和"的三种形式——对唱、帮腔、重唱。概括来说就是：对唱是两人或两方交替歌唱，其中有问答的方式和接续的方式。帮腔是紧接唱词尾句而出现的应和部分，一般采用"一唱众和"的方式。重唱是依照别人所唱的同一曲调唱歌，曲调、歌词或相同或不同。

阅读着先生的这篇论文，历代先民"一唱三和"的流风遗韵，历历如在读者目前。这篇论文不仅使读者对古代诗歌的内容有了深入的理解，而且为文艺工作者的艺术再创作提供了"古为今用"的参考资料。

了解着先生的学术成果，可以知道，先生擅长策划、组织且亲力亲为编纂长篇。先生不仅能从古代的生活方式、礼俗、制度、典籍、艺术、科技等方面，串联出一部"中国古代文化史"；还能根据古籍文献、地上保存和地下发掘的文物，结合社会历史调查，银钩铁勒，贯通出中国古代音乐文化的历史、祖国各民族音乐融合发展的历史，以及中外音乐文化、舞蹈艺术交流的历史，等等。这里以《中国古代文化史》为例。

早在六十年代，中文系古典文献专业就安排了"古代文化史"的授课，由先生组织讲课并担任主讲。编撰一部供本专业乃至中文系学生使用的"中国古代文化史"教材，其设想由来已久。而后，先生一直在不间断地思考着、探讨着这部文化史的研究范围、涵盖的内容，比如怎样尽量地避免与中国通史、文学史、哲学史重复，但又包括这些课程所不能容纳或不做重点讲授的内容。为此，先生一直在不间断地调整着、扩展着课题的方案，使之更科学、更系统。同时，先生注重联合各学科的专家学者，发挥他们各自的专长，或撰写文稿，或来校讲授。历经多年的工夫，依靠同心的协作，先生与许树安合作主编的《中国古代文化史》，在一九八九年出版了。三年后，这部书获得了北京大学优秀教材奖。又三年，获得了国家教委优秀教材奖，并成为高校文科推荐的参考教材。此后又过十余年，许树安先生和刘玉才先生，接力再行主编责任，对全书再作全面的精心修订，增加了数百幅图表，使之愈加完善臻美。

在这部书里，先生奉献给读者的是他多年湛深研究的成果之一《古代音乐文化》。可以说，这是一部中国古代音乐文化的简史。它的跨度从先秦、两汉、魏晋南北朝，直至隋唐、宋元、明清。先生以深入浅出的语言文字，满怀深情地记述了各族人民世世代代共同创造的、丰富多彩的音乐艺术成果。篇中又助以多样式的多幅图片配合，阅读时，如见其状，如闻其声，仿佛置身其中。

思考着先生的治学方法，可以领悟到，先生有两个秉持始终的"制胜法宝"。一个是先生坦诚示人的"三结合法"：古文献资料和古文物资料结合，社会调查资料与古文献资料结合，中国资料与外国有关资料结合。同时，还注意用"三个结合"来相互补充、印证，以达到确切、翔实、可靠。

另一个是"锲而不舍法"，或说是"坚持法"，讲究的是坚持几年，乃至十几年的不懈不弃。在先生的学术探索中，他重视那些非常有意义却没有人研究的、不易出成果的选题。对此，先生从不轻易舍弃，而是适时地投入力量，切实地下功夫，默默地求索。为此，先生倾注了大量的心血和精力，付出了他人不甚知晓的辛勤劳累。正因为如此，才有了先生独特的学术贡献、创新性的业绩。先生真正是为了全人类文化艺术的繁荣，尽心尽力、尽善尽美地工作着。

先生在一篇《学习小记》里写道："近年来，许多音乐史家都注意到，中国古代音乐史既不能和诗歌史分离，又是和中国古代文化史密切相关的。……我们面对着如此丰富的音乐文化遗产，应当学习前辈学者的研究成果和治学方法，继续探索中国古代音乐文化史上的问题。"[1]默默地诵读着这段话语，笔者想见着先生在敦煌榆林窟，在西藏萨迦寺，踽踽独行的清瘦背影；想见着先生在夜晚的屋灯下，在堆摞的文献中，孤独地辨识图文的躬身形影，禁不住深深地感慨，继而长长地叹息：先生生

---

[1] 引自阴法鲁著《学习整理中国古代音乐史料小记》，中华书局《文史知识》1990 年第 9 期。

命的火焰，正是在这一岁一月、一晨一夕中，不停歇地闪耀着、燃烧着……

3

如今回忆，先生为人真诚，性格沉静，才智内敛，行事低调。他于治学上的严谨求实，于教书育人上的爱心耐心，在同事间、学子中，口碑甚佳。凡是与先生有过交往的人，对先生人品的真实、人格的魅力，无不赞誉有加。

先生六十年代的学生、后来同在教研室共事的严绍璗老师，曾撰文纪念先生。严老师写道："直到今天，我常常回忆起当年刚刚踏进学术之门的时候，先生以自己对后辈的满腔热忱，以宽阔无私的胸怀，引领着他的学生。"

严老师提到：在先生的精神世界中，他总是把"学术的真实"与"坦诚的胸怀"结合为一体的。就在我请教他关于唐代散乐与日本中世纪戏剧的可能的联系的时候，先生表现的"学术的真实"令我非常地敬仰。先生说：我知道唐代的散乐传到了日本，他们的宫廷舞乐中，有很完整的"兰陵王"，也称"罗陵王"，我们这里不全了。……他们称为雅乐的，都是从唐代传入的。但是你说的"日本能乐"，我听说过这个名词，但是，不知道是怎么表演的；你说的"猿乐"我也不大明白，不好随便说它们与"散乐"的关系。

对先生的回答，严老师感慨万分。他说："先生在他的学生面前，表现出的这种对于学问的真实的坦诚的态度，不是令我吃惊，而是令我深深敬仰。……这是学问的真实，更是人格和人品的真实！"①

先生七十年代教过的一位学员回忆，她是专业里学习差的学生，毕业后为了一次考试，曾到先生家求教问学。那时候，先生还担负着校园内外多项重任，而家中的先生，一以贯之的耐心听说，悉心解答，全然没有那种自己的时间被强行占用而露出的一丁点儿不耐烦。应学员之问，他讲课一般地说明了古籍目录学的要旨，解析了汉代今古文之争的要点。学员临走告辞时，先生还亲切地提醒这个学员"注意锻炼身体"。他说："每天写二三十分钟的毛笔字，也是一种很好的锻炼方法。"边说边坐到靠墙的一张小书桌旁，手持笔管，端正身板，做了提笔书写的示范动作。学员立在他的身旁，边看边诺诺称是。多少年过去了，这位学员对此情此景依然记忆犹新。她由衷地感叹道，难忘啊，先生不辞小事、有教无类的师者风范，鲜活活的恍若就在昨天！

先生八十年代的关门弟子刘玉才先生在一篇文章中回忆道："当年每次登门拜望，先生除了学问之外，几乎不谈自己，也很少言及学界的浮嚣，对于我们的信口臧否，总是微微一笑。……先生的家庭生活简单而朴素。但是在我的记忆里，从来没有听到过先生的抱怨之词。"②

还有几位老师精当而质朴的赞语。在先生八十华诞的庆祝会上，金开诚老师说，阴先生有圣人之道。老子《道德经》的最后一句说："圣人之道，为而不争"，阴先生正是这样，"为而

---

① 文中采用的严老师话语皆引自严绍璗著《朗如日月，清如水镜，文质彬彬，然后君子》，北京大学出版社 2010 年《我们的师长》版。

② 引自刘玉才著《阴法鲁文选·后记》，北京大学出版社 2010 年版。

不争"。袁行霈老师说，我想用一句古诗来概括阴先生的道德文章，我认为杜甫的"润物细无声"最合适。春雨滋润着万物，默默的无声无息。润物是阴先生的天职，细无声是阴先生高尚、完美人格的体现。在纪念阴先生逝世一周年的追思会上，严绍璗老师说："先生的一生，朴实无华，踏实诚恳，默默劳作，光明磊落——这无疑是我们今天的时代最需要呼唤的民族的脊梁和民族的精神！"

记载着领会着这般赞语，笔者心中升起了"高山景行"的深深敬仰，不由地放下了手中的笔，立起身，眺望着远方的天地山影。沉寂的那一刻，一幅图景缥缈出现，继而渐渐清晰——高山下、流水旁，一袭素衫的先生正与三五个学子席地而谈。他们聊着"诗三百"中的唱和，敦煌壁画上的乐舞。此时，惠风拂面，人心舒畅。说话间，天上飘来一片纯净白云，舒舒缓缓地铺展开来，丝丝云缕间传出来一曲宋代词乐，那唱词竟是先生"今译"的白石道人的句子：

> ……
> 此地应当有诗词仙人，
> 拥白云，骑黄鹤，与诸君游戏。
> ……

图书在版编目（CIP）数据

激活记忆 / 潘静著；-- 北京：作家出版社，2024.
7. -- ISBN 978-7-5212-2960-8

Ⅰ. I267

中国国家版本馆 CIP 数据核字第 2024DL9295 号

激活记忆

作　　者：潘　静
责任编辑：张　平
装帧设计：李佳珊
出版发行：作家出版社有限公司
社　　址：北京农展馆南里 10 号　　　邮　　编：100125
电话传真：86-10-65067186（发行中心及邮购部）
　　　　　86-10-65004079（总编室）
E-mail:zuojia @ zuojia.net.cn
http://www.zuojiachubanshe.com
印　　刷：唐山嘉德印刷有限公司
成品尺寸：152×230
字　　数：185 千
印　　张：16.5
版　　次：2024 年 7 月第 1 版
印　　次：2024 年 7 月第 1 次印刷
ISBN　978-7-5212-2960-8
定　　价：58.00 元